카라마조프가의 형제들 I

일러두기

• 이 책은 Fyodor Dostoevskii, Trans. Garnett Constance, 『*The Brothers Karamazov*』(Project Gutenberg, 2009)와 프랑스어판인 Trans. Montgault Henri, Pref. Pascal Pierre, 『*Les Frères Karamazov*』(Gallimard coll. Bibliothèque de la Pléiade, 1952)를 참고했습니다.

Братья Карамазовы

카라마조프가의 형제들 I

표도르 도스토예프스키 지음

살림

『카라마조프가의 형제들』 초판본

도스토예프스키는 말년에 비교적 안정된 생활을 누리면서 많은 작품을 집필했다. 『미성년』과 같은 장편 소설은 물론 에세이, 문예평론, 단편 등을 수록한 개인잡지 「작가 일기」를 계속 펴냈다. 1879년부터 「러시아 통보」에 연재된 그의 마지막 소설인 『카라마조프가의 형제들』 역시 이 시기의 작품이다. 이 작품은 단행본으로 출간되었을 때 며칠 만에 초판이 동날 정도로 인기가 많았다고 한다. 도스토예프스키는 앞으로 20년 동안 소설의 뒷부분을 쓰겠다고 밝혔으나 출간한 지 3개월 만에 사망해, 『카라마조프가의 형제들』은 유작인 동시에 미완성작으로 남았다.

안나 그리고리예브나 도스토예프스카야

안나는 표도르 도스토예프스키의 두 번째 아내로 도스토예프스키의 애독자이기도 했는데, 속기사로 일하던 1866년『노름꾼』이라는 작품을 계기로 그와 인연을 맺었다. 도스토예프스키가 구술한 것을 받아 적은 뒤 보기 좋게 정리해 출판사로 넘겨주는 일을 하면서 도스토예프스키의 청혼을 받았는데, 이때 안나는 21세, 도스토예프스키는 46세였다. 안나와 결혼한 이후로 도스토예프스키는 도박을 끊었으며, 안나가 직접 출판사를 차려 모든 작품을 관리하고 출간하는 등 살뜰하게 살림을 꾸려준 덕분에 경제난에서 벗어날 수 있게 되었다. 그녀는 35세의 젊은 나이에 남편을 잃게 됐으나, 재혼하지 않고 도스토예프스키의 이름을 세상에 남기는 데 여생을 바쳤다. 1,000점에 가까운 유품과 글을 정리해서 박물관을 설립하는 데 기여했을 뿐 아니라 회고록을 출판하기도 했다.

표도르 도스토예프스키의 무덤

러시아 페테르부르크의 알렉산드르 네프스키 대수도원에 자리한 표도르 도스토예프스키의 무덤이다. 폐결핵, 만성 기관지염, 폐기종으로 건강이 좋지 않았던 도스토예프스키는 60세가 되던 1881년, 상속 문제로 여동생과 다툰 이후 건강이 악화돼 사망한다. 그 후 러시아 문학의 거장답게 차이코프스키, 글린카, 투르게네프 등 러시아를 대표하는 이들이 모인 '예술인의 묘지'에 안장되었다. 그는 당시 러시아의 국민 작가로 많은 인기를 누렸는데, 그의 장례식에 참석하기 위해 2만 명이 넘는 사람들이 모일 정도였다.

아내, 안나 그리고리예브나 도스토예프스카야에게 바친다.

내 진실로, 진실로 너희에게 이르노니
밀알 하나가 땅에 떨어져 죽지 않으면 한 알 그대로 남고
죽으면 많은 열매를 맺으리라.
(「요한복음」12장 24절)

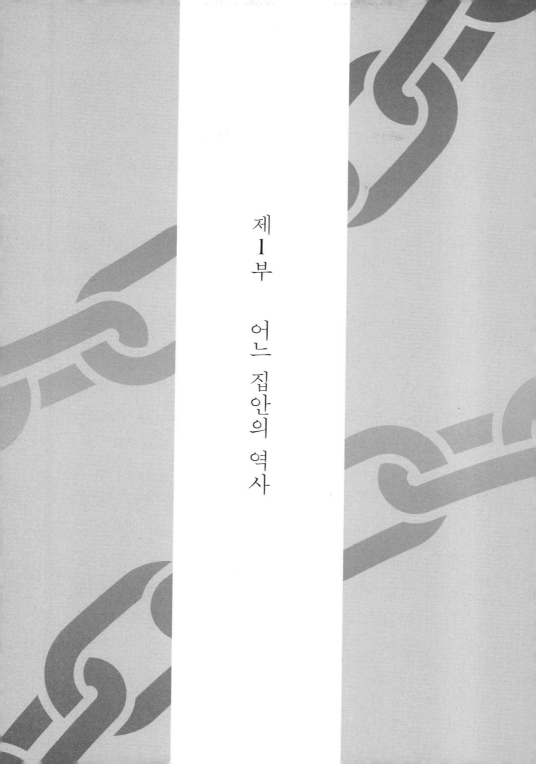

제 1 부   어느 집안의 역사

제1장

우리 군의 지주인 표도르 파블로비치 카라마조프에게는 드 미트리, 이반, 알렉세이라는 세 아들이 있었다. 그는 13년 전에 세상을 떴으며 그 비극적인 최후로 인해 많은 사람들의 입에 오르내렸다. 하지만 그 이야기는 나중에 하기로 하고, 우선은 이 인물이 아주 이상한 사람이었다는 점만—하긴 그렇게 드문 경우도 아니었지만—지적하기로 하자. 그는 고약한 성격을 타고난 데다 정신마저 뒤죽박죽이었고, 무능한 인간이면서 오로지 돈과 관계되는 일에서만 능력을 발휘할 줄 아는 자였으며, 게다가 바람둥이였다. 그는 정말 보잘것없는 지주였고 젊은 시절부터 이 집 저 집 식객 노릇을 하는 처지였다. 하지만 돈 관리를 잘했기에 그가 죽었을 때 그에게는 10만 루블 이상의 거액이 있었다.

그는 두 번 결혼했고 아들 셋을 두었다. 드미트리(미챠)는 첫 번째 부인, 이반과 알렉세이(알료샤)는 두 번째 부인 소생이었다. 그의 첫 부인은 우리 군에서 아주 명망 있고 부유한 미우소프 집안 출신이었다. 그렇게 부유하며 예쁘고 똑똑한 아가씨가 어떻게 그렇게 보잘것없는 인물과 결혼할 수 있었는지 자세히 설명하지는 않으련다. 아마 표도르의 첫 부인 아젤라이다 이바노브나는 어디선가 주워들은 사상의 노예가 되었으리라. 아마도 그녀는 그와의 결혼을 통해 여성으로서 자신의 독립을 선언하고, 여성에 대한 가족 및 사회의 편견과 횡포에 과감하게 맞서고 싶었을 것이다. 그리고 그녀는 자신의 욕망을 자기 집의 식객에 불과한 표도르에게 투영했을 것이고, 그 결과 그를 진보주의 시대에 걸맞은 과감하며 냉소적이고 날카로운 사람이라고 상상했을 것이다. 더욱 재미있는 것은 그녀가 표도르에게 자신을 보쌈해가도록 시켰다는 사실이다. 그를 통해 그녀의 낭만적 취향은 흠뻑 만족감을 느꼈으리라.

아젤라이다는 결혼하자마자 자신이 단지 남편을 경멸할 뿐이도 저도 아니라는 사실을 금세 깨달았다. 그녀의 친정 쪽에서는 어떤 식으로건 이 불미스러운 사건을 무마하기 위해 도망친 딸에게 지참금 2만 5,000루블을 주었다. 하지만 부부 사이에는 분란이 그치지 않았다. 표도르는 그 지참금을 가로채기 위해 온갖 수를 다 썼으며 그녀 소유로 되어 있는 집과 마을을 자기 명의로 옮기기 위해 끊임없이 아내를 못살게 굴었다. 친정 부모가 말리지 않았다면 아마 그녀는 귀찮아서라도 그에게 그 집을 양도했을 것이다. 결국 부부 사이에는 주먹다짐까지 오가게 되었다. 하지만 주먹을 휘두른 쪽은 표도르가 아니라 남달리 힘이 셌던 아내 아젤라이다였던 것 같다. 결국 아젤라이다는 남편 품에 세 살짜리 아들 드미트리를 남겨둔 채 어느 가난한 신학생과 함께 도망가버렸다.

얼마 후 그녀가 죽었다는 소식이 들렸다. 페테르부르크에서 신학생과 완벽한 해방감을 만끽하며 살고 있던 그녀가 어느 다락방에서 갑자기 죽었다는 것이다. 그녀가 장티푸스에 걸려 죽었다고 하는 사람들도 있었고, 어떤 이는 굶어 죽었다고도 했다. 그녀의 사망 소식을 들었을 때 표도르는 술에 잔뜩 취해 있었다. 그 소식을 들은 그는 거리로 뛰쳐나가 해방된 기쁨에 겨워 큰 소리로 만세를 외쳤다고 한다. 하지만 그가 어린애처럼 뜨거운 눈물을 흘렸다고 하는 사람들도 있다. 둘 다 그럴 법한 이야기다. 대부분의 악당은 우리들이 생각하는 것 이상으로 순진하거나 선량하기 마련이다.

　그런 인간이 어떤 아버지였고, 아들을 어떻게 양육했을지는
능히 짐작할 수 있으리라. 그는 예상했던 대로 아들을 완전히
내팽개쳤다. 죽은 아내에게 무슨 원한이 있거나 아들의 핏줄을
의심해서가 아니었다. 그는 그냥 아들의 존재 자체를 잊은 것
뿐이었다. 충직한 하인 그리고리가 없었다면 아마 아이에게 속
옷을 갈아입힐 사람조차 없었을 것이다. 아이는 그리고리의 집
에서 완전히 버려진 채 지냈다.
　아이의 외갓집에서도 아이를 돌볼 형편이 아니었다. 아이의
외할아버지가 세상을 떴고 외할머니는 모스크바로 이사를 했
던 것이다. 그런데 어느 날 고(故) 아젤라이다 이바노브나의 사
촌 오빠인 표트르 알렉산드로비치 미우소프가 마을로 돌아왔
다. 그는 수도(首都)와 유럽 물을 먹은 덕분에 자유주의자가 되
어 있었다. 그는 사촌 누이동생 소식과 미챠에 대한 이야기를
듣고는 매제에 대한 혐오감을 누르고 그와 협상을 벌였다.
　그는 자기가 미챠를 떠맡겠다고 표도르에게 말했다. 그가 나
중에 한 말에 따르면 표도르는 누구 이야기를 하는 것인지 알
아듣지도 못했으며, 심지어 자기 집안에 그런 아이가 있다는

사실에 놀라워했다고 한다.

일이 제대로 진척되어 표트르 미우소프는 미챠의 후견인이
되었다. 어머니 사망 이후 아이에게는 작게나마 집과 영지가
재산으로 남겨져 있었던 것이다. 표트르는 아이를 모스크바에
살고 있는 자신의 숙모인 어느 귀부인에게 맡기고 다시 파리
로 떠났다. 그리고 2월 혁명의 소용돌이에 휩싸여 미챠를 완전
히 잊게 되었다. 얼마 후 모스크바의 귀부인이 사망하고 미챠
는 그녀의 결혼한 딸 중 하나의 집으로 옮겨갔으며 그런 식으
로 서너 차례 보금자리를 바꾸었다.

이 맏아들에 대해서는 앞으로 할 이야기가 무척 많을 것이므
로 지금은 간단하게 그에 대한 필수적인 정보들만 알려주는 것
으로 그치겠다.

그의 소년 시절과 청년 시절은 아주 무질서하게 흘러갔다.
학업도 제대로 마치지 못한 채 군사 학교에 들어갔으며 코카서
스로 배속받았고 승진을 했다. 그는 누군가와 결투해 강등되었
다가 다시 복귀했고, 방탕한 생활을 일삼으며 많은 빚을 지게
되었다.

아버지의 존재를 알게 되고 그와 만나게 된 것은, 그가 성년
이 되어서였다. 그는 아버지에 대해 좋지 않은 인상을 받았다.

그는 아버지에게서 얼마간의 돈을 받았고, 어머니가 죽은 뒤 법적으로 자신의 소유가 된 영지에서 나오는 수입의 일부분을 보내주겠다는 약속을 받은 뒤 곧바로 떠났다.

표도르는 아들을 보자마자 아들이 그 영지에 대해 다소 허황된 생각을 하고 있다는 것을 알게 되었다. 하지만 그와 동시에 아들이 경솔하며 급한 성격에 방탕하다는 것도 알고는 이따금 몇 푼씩 쥐여주기만 하면 별 말썽 없이 지나갈 수 있으리라고 생각했다.

그런 식으로 4년이 지난 후 표도르는 아들에게 '이제 네 재산은 모두 현금으로 가져갔으니 더 이상 줄 게 없다, 정확히 계산한다면 네가 내게 빚이 있을 수도 있다'라고 선언해버렸다. 충격을 받은 젊은이는 거짓말일 거다, 무슨 속임수가 있을 거다, 라고 생각하며 노발대발했다.

이것이 이 소설에서 벌어질 참극의 시발점이지만, 이야기를 시작하기에 앞서 표도르의 남은 두 아들에 대해서도 간단히 설명해두기로 하자.

제2장

표도르는 네 살배기 아들 미챠를 치워버리자마자 아주 잽싸게 재혼했다. 그의 두 번째 부인 소피야 이바노브나는 다른 현(縣)에 살고 있던 젊은 여자였다. 그는 일 때문에 그곳에 갔다가 그녀를 만나서 데리고 왔다. 고아와 다름없던 그녀는 어느 장군 부인의 보호 아래 자랐다. 은밀히 하는 이야기지만 이 착하고 순해빠진 열여섯 살 처녀가 창고에서 목매달아 죽으려던 것을 사람들이 발견하고 구해낸 사건이 있었던 것으로 보아, 그 '은인'이 그녀를 조금 심하게 대했던 것 같기도 하지만 확실하지는 않다. 바로 그런 상황에서 표도르가 그녀를 유혹했고, 은인의 집에 남아 있느니 차라리 강물에 뛰어드는 게 낫다고 생각하고 있던 그녀는 쉽게 그의 유혹에 넘어갔다. 표도르는 난 봉꾼이었지만 자신의 이익과 관계되는 일은 언제나 성공적으로 해치우는 재주가 있었다. 비록 그 방법이 대개 야비한 것이 문제긴 했지만…….

장군 부인은 물론 지참금을 주지 않았다. 하지만 표도르는 개의치 않았다. 소피야의 순결한 모습이 지금까지 천박한 여자들과 바람을 피워온 그를 매혹했기 때문이었다. 하긴 그 매혹이라는 것도 음탕한 욕정에 불과한 것이었는지 모르지만…….

그는 그녀를 올가미에서 빼내준 은인 행세를 하며 그녀를 마음껏 짓밟았다. 결국 그녀는 표도르에게 이반과 알렉세이, 두 아들을 낳아준 후 세상을 떠났다. 첫 아이는 결혼 첫해에 태어났고 둘째 아이는 4년 뒤에 태어났다. 그녀가 죽었을 때 알렉세이는 고작 네 살이었다. 하지만 이상하게도 그는 어머니를 평생 동안 기억했다.

어머니가 죽자 두 아들의 운명도 맏이인 미챠와 똑같게 되었다. 두 아들은 미챠와 마찬가지로 그리고리의 집에서 자랐다. 그런데 소피야가 죽은 지 정확히 석 달 뒤에 장군 부인이 표도르 파블로비치의 집에 나타났다. 그녀는 불과 30분 만에 일을 번개같이 해치웠다. 그녀는 술에 취해 있던 표도르를 보자마자 그의 뺨을 서너 차례 세차게 휘갈기고 머리카락을 거세게 뒤흔든 뒤 곧장 그리고리의 집으로 갔다. 그녀는 첫눈에 아이들이 제대로 씻지도 못한 채 더러운 옷을 입고 있는 것을 보고는 그리고리의 뺨을 후려친 뒤 아이들을 마차에 태우고는 자기가 사는 곳으로 데려갔다. 그리고리는 장군 부인에게 "고아를 거두어주셨으니 하느님께서 보답하실 것입니다"라며 그녀에게 감사했다.

표도르는 곰곰 생각할 필요도 없이 정말 잘된 일이라고 생각하고, 후에 장군 부인이 정식으로 아이들 양육권을 요구해왔을 때도 선선히 받아들였다. 자기가 따귀를 맞은 일에 대해서도 그는 스스로 모든 사람에게 그 일을 떠벌리고 다녔다.

얼마 후 장군 부인은 세상을 떴다. 그녀는 유언장에 아이들 앞으로 각각 1,000루블씩 남겨놓는다고 썼다. 그리고 "이 돈은 오로지 이 아이들의 교육을 위해서만 써라. 이 아이들에게는 과분한 돈일 테니 성년이 될 때까지 충분할 것이다. 만일 그 돈으로 충분하지 않다면 나처럼…… 운운……"이라고 썼다.

다행히 장군 부인의 상속자인 예핌 페트로비치 폴레노프는 아주 점잖고 정직한 사람이었다. 그는 그 현의 귀족 모임 회장이었다. 그는 아이들 아버지인 표도르에게서는 아무것도 기대할 것이 없다는 것을 알고 손수 아이들을 돌보았다. 특히 그는 막내 알렉세이를 총애해서 그 아이를 꽤 오랜 기간 자기 가족들과 지내게 했다. 나는 독자 여러분이 특히 이 점에 유념해주었으면 한다. 두 젊은이는 바로 이 고결하기 이를 데 없는 예핌 페트로비치에게 그들의 교육을, 어찌 보면 그들의 삶 전체를 빚지고 있던 때문이다. 그는 장군 부인이 남긴 돈을 그들이 성인이 될 때까지 손도 대지 않았고, 그 돈은 이자가 붙어 거의 두 배 가까이 불어 있었다.

두 아이 중 형 이반은 어쩐 일인지 우울한 성격에 마음의 문을 닫고 지냈다. 그는 열 살이 되던 해에 자기는 남의 자비로 살아가고 있다는 것, 자기에게는 차마 입에 담기조차 어려운 비열한 아버지가 있다는 사실을 알게 된 것 같다. 소년은 어릴 때부터 학업에 비상한 능력을 보여주었다. 소년은 열세 살이 되자 예핌의 가족과 헤어져 모스크바의 기숙학교로 보내졌다. 예핌은 일찌감치 소년의 천재성을 발견하고 그가 훌륭한 선생에게 교육을 받아야 한다고 생각했던 것이다.

이반이 기숙학교를 졸업하고 대학에 입학했을 때 예핌은 이미 이 세상 사람이 아니었다. 이반에게는 두 배로 늘어난 2,000루블의 돈이 있었음에도 불구하고 대학 생활 첫 2년 동안 그는 무척 어려운 생활을 해야만 했다. 예핌이 미처 일 처리를 제대로 하지 못했기에 돈의 지급이 늦어졌기 때문이었다. 그는 밥벌이하면서 공부를 해야 했기에 이만저만 고생을 한 것이 아니었다. 과외 선생도 했고 신문에 '목격자'라는 필명으로 이런저런 사건에 대해 열 줄짜리 르포를 쓰기도 했다. 그가 쓴 기사들은 언제나 흥미가 있었기에 젊은이들의 인기를 끌었다. 그는 졸업할 때까지 신문사와의 인연을 계속했으며 여러 책에 대한 서평들을 써서 명성을 얻었다.

이미 2,000루블을 손에 쥐게 된 그는 대학을 졸업한 뒤 외국 여행을 계획하고 있었다. 그런데 그때 그가 유력 신문에 발표한 논문 한 편으로 널리 그 이름이 알려지게 되었다. 논문의 주제는 자연과학을 전공하던 그로서도 생소한 것이었다. 그는 '교회 재판 문제'에 대한 글을 발표했던 것이고, 사람들이 그 글에 대해 갑론을박했다. 그런데 그 논문에 관한 소식은 우리 마을의 수도원에까지 흘러 들어왔고 사람들은 그 문제에 대해 흥미를 갖게 되었다.

그 글의 저자의 이름을 우리가 알게 되자 우리 군의 모든 사람은 그런 훌륭한 사람이 동향이라는 사실에 대해 자부심을 느끼게 되었다. 그리고 그가 바로 표도르 파블로비치의 아들이라는 사실을 알고 더욱 놀랐다. 그런데 더더욱 놀라운 것은 바로 그 글의 저자가 우리에게 나타났다는 사실이었다.

도대체 그는 무엇을 하러 온 것일까? 저토록 전도가 양양하고 겉보기에도 멀쩡한 젊은이가 왜 표도르처럼 형편없는 사람의 집에서 지내려고 온 것일까? 그동안 표도르는 아들들을 조금도 돌보지 않았으며 그들이 도움이라도 달라고 하면 어쩌나 전전긍긍했다는 사실을 덧붙여 말하기로 하자. 그런데 이반은 벌써 두 달을 아무 탈 없이 사이좋게 아버지 집에서 지내고 있었고, 나를 비롯해 모두 그 사실에 대해 놀랐다.

당시 우리 군에는 표도르의 첫 부인의 사촌 오빠인 표트르 알렉산드로비치 미우소프가 파리로부터 돌아와 이곳에 정착하고 있었다. 그는 이반의 재능을 알아보고 도대체 그가 왜 이곳으로 돌아와 저렇게 형편없는 아버지와 지내고 있는지 그 누구보다 궁금해했다. 게다가 노인이 그에게 이루 말할 수 없이 고분고분하다는 것도 모두에게 풀기 어려운 수수께끼였다.

나중에 가서야 밝혀졌지만 이반은 형 드미트리의 부탁으로 이곳에 온 것이었다. 그는 이곳에 와서 생전 처음으로 형 드미트리를 직접 만났지만 이미 이전부터 서로 편지를 주고받고 있었다. 이반은 아버지와 대판 싸움이라도 벌일 태세가 되어 있으며, 심지어 소송이라도 벌일 기세인 형과 아버지 사이를 중재하러 온 것이었다. 독자 여러분은 때가 되면 모든 것을 상세하게 알게 되리라. 아, 참, 이반이 이곳으로 왔을 때, 그의 동생 알렉세이가 이미 1년 전부터 우리 마을에 와서 살고 있었다는 것도 알려줘야겠다. 그런데 이 소설의 미래의 주인공을 수도복을 입힌 모습으로 독자 여러분에게 소개할 수밖에 없음을 양해해주기를 바란다. 그는 1년째 이곳 수도원에 살고 있으며 평생 수도원에 묻혀 살 각오를 하고 있는 것 같았다.

제3장

그때 알료샤(알렉세이)는 스무 살로 형 이반보다는 네 살 아래였다. 참고로 그들의 배다른 형 드미트리(미챠)는 당시 스물일곱 살이었다. 미리 하는 이야기지만 알료샤가 그 나이에 수도원에 들어간 것은 절대로 그가 광신도이거나 신비주의자여서가 아니었다. 그는 단지 조숙한 박애주의자였다. 그는 자신이 몸담은 속세의 악에서 벗어나 빛과 사랑이 가득 찬 곳으로 가기 위해 수도원을 택한 것이었다. 하지만 사실 그를 유혹한 것이 딱히 수도원이라고 할 수도 없었다. 그는 당시 은자이자 수도승이었던 조시마 장로라는 비범한 존재를 만났고, 젊은 알료샤는 그에게 온통 마음을 빼앗겨버렸다.

앞서 말했듯 알료샤는 네 살 때 어머니를 여의었지만 이후로도 평생 동안 마치 어머니가 자기 앞에 있는 양 어머니를 또렷하게 기억했다. 하지만 그는 한 폭의 그림처럼 간직하고 있는 어머니에 대한 추억을 그 누구에게도 말하지 않았다.

그는 전반적으로 말수가 적었다. 건방지거나 소심해서 혹은 거친 성격 때문이 아니었다. 실은 정반대였다. 그는 자기 내부에 특별한 자기만의 불안을 지니고 있었으며 그 때문에 나머지 것들은 잊기에 십상이었다. 하지만 그는 사람들을 좋아했고 무작정 잘 믿었다. 그러나 사람들은 그를 결코 순진하기만 한 바보로 보지 않았다. 사람들은 그와 함께 있으면 묘한 느낌을 받았다. 그가 결코 자신을 판단하지 않는다는 것을 금세 알 수 있었던 것이다. 그 누구에게도 남을 판단할 권리가 없다고 생각하는 것이 틀림없었다.

알료샤는 마음이 쓰리고 아픈 일을 겪어도 그 누구도 탓하지 않고 모든 것을 있는 그대로 받아들였다. 스무 살 청년이 되어 방탕하기 짝이 없는 아버지에게서 차마 눈 뜨고 볼 수 없는 모습을 목격하더라도 그냥 말없이 물러났을 뿐 경멸하거나 비난하는 기색은 조금도 보이지 않았다. 처음에는 아들의 출현을 의구심으로 바라보던 그의 아버지도 결국 아들에게 애정을 느끼고 입을 맞추며 눈물을 흘리기도 했다. 이전에 그 누구를 향해서도 한 번도 느껴보지 못한 감정을 막내아들을 향해 처음으로 느끼게 된 것이다.

사실 알료샤는 어릴 때부터 모든 사람에게 사랑을 받았다. 그에게는 남들의 사랑을 불러일으키는 특별한 재능이 있는 것 같았다. 학창 시절에도 혼자 구석에 처박혀 책 읽기를 좋아하던 그였지만 언제나 얌전하고 해맑은 그를 친구들은 모두 좋아했다.

예핌 페트로비치가 죽자 그의 부인은 슬픔을 견디다 못해 가족을 데리고 이탈리아로 장기 여행을 떠나버렸다. 알료샤는 예핌의 먼 친척뻘 되는 어느 두 명의 부인 집으로 가게 되었다. 그는 자기가 어떤 자격으로 그 집에 가게 된 것인지에 대해서 아무 관심이 없었다. 사실 그것은 알료샤의 특징 중의 하나였다. 그는 자신이 무슨 돈으로 살아가고 있는지에 대해서 도무지 관심이 없었다. 그의 형 이반이 대학 2년 동안 제 손으로 밥벌이를 하며 열심히 살았고, 어릴 때부터 자신이 낯선 사람에게 밥을 얻어먹고 있다는 사실에 고통스러워했던 것과는 전혀 딴판이었다. 그렇다고 그를 뻔뻔한 사람으로 오해하면 안 된다. 그는 상대방이 불쌍한 사람이건 사기꾼이건 그에게 손을 내밀기만 하면 돈을 몽땅 내줄 준비가 되어 있는 사람이었다. 어찌 보면 그는 돈의 가치 같은 것을 아예 모르는 사람 같았다. 표트르 미우소프는 알료사에 대해 다음과 같이 말한 적도 있다.

"저 사람은 아는 사람이 하나도 없는, 수백만의 사람이 사는 도시의 광장 한복판에 맨몸으로 내동댕이쳐지더라도 아무 걱정 없이 살아갈 수 있는 유일한 사람일 거요. 사람들이 그에게 먹을 것과 입을 것을 갖다줄 것이고, 저 사람은 아무 부끄럼 없이 그걸 다 받아들일 거요. 그걸 받아들이는 게 그들을 돕는 일이니까."

그가 학업을 1년밖에 남겨두지 않은 어느 날 그는 후원자들에게 돌연 당장 아버지의 집으로 돌아가겠다고 선언했다. 그를 사랑했던 부인들은 그를 잡아두려 애썼지만 그는 결심을 꺾지 않았다.

그는 이곳에 왜 왔느냐는 아버지의 질문에 아무 대답도 하지 않고 생각에만 잠겨 있었다고 말한다. 그런데 곧 그가 이곳으로 온 이유가 밝혀졌다. 그는 곧바로 어머니의 무덤을 찾아 헤매기 시작한 것이다. 하지만 그것이 전부는 아닐 것이다. 그는 자신도 모를 그 어떤 영혼의 갈증이 그를 미지의 길로 이끌었음을 느꼈다. 그런데 참으로 기막히게도 표도르는 아들에게 둘째 아내의 무덤이 있는 곳을 가르쳐줄 수 없었다. 그녀의 관에

흙을 뿌리고 난 후 한 번도 찾아가보지 않았기에 그만 아내가 묻힌 곳을 잊어버리고 말았던 것이다.

여기서 잠시 표도르에 대해 몇 마디 하기로 하자. 그는 호호 백발은 아니었지만 이미 폭삭 늙은 모습으로 변해 있었다. 여자들과 추태를 부리는 것은 여전했고 어찌 보면 더 역겨울 정도였다. 몸은 불어 있었고 살가죽은 축 처져버렸다.

그는 군(郡)내 여러 곳에 술집을 열었고 대략 10만 루블에 육박하는 재산을 지니고 있었다. 그리고 고리대금업도 하고 있었다. 게다가 나이가 들수록 술에 절어 지내는 일이 잦아졌다.

그런데 알료샤의 귀향이 이 노인에게 어떤 정신적 영향을 준 듯했다. 마치 이 노인 속에서 오랫동안 잠자고 있던 선량한 본능을 조금이나마 그가 깨운 것 같기만 했다. 노인은 아들을 곁에서 지긋이 바라보며 가끔 이렇게 말하곤 했다.

"애야, 네가 클리쿠샤를 닮았다는 걸 아니?"

그는 죽은 아내이자 알료샤의 어머니를 클리쿠샤라고 불렀다. 알료샤는 그리고리에게 물어 어머니의 무덤을 찾아갔다. 그는 어머니의 무덤 앞에서 특별한 감정을 내보이지는 않았다. 묘지를 어떻게 만들었는지, 그리고리의 설명을 묵묵히 듣고는 고개를 숙인 채 그곳을 떠났을 뿐이다. 어머니의 무덤을 방문

한 지 얼마 지나지 않아 알료샤는 수도원에 들어가고 싶다고 아버지에게 말했다. 노인은 수도승 조시마가 아들에게 깊은 영향을 주었다는 사실을 알고 있었다. 표도르는 종교와는 거리가 먼 인간이었다. 그는 말도 안 되는 일장 연설을 늘어놓은 뒤 이렇게 말을 맺었다.

"그래! 가라! 거기서 진리를 찾게 될지도 모르지. 그러면 내게 와서 말해주렴. 저세상에서 무슨 일이 벌어지는지 알게 되면 그곳으로 가는 길이 훨씬 쉬워지겠지. 그리고 계집들에 둘러싸여 있는 늙은이랑 지내는 것보다는 수도승들에 둘러싸여 지내는 게 훨씬 낫겠지. 하긴 여기 있더라도 천사 같은 너를 그년들이 어떻게 하겠느냐만……. 그리고 거기서도 아무도 너를 어쩌지 못할 거다. 내가 너보고 거기 가라고 하는 건 그 때문이야. 너는 지혜가 넘쳐. 너는 활활 불타오르게 될 거야. 그리고 치유가 되면 다시 돌아오너라. 내가 너를 기다리고 있으마. 너는 이 세상에서 나를 비난하지 않는 유일한 사람이야. 오, 애야, 내가 그걸 느낀다는 걸 아니? 느끼지 않을 수 없어!"

그는 울음을 터뜨렸다. 그는 감상적이었다. 그는 못돼먹은 인간이었지만 감상적이었다.

여러분 중에는 알료샤를 창백하고 빼빼 마른 병적인 젊은이로 상상하는 사람이 있을지도 모르겠다. 하지만 그는 균형 잡힌 몸매에 발그스름한 뺨과 해맑은 눈을 가진 스무 살의 건강한 청년이었다. 그는 미남이었고 늘씬한 키를 자랑했다. 둥글고 균형 잡힌 얼굴에 밤색 머리칼을 하고 있었으며 몹시 사려 깊고 침착해 보였다. 그런 용모를 지녔다고 해서 광신도가 되지 말란 법이 어디 있느냐고 항의할 사람이 있을지도 모르겠다. 하지만 그는 절대로 광신도가 아니었다. 그는 리얼리스트였다. 물론 그는 기적을 믿었다. 하지만 기적이 그를 신앙의 길로 이끈 것이 아니라 믿음 덕분에 기적도 믿었다. 리얼리스트가 믿음을 갖게 된다면 그의 리얼리즘 자체가 기적을 인정하게 만든다. 그런 사람은 기적을 보았기에 믿음을 획득하는 것이 아니다. 그 믿음을 간절히 원했기에 기적을 보기 전에 이미 기적에 대한 믿음을 그의 내부에 간직하게 되는 것이다.

알료샤는 진리를 추구하고 진리를 묻는 성실한 젊은 세대 중한 명이었다. 그는 진리를 발견하게 되면 필요한 경우 자신의 삶을 모두 희생할 준비가 되어 있는 젊은이 중 하나였다. 알료샤의 열망은 학업과 학문에서 지고의 가치를 발견하고 그것을 위해 모든 것을 희생하는 젊은이들의 열망과 똑같았다. 일반적인 학생들과 방향만 달랐을 뿐, 어서 빨리 위업을 달성하고 싶다는 열망에 사로잡혀 있던 것은 그도 마찬가지였다. 그는 '불멸의 신은 존재한다'라는 확신을 얻고 감동을 하자마자 당장 '어떤 타협도 하지 않고 오로지 불멸을 위해 살고 싶다'라고 생각했다. 만일 그가 '신은 존재하지 않으며 영혼불멸이란 없다'라는 확신을 하게 되었다면 그는 단번에 무신론자가 되었을 것이며 사회주의자의 길로 나아갔을 것이다. 알료샤는 절대로 이전과 같은 삶을 살 수는 없다고 생각하고 수도원으로 들어갔다. 그리고 그곳에서 수도승 조시마를 만났다. 알료샤는 수도승 조시마를 만남으로써 그에게 남아 있을지도 모를 망설임을 완전히 떨쳐버릴 수 있었다.

조시마는 민중들 사이에서 대단한 존경심을 받는 수도승이었다. 조시마와 같은 장로 수도승들은 타인들의 의지와 영혼을 자신의 의지와 영혼 속으로 가져가는 존재로 간주되었다. 사람들은 자신의 모든 것을 그에게 바친다. 사람들은 극기(克己)에 도달하고 자신을 다스릴 수 있게 되겠다는 희망을 품고 죽음에 이르기까지 전적으로 그에 복종한다. 또한 마침내 완전한 자유를 획득하리라는 희망을 품고 이 세상의 모든 고통과 비참을 그에게 안긴다. 수많은 귀족과 농부들이 조시마 앞에 엎드려 그에게 자신의 의혹, 죄, 고통을 고백하고 조언을 구했다.

조시마는 예순다섯 살이었다. 그는 지주 출신이었다. 젊은 시절 그는 코카서스에서 군대의 장교로 근무했다. 그는 자신을 찾아온 사람이 왜 자신을 찾았는지, 무엇 때문에 고통스러워하는지 첫눈에 알아맞힐 정도의 통찰력을 지녔고, 입을 떼기도 전에 그 사람의 비밀을 알아맞힌다고 사람들에게 알려졌다. 사람들은 처음에는 겁에 질렸지만 그의 방에서 나올 때면 언제나 밝고 기쁜 표정이었으며 음울하던 얼굴도 행복한 표정으로 바뀌어 있었다. 사람들은 그를 성자로 간주했으며 그가 죽으면 수도원에 큰 영광을 가져다줄 기적이 일어나리라고 믿었고 알료샤도 마찬가지였다. 그는 알료샤에게 성스러운 유일자였다. 그는 생각했다.

'스승님은 부활의 비밀을 지니고 있다. 그는 진리의 왕국을 세울 권능을 지니고 있다. 그렇게 되면 사람들은 서로 사랑하게 될 것이며 부자도 가난한 자도 높은 자도 낮은 자도 없게 될 것이다. 오직 하느님의 아들들만 있게 될 것이며 그리스도의 참된 왕국이 도래하게 될 것이다.'

두 형의 귀환은 알료샤에게 깊은 인상을 주었다. 큰형 드미트리는 작은형 이반보다 뒤늦게 왔지만 그는 큰형과 더 빨리 친해졌다. 그는 이반 형과도 친해지고 싶었다. 하지만 벌써 집에 온 지 두 달이나 되었건만 무슨 이유에서인지 좀처럼 친해지지 못했다. 알료샤는 학력과 나이 차이 때문인가 생각하기도 했고 형이 무신론자라서 자기 같은 견습 수도사를 경멸하는 게 아닌가 생각하기도 했다.

드미트리는 이반에 대해 말할 때면 깊은 존경심을 보이곤 했다. 드미트리의 말을 통해 알료샤는 두 형이 무슨 일 때문에 가깝게 지내게 된 것인지 실상을 알게 되었다. 알료샤가 보기에 이반을 향한 드미트리의 존경심은 무식한 사람이 똑똑한 사람에게 보이는 존경심 같은 것이었다. 실제로 두 사람은 어떻게 저렇게 다른 사람이 존재할 수 있을까 하는 생각이 들 정도로 너무나 대조적이었다.

제 2 부   잘 못 된   모 임

제1장

   당시 유산 분배를 둘러싼 드미트리와 아버지 표도르 간의 불화는 절정에 달해 있었고 둘 사이의 관계는 극도로 날카로워져 있었다. 그런데 어느 날 표도르가 은자 조시마의 암자에서 가족들이 모이면 어떻겠느냐고 농담조의 말을 슬쩍 던졌다. 조시마가 모든 것을 해결해주리라고 기대한 것은 물론 아니었다. 이 장로 수도승 앞에서라면 자신의 말이 아들에게 좀 더 먹히지 않을까 하고 막연히 기대했던 것이다. 드미트리는 아버지의 도전을 받아들였다. 참, 잊은 게 있다. 드미트리는 이반과 마찬가지로 아버지의 집에서 지내고 있는 것이 아니라 도시의 다른 쪽 끝에 살고 있었다는 사실이다. 한 가지 더 알려줄 것은 이제 이곳에 와서 정착한 표트르 알렉산드로비치 미우소프(표도르의 첫 아내의 사촌)가 이 일의 중재에 나섰다는 사실이다. 그가 조시마에게 그 뜻을 전하자 조시마가 받아들였다. 표트르는 자신도 그 모임에 참석하겠다고 했다.

나중에 이 사실을 알게 된 알료샤가 무척 당황했음은 물론이다. 그는 비록 입 밖에 내지는 않았지만 아버지가 어떤 사람인가를 속속들이 알고 있었다. 그는 스승님이 무슨 모욕이라도 당할까봐 노심초사했다.

8월 말의 따뜻하고 청명한 날이었다. 조시마와의 회동은 미사가 끝난 직후인 11시 반으로 잡혀 있었다. 우리의 방문객들은 미사에 참석하지 않고 미사가 끝난 후 도착했다. 멋진 마차를 타고 표트르 미우소프가 먼저 도착했고, 얼마 후 표도르와 그의 아들 이반 역시 마차를 타고 도착했다. 드미트리는 무슨 일인지 아직 도착하지 않았다. 그들은 한 수도사의 안내를 받아 은자 조시마의 암자로 갔다. 텃밭에 아름다운 꽃들이 피어 있었고 암자 입구에도 꽃들이 만발해 있었다.

그들은 조시마와 거의 동시에 방으로 들어섰다. 수도승은 그들이 도착하자마자 침실에서 나온 것이었다. 방에는 두 명의 사제가 먼저 도착해서 은자 조시마가 나오기를 기다리고 있었다. 한 명은 사서를 담당하는 신부였고 다른 한 명은 파이시 신부로 늙지는 않았지만 건강이 좋지 않은, 박식하기로 이름이 난 신부였다. 그 외에도 수도원에서 후원을 받고 있는 신학생 한 명이 프록코트를 입은 채 구석에 서 있었다. 앞으로 독자 여러분 앞에 꽤 여러 번 등장하게 될 이 신학생의 이름은 라키틴이다.

조시마 장로는 견습 수사와 알료샤를 대동하고 나타났다. 사제들은 자리에서 일어나 몸을 깊숙이 숙여 그를 맞이했고 조시마의 축복을 받자 그의 손에 입을 맞추었다. 그들이 입을 맞추자 조시마도 그들과 똑같이 몸을 숙여 그들에게 답례하고 축복을 청했다.

이윽고 조시마 장로가 자리를 잡자 손님들도 맞은편 의자 네 개에 나란히 앉았다. 수도 사제들도 각각 문 옆과 창문 곁에 앉았지만 신학생, 알료샤, 견습 수사는 그대로 서 있었다. 방은 비좁았으며 최소한의 필수품들만 놓여 있을 뿐이었고, 가구는 조잡했다. 그리고 여기저기 성화(聖畫)들이 걸려 있었다.

조시마 장로는 등이 굽은 데다 다리마저도 허약했고 나이에 비해 열 살은 더 늙어 보였다. 비쩍 마른 얼굴은 자잘한 주름투성이였으며 해맑은 두 눈만이 반짝이며 생기를 보이고 있었다.

하얗게 센 머리카락은 그나마 관자놀이 근처에만 몇 가닥 남아 있었고 쐐기 같은 턱수염이 듬성듬성 나 있었다.

괘종시계가 12시를 알렸다. 제일 먼저 입을 연 것은 표도르 파블로비치였다.

"정확히 12시가 됐군요. 자식 놈이 아직 오지 않은 것을 사과드립니다. 신성한 수도자님! 저는 단 일분일초도 약속을 어기지 않습니다. 정확함이란 왕이 갖추어야 할 미덕임을 잊지 않고 있기 때문이지요."

"하지만 당신은 왕이 아니잖소." 미우소프가 참지 못하고 중얼거렸다.

"지당하신 말씀입니다. 나는 물론 왕이 아니고 나도 잘 알고 있소이다. 그래요! 난 언제나 잘못된 말만 하고 있지요. 존경하옵는 장로님!" 표도르는 갑자기 격정에 사로잡힌 듯 외쳤다. "장로님께서는 지금 눈앞에서 성실한 어릿광대를 보고 계신 겁니다. 저는 저를 그렇게 소개하겠습니다. 그게 제 고질적인 습관이거든요. 제가 이따금 말도 안 되는 소리를 해대는 건 순전히 사람들을 즐겁게 하기 위해서입니다. 어쨌든 기분은 좋아야 하는 법 아닌가요?"

이어서 그는 말 그대로 자다가 봉창 두드리는 소리를 끝도 없이 늘어놓았다. 그가 얼마나 기가 막힌 사람인가를 보여주려면 그가 한 말을 다 들려주어야 하겠지만, 경건한 이 승방을 더럽히는 것 같아 차마 독자 여러분에게 들려줄 수가 없다. 그만큼 그가 떠드는 말에는 불경한 내용, 거짓말, 상스러운 말들이 마구 섞여 있었다. 언제나 경건한 방문객들만 찾아오던 이곳에 날벼락이 떨어진 셈이라고 해도 좋았다.

표도르의 횡설수설에 그 누구보다 당황한 것은 알료샤였다. 그는 금세 울음이라도 터뜨릴 것 같은 표정으로 고개를 숙인 채 서 있었다. 그가 무엇보다 이상하게 생각한 것은 형 이반의 태도였다. 알료샤가 보기에 그는 아버지에게 영향력이 있는 유일한 인물, 즉 아버지를 도중에 말릴 수 있는 유일한 인물이었다. 하지만 그는 눈을 내리깐 채 꼼짝도 않고 앉아 있었다. 그는 마치 제삼자라도 되는 듯 이 사태가 어떻게 끝날지 무심코 기다리고 있는 것 같았다.

표도르가 끝도 없이 헛소리를 늘어놓는 도중 간간이 그와 언쟁을 벌였던 표트르 미우소프가 조시마에게 자신이 이런 장난질에 가담한 것 같아 죄송하다며 방에서 나가려 했다. 그러자 조시마가 자리에서 일어나 그의 두 손을 잡고 다시 자리에 앉히며 말했다.

"제발, 염려 놓으십시오. 마음 편히 가지시고 제 손님으로 계시길 부탁드립니다."

조시마가 자기 자리에 앉자마자 표도르가 다시 입을 열었다.

"오, 위대하신 장로님! 제가 너무 설쳐댔지요? 그 때문에 불편하셨지요?"

"제발 부탁입니다."

조시마가 조용히 말했다.

"마음 좀 추스르시고 댁의 집인 양 편안해하시기 바랍니다."

"오, 집에 있는 것처럼 편안히 있으라고요? 아, 제 원래 모습대로 있으란 말씀이시군요. 어휴, 제발 그런 말씀 마십시오. 무슨 그런 모험을 하시겠다고……. 그래요. 사람들은 저를 모두 어릿광대 취급합니다. 그래서 저는 '그래 당신네들이 원하는 대로 해주지. 당신네들이 뭐라고 하건 아무 상관없어'라고 중얼거리며 어릿광대짓을 하지요. 오, 사람들이 저를 사랑스럽고 착한 사람으로 여긴다는 확신이 생길 수 있다면! 그렇다면 나는 정말 착한 사람이 되었을 텐데……." 그는 갑자기 조시마 앞에 무릎을 꿇고 그 무릎에 입을 맞추었다. "오, 장로님! 영생을 얻으려면 어떻게 해야 합니까?"

그 순간까지도 과연 그가 농담을 하고 있는 것인지 정말로 감동에 휩싸여 있는지 알 수 없었다.

조시마 장로는 고개를 들어 그를 바라보더니 미소를 띠며 말했다.

"당신이 어떻게 해야 하는지는 당신 스스로 오래전부터 알고 있습니다. 당신은 충분히 현명하니까요. 술독에 빠지지 말고 말을 자제하세요. 음란에 빠지지 말고 돈을 사랑하지 마세요. 그리고 술집을 닫으세요. 전부 다 닫을 수 없다면 최소한 두세 개는 닫으세요. 그리고 무엇보다 거짓말을 하지 마세요."

그러자 표도르는 자리에서 벌떡 일어나 조시마를 찬미하더니 성경 구절을 마구 왜곡하며 읊어댔다. 그는 끝도 없이 열정적으로 말을 이어갔지만 누가 보기에도 그가 어릿광대 연기를 하고 있음을 알 수 있었다. 그의 수다가 언제까지 이어질지 끝을 알 수 없었다.

그때였다. 조시마가 갑자기 자리에서 일어나며 그들에게 말했다.

"죄송합니다만, 잠시 어디 좀 다녀와야겠습니다. 여러분보다 먼저 와서 저를 기다리는 손님들이 있습니다. 잠시 다녀오겠으니 기다려주십시오. 그리고 표도르 님, 제발 거짓말하지 마시길 부탁드립니다."

그 말과 함께 그는 밖으로 나갔고 알료샤와 견습 수사가 그를 부축하기 위해 뒤따라 나갔다.

제2장

    은자 조시마는 정확히 25분 뒤에 돌아왔다. 그는 믿음이 깊은 아낙네들의 사연을 듣고 그녀들에게 축복을 내려주고 돌아온 것이다. 이미 12시 반이 지났건만 드미트리는 아직 도착하지 않고 있었다. 하지만 사람들은 아예 그를 잊은 것 같았다. 조시마가 다시 방으로 돌아왔을 때 사람들은 열띤 대화를 나누고 있었고 대화는 주로 두 사제와 이반이 주도하고 있었다.

    조시마가 들어서자 사람들은 대화를 멈추었다. 조시마는 자리를 잡고 앉은 뒤 대화를 계속하라는 듯 자상하게 그들을 둘러보았다. 그의 표정을 거의 샅샅이 꿰뚫고 있는 알료샤는 스승님이 기진맥진해서 간신히 버티고 있음을 알 수 있었다. 입술은 졸도 직전에 늘 그렇듯이 새하얘졌다.

"이분의 흥미로운 논문에 대해 토론 중이었습니다." 사서 담당 사제가 이반을 가리키며 말했다. "아주 새로운 점이 많지만 양날의 칼 같은 게 있다고 저는 생각합니다. 그 논문은 종교재판에서 성직자의 권위에 관한 어느 책에 대해, 답변 형식으로 어느 잡지에 실린 논문입니다."

"유감스럽게도 읽지는 못했지만 얘기는 들었습니다." 조시마가 이반을 뚫어질 듯 바라보며 말했다.

사서 사제가 말을 이었다.

"이분의 입장이 아주 흥미롭습니다. 교회 재판에 관한 한, 교회와 국가의 분리에 반대 입장을 표명하고 있기 때문입니다."

이어서 이반과 사제들 사이에는 교회가 사회 속 제도로서 사회적 책임을 져야 한다는 입장과 교회는 국가가 되면 안 되며 반대로 국가가 종교적으로 되어야 한다는 입장을 두고 열띤 논쟁이 벌어졌다.

그러자 조시마가 입을 열고 교회는 오로지 그리스도의 율법으로 범죄자를 회개하는 역할을 해야 하며 그것이 징벌보다 더 큰 효과를 가져온다고 말한 후, 무서운 것은 범죄 자체가 아니라 범죄자가 믿음을 상실하는 것이라고 덧붙였다. 이어서 그는 교회는 사랑을 베푸는 상냥한 어머니 같은 존재라고 말했다.

모두들 조시마의 말을 경청하고 있을 때였다. 갑자기 문이 열리더니 드미트리 표도로비치가 들어섰다. 다들 그를 거의 기다리지 않고 있던 참이었기에 그의 출현은 잠시 동안 사람들을 놀라게 했다.

　　드미트리는 인상이 좋은 중키의 젊은이였다. 하지만 실제보다 훨씬 나이가 들어 보였다. 근육질에 힘도 상당히 센 것 같았지만 얼굴에는 어딘가 건강하지 못한 기색이 엿보였다. 다소 야윈 얼굴에 뺨은 푹 꺼져 있었고 혈색도 누르스름한 게 건강이 안 좋아 보였다. 다소 큰 검은 눈은 단호하면서도 뭔가 애매모호한 데가 있었다. 그 눈 때문에 그와 이야기를 나누었던 사람들은 '저 친구는 도무지 무슨 생각을 하는지 알 수가 없단 말이야'라고 중얼거리곤 했다.

　　그는 나무랄 데 없이 말쑥하게 차려입고 나타났다. 그는 조시마에게 깊숙이 허리 숙여 인사한 후 축복을 청했다. 조시마가 자리에서 일어나 그를 축복해주자, 그는 조시마의 손에 공손하게 입을 맞춘 후 거의 짜증에 가까운 목소리로 말했다.

　　"이렇게 늦은 걸 너그러이 용서해주시기 바랍니다. 하지만 아버지가 보낸 하인 스메르쟈코프 놈이 시간을 잘못 말해주는 바람에 그만……. 두 번씩이나 1시라고 말해주었지 뭡니까? 이제야 겨우 늦은 걸 알았습니다."

"괘념치 마십시오."

조시마가 말했다.

"괜찮습니다. 조금 늦었을 뿐인데요. 뭐, 그게 큰 문제가 되겠습니까?"

그가 나타나자 이제까지 이어지던 진지한 대화는 중단될 수밖에 없었다. 표도르 파블로비치는 아들을 보자 자리에서 일어나며 말했다.

"성스러우신 장로님, 이 녀석이 제 아들입니다. 제 둘째 아들 이반은 제 육신에서 나온 사랑스럽기 그지없는 자식이지만 이놈은 다릅니다. 이놈은 강도 같은 놈입니다. 저는 이놈을 심판해주시길 장로님께 간청드립니다. 심판하시고 저희를 구원해주십시오! 저는 장로님의 기도뿐 아니라 예언까지 간절히 원하고 있습니다."

그러자 드미트리가 벌떡 일어나 거의 외치듯 말했다.

"너그러우신 신부님, 용서해주십시오. 전 교육을 받지 못해 신부님을 어떻게 정식으로 불러드려야 할지도 모릅니다. 어쨌든 신부님은 속으신 겁니다. 신부님은 너무 선량해서서 우리들을 여기서 만나게 해주신 겁니다. 아버지는 오로지 스캔들을 일으키길 원하고 있을 뿐입니다. 왜 스캔들을 원하는지는 아버지 입으로 직접 들으셔야 할 겁니다. 언제나 꿍꿍이속이 있는 양반이거든요. 하지만 이번 경우에는 저도 짐작하는 바가……."

"모두들 나를 비난하고 있어요. 모두들!"

이번에는 표도르가 나서서 소리를 질렀다.

"내가 내 아이들 돈을 장화 속에 감추고 빼돌렸다고 비난한단 말이야! 아니, 이 나라에는 재판정도 없나요? 이봐요, 드미트리 표도로비치 씨, 거기서 다 밝혀줄걸. 이놈아, 네가 보낸 편지들, 계약서들이 다 밝혀줄 거라고! 네놈이 얼마를 갖고 있었고, 얼마를 썼으며 얼마가 남았는지 훤하게 나와 있다니까! 이놈아, 너는 내게 빚이 있어. 그것도 수천이나!

장로님, 이놈은 방탕하기 그지없는 놈입니다. 자신의 이전 상관의 딸을 후려서 약혼을 해놓고는, 지금 그 처녀가 이곳에 와 있는데도 어떤 요부와 방탕한 생활을 계속하기 위해 제게 돈을 뜯어내려는 겁니다. 아, 물론 제가 요부라고 했지만 그 여자도 정숙한 여자입니다. 암, 정숙하다마다요. 이놈은 지금까지 사정없이 돈을 꿔서 버텨왔습니다. 누구한테 돈을 빌렸을까요? 미챠, 내가 말해볼까?"

"그만하세요!"

미챠(드미트리)는 맞고함을 질렀다.

"내가 나가거든 마음대로 하세요. 내 앞에서 그녀 이름을 욕보이지 마세요! 아버지 입으로 그녀 이름을 뻥긋하는 것만으로도 그녀에게는 치욕이니까! 내가 가만있지 않겠어요!"

"이봐, 미챠, 미챠야!"

표도르가 억지로 눈물을 쥐어짜며 발작적으로 소리쳤다.

"그래, 이 아비가 네게 내려준 축복은 아무것도 아니란 말이냐? 그래, 내가 너를 저주한다면 그때는 어떻게 되겠느냐?"

"이 철면피 같은 위선자!"

미챠가 고래고래 소리를 질렀다.

"아니, 이, 아버지에게 하는 소리 좀 봐라! 아버지에게! 이러니 남들에겐 어떻겠습니까? 얼마 전에는 가난하지만 존경받을 만한 어떤 퇴역 대위를 선술집에서 끌어내어, 사람들이 보는 앞에서 죽도록 팼습니다. 그 친구가 자그마한 저의 일 심부름을 했기 때문입니다."

"거짓말입니다. 겉보기엔 사실 같지만 속을 들여다보면 새빨간 거짓말입니다. 그래요, 내가 그 대위를 때린 건 사실입니다. 너무 화가 치솟았기 때문입니다. 물론 그렇게 화를 냈던 자신이 혐오스럽습니다. 하지만 그자가 한 짓이 뭔지 아십니까? 아버지, 아버지는 그자를 당신이 요부라고 부른 그 여자에게 보냈지요? 그리고 당신의 제안을 전하게 했지요? 만일 내가 당신에게 내 재산을 계속 요구하면 지금 당신이 가지고 있는 내 어음들을 갖고 가서 나를 고소하라고 꼬드겼지요? 그래서 나를 감옥에 집어넣으라고! 그녀가 내게 직접 말해줬어요. 그 얘기를 하면서 당신을 비웃더군요. 당신이 나를 감옥에 넣으려는 건 질투 때문이라고…… 당신이 자기에게 빠져서 추근거리기 시작했다고…… 나도 훤히 다 알고 있어요. 아버지, 그녀가 당신이라는 사람을 비웃었다고요! 자, 여러분, 바로 여러분 앞에, 자기 아들을 방탕하다며 비난하는 이런 아버지가 있는 겁니다! 여러분, 제가 화를 냈던 건 사과합니다. 저는 저 양반이 손을 내밀면 용서해주려고 온 겁니다. 그를 용서하고 제 용서도 빌기 위해서! 하지만 저뿐 아니라 고결한 젊은 숙녀를, 내가 경애하는 숙녀를 아버지는 모욕했습니다. 비록 저 사람이 제 아버지지만 아버지 농간을 만천하에 폭로하는 건 그 때문입니다."

그가 말을 하는 동안 그 자신뿐 아니라 모든 사람이 흥분했다. 조시마 장로도 창백한 낯을 하고 있었지만 흥분해서가 아니라 체력이 고갈되어서였다.

미챠의 말이 끝나자 표도르가 자연스럽지 않은 목소리로 부르짖듯 말했다.

"드미트리 표도로비치! 네놈이 내 아들이 아니라면 네게 당장 결투를 신청했을 거다. 권총으로……. 세 걸음 떨어진 거리에서……."

미챠는 괴로운 듯 얼굴을 찌푸리며 이루 말로 표현할 수 없는 경멸감이 깃든 시선을 아버지에게 던졌다.

"나는…… 나는……."

그는 자신을 자제하며 겨우 말했다.

"내 마음속의 천사, 내 약혼녀와 함께 저 양반의 노년을 위로나 해줄까 하는 생각으로 온 건데……. 그런데 정작 내 눈앞에 나타난 건…… 방탕한 호색한에, 저열하기 짝이 없는 어릿광대라니……."

그러자 표도르가 길길이 날뛰며 부르짖었다.

"그래, 네놈 마음속 천사를 버리고, 그녀에게 갔으니 그 천사가 그녀 발뒤꿈치만도 못하다는 말이지! 맞아, 그녀는 정말 대단한 여자야!"

이어서 둘 사이에 도저히 두 눈 뜨고 볼 수 없는 추태가 이어졌다. 그런데 그 추태는 예기치 못하게 중단되었다. 조시마 장로가 갑자기 자리에서 일어난 것이다. 그는 미챠 앞으로 힘겹게 걸어가더니 그 앞에 무릎을 꿇었다. 그리고 그 발 앞에 넙죽 엎드려 절을 했다. 이어서 그는 모든 손님에게 일일이 절을 하며 "용서해주십시오. 용서해주십시오"라고 되뇌었다.

미챠는 얼마간 충격을 받아 얼어붙은 듯 서 있더니 "오, 맙소사!"라고 소리를 지르며 밖으로 뛰쳐나갔다. 다른 손님들도 당황해서 모두 밖으로 나갔다. 밖으로 나온 표도르는 알료샤에게 당장 이불을 챙겨, 이런 냄새나는 곳을 당장 떠나 집으로 들어오라고 큰소리를 친 후 이반과 함께 마차에 올랐다. 알료샤는 말없이 아버지를 바라보았지만 한 번쯤 집에 들러보기는 해야겠다고 생각했다.

사람들이 모두 떠나자 알료샤는 조시마 장로를 침실로 모시고 갔다. 최소한도의 필요한 가구만을 갖춘 아주 작은 방이었다. 구석 성상 곁에 십자가와 복음서가 놓인 작은 탁자가 있었다. 조시마 장로는 힘없이 침대에 앉더니 그윽한 눈으로 알료샤를 바라보며 말했다.

"아들아(장로는 알료샤를 아들이라고 불렀다), 다른 사람들에게 가볼 것이지 왜 내게 왔느냐? 네가 더 필요한 곳은 저곳이란다. 저곳에는 평화가 없기 때문이다. 아들아, 앞으로 네가 있어야 할 자리는 이곳이 아니란다. 내가 하느님의 부름을 받으면 수도원을 떠나거라. 영원히 떠나거라."

알료샤는 깜짝 놀랐다.

"왜 놀라느냐? 지금 이곳은 네가 있어야 할 자리가 아니라고 하잖느냐. 이 세상에서 위대한 봉사를 할 수 있도록 내 너를 축복하노라. 아주 긴 고행이 이어질 것이다. 그리고 결혼도 하게 될 것이다. 다시 돌아올 때까지 모든 것을 짊어져야 한다. 할 일이 아주 많을 것이다. 나는 너를 조금도 의심하지 않는다. 그래서 너를 보내는 거다. 그리스도가 너와 함께 하신다. 그리스도를 저버리지 말아라. 그러면 그리스도께서도 너를 지켜주실 것이다. 너는 커다란 슬픔을 겪게 될 것이고, 그 슬픔 속에서 행복해질 것이다. 슬픔 속에서 행복을 찾아라. 일을 해라. 쉼 없이 일을 해라. 내가 이 세상을 뜨기 전에 네게 해주는 마지막 말일지도 모른다. 이제 내 마지막 순간이 머지않았다."

알료샤의 얼굴에 강한 동요가 일었다. 입술 끝이 파르르 떨리고 있었다.

"아니, 또 왜 그러느냐?"

조시마 장로가 부드러운 미소를 띠고 말했다.

"세상 사람들은 눈물 흘리며 고인을 떠나보낸다. 하지만 여기서는 떠나는 이를 기쁜 마음으로 배웅하고, 그를 위해 기도한다. 자, 이제 가보아라. 나는 기도를 해야겠다. 서둘러라. 네두 형들 곁에 머물러라. 그중 한 명이 아니라 두 명 모두의 곁에 머물러라."

장로는 두 손을 들어 올려 알료샤를 축복했다. 알료샤는 스승의 곁에 더 머물고 싶었지만 물러날 수밖에 없었다.

제3부　호색한들

제1장

표도르 파블로비치 카라마조프의 집은 도시 끝에 위치하고 있었지만 교외는 아니었다. 별채가 딸린 단층집으로 회색 칠이 되어 있고 붉은 양철 지붕이 덮여 있었다. 꽤나 넓고 안락한 집이지만 예기치 못한 곳에 벽장, 찬장, 계단이 무수히 많았다. 집 안에는 쥐들도 우글거렸지만 표도르는 '저녁에 혼자 있을 때면 놈들 덕분에 덜 심심하거든……'이라며 쥐들을 싫어하지 않았다. 실제로 그는 매일 저녁 하인들을 별채로 보내고 자신은 밤새 혼자 있었다. 뜰에 있는 별채도 널찍하고 튼튼했다.

집 전체는 지금 인원의 다섯 배는 수용할 수 있을 정도로 넓었지만, 본채에는 표도르와 이반만이 살고 있었으며 별채에도 충직한 하인인 그리고리 노인과 그의 아내 마르파, 젊은 하인 스메르쟈코프만이 살고 있을 뿐이었다.

우리는 그리고리의 이름을 이미 알고 있다. 그는 완고하고 정직하며 청렴한 인물이었다. 그는 그 어떠한 일이건 일단 자신의 의무로 삼으면 그대로 돌진하는 인물이었다. 그의 아내 마르파는 평생 남편의 뜻에 복종하며 살았다.

그런 그녀가 딱 한 번 자기주장을 강하게 펼친 적이 있었다. 농노 해방 직후 그녀는 표도르의 집을 떠나 모스크바로 가서, 가진 돈으로 장사를 해보자고 꽤 끈질기게 남편을 졸랐다. 그러자 그리고리는 "그저 여편네들이란 상스럽기 짝이 없다니까"라며 마치 헛소리라도 들은 듯 일언지하에 그녀의 말을 무시해 버렸다. 그는 주인이 어떤 사람이건 절대로 떠나면 안 되는 법이라고, 바로 그것이 자신의 의무라고 말했다.

"대체 '의무'라는 게 뭔지 알기나 해?"

그가 마르파에게 물었다.

"그럼요, 알지요. 하지만 무슨 의무 때문에 우리가 여기 남아 있어야 한다는 거지요? 나는 도무지 모르겠어요."

마르파가 단호한 어조로 대답했다.

"당신이 알건 모르건, 그냥 그런 거야. 그러니까 입 다물고 있어."

결국 그들은 떠나지 않았고 표도르는 그들 부부에게 비록 형편없는 액수였지만 매달 꼬박꼬박 임금을 주었다.

한편 그리고리는 자기가 주인에게 어느 정도 영향력을 발휘하고 있다는 것을 잘 알고 있었다. 표도르는 비록 고집 세고 교활한 광대였지만 가끔 정신적 공포와 도덕적 전율을 느낄 때가 있었고, 그럴 때면 곁채에 자기와는 전혀 다른 종류의 충직한 사람이 살고 있다는 사실에 더없이 안도감을 느꼈다. 게다가 그리고리는 그의 모든 악행을 다 알고 있으면서도 그의 보호자 역할만 해줄 뿐 모든 것을 눈감아주었으며 대들지도 않았다. 사실 그리고리가 그에게 가끔 일장 훈계를 늘어놓은 일도 있긴 했지만……

그리고리와 마르파 사이에는 아이가 없었다. 아이를 하나 낳긴 했지만 태어난 지 얼마 되지 않아 죽었다. 그런데 아이를 묻은 바로 그날 이상한 사건이 발생했고 그 사건이 그리고리의 표현대로 그의 영혼에 지울 수 없는 낙인을 찍었다.

마르파는 밤에 잠을 자다가 어린애 울음소리에 깨어났다. 놀란 그녀는 남편을 깨웠다. 그리고리는 귀를 기울이더니 "여자 신음 소리 같은데……"라고 말했다. 그는 일어나 옷을 입었다. 온화한 5월의 밤이었다. 계단을 내려오니 신음은 정원에서 나는 것 같았다. 마르파는 죽은 아이가 그들을 부르는 소리라며 공포에 질려 있었다. 그리고리는 정원 쪽으로 걸어갔다. 신음 소리는 정원 옆에 있는 목욕탕에서 나오고 있었다. 목욕탕 문을 연 그는 아연해서 그 자리에 못 박힌 듯 서버리고 말았다. 온 마을 사람이 다 아는 백치 리자베타가 바닥에 쓰러져 있었으며 갓난아이가 옆에서 꼼짝 않고 있었다. 그녀는 죽어가고 있었지만 그녀의 입에서는 단 한마디 말도 새어 나오지 않았다. 그녀는 백치인 데다 벙어리였다.

리자베타 스메르쟈쉬야는 아주 키 작은 스무 살의 처녀였다. 그녀는 평생 동안 여름이건 겨울이건 삼베 윗도리 하나만 달랑 걸치고 맨발로 다녔다. 머리칼과 몸은 언제나 진흙투성이였고 대팻밥이 둘러붙어 있었다. 그녀가 언제나 땅바닥이나 진흙탕에서 잠을 자기 때문이었다. 그녀의 어머니는 일찍 세상을 떴고 늘 병에 시달리던 아버지는 딸을 보기만 하면 매질이었다. 하긴 그녀가 늘 밖을 떠돌았으니 아버지에게 매를 맞을 기회도 별로 없었다. 그런 아버지마저 세상을 떠나자 그녀는 완벽히 고아가 되었다. 그런데 신기한 것은 마을 사람들이 모두 그녀를 귀여워하고 따뜻하게 대해주었다는 사실이다. 그녀가 그런 상황에서도 비교적 건강하고 튼튼하게 지낼 수 있었던 것은 사람들의 보살핌 덕분이었다. 사람들은 그녀가 더러운 겉모습과는 달리 순진하고 순수하다는 것을 알고 있었던 것이다.

그러던 어느 따뜻한 9월의 늦은 밤이었다. 달이 훤하게 떠 있었다. 대여섯 명의 건달들이 방금 술집에서 나와 휘청거리며 집으로 돌아가고 있었다. 그들은 리자베타가 어느 집 울타리 옆 쐐기풀 더미 위에서 잠을 자고 있는 것을 발견했다. 얼큰하게 취한 건달들은 멈춰 서더니 낄낄거리며 음란한 농담을 지껄이기 시작했다. 그들 중 한 명이 "이런 짐승을 여자로 다룰 사람 누구 없나? 어디, 당장 나서보실까"라고 농담조의 말을 했다. 그러자 모두들 무슨 말도 안 되는 소리냐고 고함을 질렀다.

그런데 일행 중에 표도르 파블로비치가 끼어 있었다. 그는 리자베타를 여자 취급할 수 있을 뿐 아니라, 특별히 짜릿한 기분을 맛볼 수 있을 것이라고 선언하듯 말했다. 사실 그 무렵부터 그는 이미 어릿광대 역을 자청하고 나서서 많은 사람을 웃기거나 어처구니없게 만들곤 했다.

당시 그는 모자에 상장(喪章)을 달고 있었다. 그의 첫 아내 아젤라이다의 사망 소식을 전해 들은 직후였던 것이다. 모두들 그의 말을 농담으로 여기고 박장대소를 하더니 뿔뿔이 흩어졌다. 훗날 표도르는 자신은 맹세코 다른 이들과 함께 그 자리를 떠났다고 말했다. 하지만 아무도 진실을 알 수 없었다. 그런데 대여섯 달 뒤에 리자베타가 임신한 몸으로 돌아다니는 것을 알고 사람들은 분개했으며 어떤 몹쓸 놈의 소행인지 찾으려 애쓰기 시작했다.

이어서 도시 전체에 표도르가 바로 그 몹쓸 놈이라는 끔찍한 소문이 퍼지기 시작했다. 그런데 당사자는 그에 대해 가타부타 말이 없었다. 오히려 적극적으로 표도르를 옹호한 것은 바로 그리고리였다. 그는 리자베타가 원래 천한 여자였으며 모든 잘못은 그녀에게 있다고 사람들에게 말했다.

그런 리자베타가 바로 표도르의 집 정원에 나타나 출산을 한 것이다. 남의 집 울타리 넘기를 밥 먹듯 해오던 리자베타였으니 그 몸으로도 쉽게 담을 넘어 정원으로 들어올 수 있었을 것이다. 그리고리는 즉시 아내에게 달려가 리자베타를 보살피라고 말한 후 산파 할멈을 부르러 달려갔다. 아이의 목숨은 건질 수 있었지만 산모는 동틀 무렵 세상을 떴다. 그리고리는 아이를 집으로 데려온 후 아내에게 말했다. 사내아이였다.

"고아는 하느님의 아들이야. 그러니 누구에게나 자식이 될 수 있어. 우리의 죽은 아들이 이 녀석을 보낸 거야. 이 아이는 악마와 성녀(聖女) 사이에서 태어난 거야. 자, 잘 키우도록 해!"

　아이는 세례를 받고 파벨이라는 세례명도 얻었고 저절로 표도로비치라는 부명(父名)도 지니게 되었다. 표도르는 나중에 아이를 아이의 어머니의 이름을 따서 스메르쟈코프라고 불렀다. 이 스메르쟈코프가 표도르의 두 번째 하인이 되었고 그리고리 부부와 함께 별채에 살며 요리를 맡아 하고 있었다.

제2장

알료샤는 수도원에서 나와 도시의 길을 걷고 있었다. 그는 마음이 괴로웠다. 집으로 들어오라는 아버지의 명령 때문이 아니었다. 아버지가 스스로 열광에 취해 나름 무슨 극적인 효과를 발휘하려고 내지른 소리일 뿐 정말로 자기가 집으로 돌아오길 기대하고 한 소리가 아님을 그는 잘 알고 있었다. 그가 괴로워한 것은 카테리나 이바노브나에 대한 걱정 때문이었다. 그녀는 바로 큰형 미챠와 함께 이곳으로 온 형의 약혼녀였다. 그녀가 그에게 한 번 자기를 보러 오라고 쪽지를 보낸 것이고 지금 그는 아버지에게 가기 전에 우선 그녀의 집을 향해 발걸음을 옮기고 있는 중이었다.

그가 그녀를 본 것은 겨우 두세 번에 불과했고 단지 몇 마디 말을 주고받은 것이 고작이었지만 그는 왠지 그녀가 두려웠다. 그는 그녀를 보고 아름답고 오만하며 강인하다는 인상을 받았다. 하지만 그 때문에 그녀가 두려운 것은 아니었다. 그녀가 그에게 불러일으키는 두려움에는 뭔가 설명하기 어려운 것이 있었다. 그는 그녀가 자기를 부른 것이 고결한 목적에서임을 잘 알고 있었다. 그녀는 자신에게 죄를 지은 미챠를 구원하기 위해 애쓰고 있으며 그녀가 지닌 관대함이라는 덕성 외에 다른 동기는 없음을 잘 알고 있었다. 하지만 알료샤는 그녀를 존경하고 있음에도 불구하고 그녀가 살고 있는 집에 가까워질수록 마음이 이상하게 떨려오는 것을 어쩔 수 없었다.

그는 시간을 단축하기 위해 뒷길로 접어들었다. 그는 이 도시의 지름길들을 손안에 훤히 꿰고 있었다. 지름길을 통해 가다보니 아버지의 집 정원과 맞붙은 어느 낡고 기울어진 집의 정원 곁을 지나가게 되었다. 그런데 그는 그곳에서 전혀 생각지도 않던 사람과 마주치게 되었던 것이니…….

누군가 그 집 울타리 너머에서 뭔가에 발을 디딘 채 가슴을 앞으로 쑥 내밀고 온갖 손짓과 고갯짓으로 그를 부르고 있었다. 행여 누가 볼까 두려워하는 기색이 역력했다. 바로 그의 형 미챠였다. 알료샤는 당장에 울타리를 향해 달려갔다.

"네가 나를 먼저 보았기에 망정이지 하마터면 네게 소리를 지를 뻔했지 뭐냐."

미챠가 목소리를 낮추어 속삭였다.

"자, 빨리 울타리를 넘어와······. 정말 잘됐다! 마침 네 생각을 하고 있었는데."

미챠는 건장한 팔로 알료샤가 울타리 넘는 것을 도와주었다.

"자, 어서 이리 와."

"어딜 가는데? 그리고 왜 그렇게 속삭이는 거야?"

"왜냐고? 제길! 보면 모르니? 여기 몰래 앉아서 엿보고 있는 거야. 나중에 설명해줄게. 자, 가자. 바로 저기야. 그때까지 아무 말 말아라. 우선 키스부터 하자. '저 하늘의 영원한 존재여, 영광 있으라! 내 안의 영원한 존재여 영광 있으라!'"

미챠는 알료샤를 정원 모퉁이에 있는 낡은 정원으로 데리고 갔다. 알료샤가 형과 함께 안으로 들어가보니 탁자와 의자들이 있었고, 탁자 위에는 코냑 반병과 작은 술잔이 놓여 있었다.

"내겐 너밖에 없어. 아니, 하나 더 있어. 내가 홀딱 반해버린 저 갈보 같은 년이 있지. 반한다는 건 사랑한다는 것과는 달라. 홀딱 반하고도 증오할 수 있는 법이거든. 너도 명심해둬라. 자, 여기 앉아서 내가 하는 말을 들어봐. 나만 말을 할 거고, 너는 아무 말도 하지 마. 말은 나만 할 거라고. 왜냐고? 드디어 그럴 때가 되었거든. 하지만 아주 조용히 말할 거야. 사방에 귀가 있기 마련이거든. 아, 요 며칠 동안 내가 왜 너를 그렇게 만나고 싶었을까? 내가 여기 닻을 내린 지 닷새째야. 그런데 네게만 얘기해주고 싶어서 너를 기다린 거야. 참, 어딜 가던 참이냐?"

"아버지에게 가던 길이야. 그 전에 카테리나 이바노브나에게 들르려고 했어."

"그녀와 아버지 집! 세상에 이렇게 기막힌 일이! 오, 어이하여 내가, 내 존재 전체가, 내 온 영혼이 너를 이렇게 애타도록 기다렸던가! 바로 너를 그녀와 아버지에게 보내기 위해서가 아니었던가! 그녀와 모든 것을 끝내고 아버지와도 끝장을 내기 위해서가 아니었던가! 그곳에 천사를 보내기 위해서가 아니었던가! 그래, 나는 아무나 보내느니 천사를 보내고 싶었던 거야. 그런데 네가, 천사가 이렇게 제 발로 나타나다니! 그런데 그녀에게는 어떻게 해서 가게 된 거니? 그녀가 편지를 보냈니?"

알료샤는 주머니에서 쪽지를 꺼내어 보여주었다.

"그래, 그렇게 되었구나. 알료샤, 이제 모든 걸 얘기해주마. 네 앞이라면 부끄럽지 않을 수도 있을 거야. 개과천선하겠다는 건 절대 아니야. 나는 카라마조프니까. 어차피 심연 속으로 떨어질 운명이라면 곤두박질치는 게 나은 법이야. 그냥 굴욕적인 자세로 추락하는 게 아름답다고! 악마의 화신이면 어때! 하지만, 오, 주여! 그래도 나는 주님의 아들이고 당신을 사랑하옵니다. 오, 하느님을 찬미하는 시를 읊고 싶구나! 하지만 됐어. 눈물이…… 눈물이 나와. 울게 내버려둬! 너, 아니? 우리들, 우리 카라마조프들은 모두 벌레라는 사실을! 네가 아무리 천사라 해도 네 안에도 그 벌레가 살고 있으면서 네 핏줄 안에서 폭풍우를 일으킬 거야. 그래, 폭풍우야. 정욕은 바로 폭풍우거든! 폭풍우보다 더 나쁜! 오, 얼마나 끔찍한 신비란 말인가! 하느님은 신비만을 행하셨을 뿐이니……. 하느님이 역사하신 일에는 모순이 득실거리고 있어. 나는 무식쟁이지만 그건 알고 있어. 곰곰이 생각을 많이 했거든. 아름다움! 나는 위대한 마음과 위대한 지성을 가진 사람이 마돈나를 최초의 이상으로 삼았다가 마지막으로는 소돔을 이상으로 삼게 된다는 걸 견딜 수 없어! 더 끔찍한 건 소돔을 이상으로 삼은 자가 마돈나의 이상을 포기하지 않는다는 거야. 그래서 그 이상으로 자신의 가슴을 불태운다는 거지. 순수했던 젊은 시절처럼…….

그래, 맞아. 인간이란 개념은 너무 넓어. 난 그걸 좀 축소하고 싶어. 악마조차도 어쩔 줄 모를 정도야. 정신적으로는 부끄러울 수 있는 일이 마음에는 오로지 아름다움뿐일 수도 있으니! 소돔에도 아름다움이 있을까? 너, 내 말을 믿어야 해. 대부분의 인류가 소돔에서 아름다움을 발견한다는 것을! 너, 그 비밀을 모르고 있었지? 정말 두려운 건, 아름다움이란 무서우면서 동시에 신비롭다는 사실이야. 그 안에서 하느님과 악마가 싸우고 있고 그 전쟁터는 바로 인간의 마음이야. 자, 이제 됐어. 이제부터 사실로 들어가보자. 내가 내 과거 얘기를 해줄게."

미챠는 잠시 뜸을 들인 뒤 이야기를 계속했다.

"그래, 아버지 말대로 내가 좀 방탕한 생활을 하긴 했어. 좀 전에 아버지는 내가 여자들을 꼬드기려고 몇천 루블을 썼다고 했지? 무슨 돼지 같은 망상을! 사실이 아니야! 그런 일에는 돈이 드는 게 아니야. 그런 일에서 돈은 쓸모없는 장식에 불과해. 오늘은 귀부인, 내일은 거리의 여자, 나는 그 둘 다 즐겁게 해줄 수 있어. 나는 음악과 춤을 질탕하게 즐기며 한 움큼의 돈을 뿌리기도 해. 그러면 그녀들은 '고마워요'라고 말하지. 하지만 중요한 건 돈이 아니라 방탕 그 자체야! 아, 네가 나와 닮았다면 나를 이해할 수 있을 텐데……. 나는 제아무리 방탕한 짓이라도, 그 방탕 자체를 사랑한 거야. 난폭함을 사랑했고……. 그러니 내가 얼마나 비열한 놈이니? 벌레라고? 아니야, 카라마조프일 뿐이야!

내가 꼬드겨서 재미를 잔뜩 본 뒤 차버린 순진한 양갓집 규수도 있었어. 나한테 화를 냈지만 얼마 후 결혼해서 잘살고 있어. 아마 그때까지도 내게 화가 나 있었지만 여전히 나를 사랑하고 있었을 거야. 하지만 그런 게임은 모두 내 안에서 애지중지 키우고 있는 정욕이라는 벌레를 즐겁게 해줄 뿐이었어. 꼭 한마디 해줄 게 있다. 나는 그 얘기를 어느 누구에게도 해주지 않았어. 그녀 얼굴에 먹칠을 하지는 않았다 이거야. 나는 사악한 본능을 지닌 놈이지만 '상스러운 놈'은 아니야. 너, 얼굴을 붉히는구나?

하지만 그런 얘기는 그만하자. 내가 그런 더러운 기억들을 늘어놓으려고 너를 불렀겠니? 아니야. 좀 더 흥미진진한 이야기를 해주려고 부른 거야. 모든 이야기를 해주더라도 얼굴을 붉히지는 말아라. 그래야 내 맘이 편해."

"내가 얼굴을 붉힌 건 형이 해준 말이나 형의 행동 때문이 아니야. 나도 형과 똑같기 때문이야."

"네가? 무슨, 그런 과한 말을!"

"아니야, 절대로 과장이 아니야."

알료샤가 열띤 어조로 말했다.

"우리는 똑같은 계단에 서 있는 거야. 나는 첫 계단에 발을 디딘 거고 형은 저 위, 그러니까 열세 번째 계단쯤에 있는 거야. 하지만 똑같아. 일단 발을 디뎠으면 끝까지 올라가야 하니까."

"그렇다면 아예 첫발을 내딛지 말아야 하겠군."

"그럴 수 있다면 그래야지."

"그런데, 너 그럴 수 있니?"

"안 될 것 같아."

"알료샤, 아무 말 말아라. 얘야, 아무 말도 하지 마. 아, 그 망할 년 그루셴카가 사람은 정말 잘 보지! 내가 미쳐 있는 그년 말이다. 그년이 언젠가 내게 말했어. 너를 다른 놈들처럼 먹어버릴 거라고! 좋아, 좋아! 더 이상 말 안 할게. 그런 더러운 이야기는 그만하고 이제 내 비극으로 넘어가자. 영감이 내가 순결한 처자들을 꼬드겼느니 어쩌니 마구 떠들어댔지? 거짓말이야. 딱 한 번 있었을 뿐이야. 뭐, 그것도 제대로 되지 않았고…… 아직 누구에게도 그 이야기를 해준 적이 없어. 이반만이 모든 걸 알고 있어. 아주 오래전부터…… 하지만 이반은 무덤이야."

"뭐? 이반이 무덤이라고?"

"맞아. 어쨌든 내 이야기를 들어봐. 너, 내가 소위 계급장을 달고 전선에 근무했던 건 알지? 그런데 부대 상관으로 있던, 이미 나이가 든 중령이 내가 하는 짓들을 보고 나를 아주 싫어했어. 돈이나 흥청망청 뿌려대며 이상한 짓이나 하고 다녔으니 그럴 만도 했을 거야. 모두들 내가 엄청난 부자인 줄 알았지. 실은 나도 내가 부자인 줄 알고 있었지만……. 암튼 그 중령은 선량하고 썩 괜찮은 사람이었어. 그 양반은 두 번이나 상처(喪妻) 했고, 각기 두 부인 소생의 딸들이 있었어. 그중 큰딸은 스물네 살의 처녀로 아버지와 함께 그곳에 살고 있었지. 이름이 아가피야 이바노브나인데, 아주 성격이 좋은 처녀였어. 나는 그녀와 알고 지냈지만 아주 순수한 우정 어린 관계로 보면 될 거야.

그런데 중령의 둘째 딸이 우리가 주둔하고 있던 도시로 오게 된 거야. 수도에 있는 귀족 학교를 막 마친 대단한 미인이었는데 잠시 그 도시에 머물기 위해 온 거지. 그 둘째 딸이 바로 카테리나 이바노브나야. 당시 나는 행동이나 마음이나 폭탄과 다름없었어. 그녀는 곧 무도회의 여왕이 되었지. 나는 중령의 집에서 그녀를 처음 보았어. 하지만 나는 그녀에게 인사는커녕 거들떠보지도 않았어. 그로부터 시간이 꽤 흐른 후 어느 무도회에서 나는 그녀를 또 만났어. 이번에는 내가 그녀에게 말을 몇 마디 건넸지. 그런데 그녀는 내게 경멸의 눈길을 슬쩍 주었을 뿐이야. '좋아, 복수해주지'라고 나는 속으로 다짐했어.

내가 보기에 그녀는 그냥 순진하기만 한 기숙사생이 아니라 성깔 있고 건방진 데다 아주 몸가짐이 올바르며, 특히 지성과 교양을 겸비한 여자였어. 그런데 난 뭐야? 정말 이도 저도 없는 놈 아니야? 내가 그녀에게 청혼하고 싶었다고 생각하니? 절대로 아니야. 그저 나 같은 놈을 이해하려조차 들지 않는 그녀를 벌주고 싶었을 뿐이야.

하지만 나는 여전히 흥청망청하면서 방탕하게 지냈지. 심지어 중령이 나를 사흘간 영창에 처넣기까지 했어. 그리고 바로 그 무렵 아버지가 내게 6,000루블의 돈을 보내주었어. 내가 더 이상 아무것도 요구하지 않겠다며 포기 각서를 써 보낸 직후였지. 사실 나는 그때까지 내 재산에 대해서는 아무것도 모르고 있었고 지금도 자세히는 몰라. 하지만 그 이야기는 나중에 하자꾸나.

그런데 내 수중에 6,000루블의 돈을 지니게 된 바로 그 순간, 내 친구 한 명이 내게 보낸 편지를 통해 아주 흥미로운 사실을 알게 되었단다. 우리의 중령이 윗사람들의 신망을 잃었고 부정 혐의를 받고 있다는 거야. 실제로 곧이어 장군이 와서 그를 심하게 질책했고 얼마 지나지 않아 퇴역하라는 명령이 떨어진 거야. 나는 이 기회를 이용해 장난질을 치기로 결심했어. 나는 중령의 약점을 한 가지 알고 있었거든.

나는 그때까지 우정을 유지해오던 아가피야를 만나서 이렇게 말했어.

'당신 아버님에게 공금 4,500루블이 비어 있다는 걸 알고 계시나요?'

그녀는 끔찍이도 놀라더군.

'아니, 무슨 소리예요? 그럴 리가! 그걸 도대체 어떻게 알았어요?'

'아무 걱정 말아요. 아무에게도 말하지 않을 테니. 암튼 그 돈을 당장 채워놓지 않으면 아버지는 재판에 회부될 겁니다. 늘 그막에 사병 노릇을 하면서 고생할 거라고요. 그 꼴을 두고 보진 않겠지요? 자, 간단합니다. 당신의 동생을 내게 보내세요. 내게 마침 돈이 있거든요. 내가 그녀에게 그 돈을 줄 것이고, 아무도 그 사실을 모르게 될 겁니다.'

내가 말을 마치자 그녀가 불같이 화를 내며 '이런 야비한 인간! 정말……! 어디 감히!'라고 말하더니 뛰쳐나가더군. 나는 그녀의 등 뒤에 대고 비밀은 절대로 지킬 거라고 큰 소리로 외쳤지. 나는 아가피야가 카테리나를 마치 천사처럼 여기고 있으며 그녀에게 모든 이야기를 한다는 것을 미리 알고 있었고 내가 노리는 것도 바로 그거였어. 아니나 다를까 아가피야는 카테리나에게 모든 것을 이야기한 거야.

그런데 그때 부대를 인수할 신임 소령이 부임해왔어. 인수인계를 해야 했지. 그런데 중령이 끙끙 앓아누운 거야. 이틀 동안 방에 처박힌 채 공금을 내놓지 못했지. 실은 그가 무슨 대단한 부정을 저지른 건 아니야. 뭐, 부정이라면 부정이긴 해. 상부에서 검열을 받고 나면 그는 얼마간 이자를 받고 공금을 믿을만한 고리대금업자에게 빌려준 거야. 그런데 중령이 퇴역할 거라는 소식을 알고 그놈이 입을 닦아버린 거지. 나는 그 내막을 속속들이 알고 있었어. 나중에 안 이야기지만 중령이 자살을 시도한 모양이야. 때맞춰 아가피야가 방으로 뛰어들어 말리는 바람에 무산되었다고 하더군.

내가 막 외출하려 할 때였어. 그런데 내 집 앞에 카테리나 이바노브나가 서 있었던 거야. 나는 즉각 사태를 알아차렸어. 나는 그녀를 데리고 다시 방으로 들어왔어. 그녀는 나를 똑바로 쳐다보더군. 그녀의 짙은 눈이 단호하게, 그리고 대범하게 반짝이고 있었지. 하지만 주저하는 듯 입술이 떨리는 것은 어쩔 수 없었어.

이윽고 그녀가 입을 열었어.

'언니 말이 내가…… 내가…… 직접 당신에게 오면 4,500루블을 내줄 거라고 하더군요. 이렇게…… 이렇게…… 내가 왔으니 그 돈을 주세요.'

그녀는 더 이상 견딜 수 없었는지 숨을 헐떡거렸고 갑자기 말문을 탁 닫아버렸어. 알료샤, 듣고 있지? 그래, 정말 사실대로 말해주마. 솔직히 처음 든 생각은 순전히 카라마조프다운 거였어. 그런데 그 순간 마치 거미에게 물린 것 같은 기분이 드는 거야. 너, 내가 거미에게 물려서 꼬박 보름 동안 앓아누웠던 거 모르지? 정말로 그때와 똑같았어. 이해할 수 있겠니?

나는 그녀를 뚫어지게 바라보았어. 너, 그녀를 본 적 있지? 정말 미인이지? 하지만 그때 그녀가 정말 아름다웠던 건 그녀의 위대한 영혼 때문이었어. 그렇게 헌신적인 마음으로 모든 것에 대해 체념하고 있는 그녀 앞에 있는 나는…… 나는…… 그 얼마나 초라해 보였는지! 그런데 그녀의 모든 것이, 그녀의 육체고 영혼이고 모두 이 벌레같이 야비한 놈인 내게 달려 있었던 거야! 아아, 그 거미가 얼마나 잔인하게 나를 물었던지 꼭 그 자리에서 숨이 멎어버릴 것만 같았어.

알료샤, 사실 나는 다음 날 그녀에게 찾아가 청혼한 후 이 모든 일을 아무도 모르게 마무리하려는 생각이었어. 그런데 그때 내 귓가에 들려오는 목소리가 있었지. '내일이면, 그녀는 마부를 시켜 너를 당장 밖으로 내쫓을 거다!' 그래, 사실이었어. 그녀의 눈빛이 그 모든 것을 확인해주고 있었어. 나는 화가 치솟아서 야비하기 그지없는 장난질을 치고 싶어졌지. 그녀를 바라보며 장사치들이나 쓰는 말투로 그녀의 뒤통수를 치는 거야.

'이봐요, 고매한 아가씨! 4,000루블이라니요? 뭐, 장난치는 거요? 거참, 경박하기 이를 데 없는 아가씨로군! 200루블이라면 모를까, 4,000루블이라니! 그런 돈이 그렇게 쉽게 오갈 수 있는 거요? 공연히 헛걸음하셨군!'

만일 그랬다면 그녀는 그대로 도망가버렸을 거야. 정말 악마적이고 멋진 복수였을 거야! 나는 그때처럼 한 여자를 그토록 증오의 눈길로 바라본 적이 없어. 십자가에 걸고 맹세할 수 있지만, 나는 4, 5초 동안 증오에 불타서, 그 증오에서 사랑까지, 그것도 가장 격렬한 사랑까지 단지 머리카락 한 올의 거리밖에 없는 그런 증오에 불타서 그녀를 바라보고 있었어.

나는 창가로 다가가서 얼어붙은 유리창에 이마를 갖다 댔어. 그 냉기가 내 이마를 태워버리는 것 같았지……. 나는 그녀를 오래 기다리게 하지 않았어. 나는 탁자로 다가가 서랍을 열고 5,000루블짜리 수표를 꺼내서 말없이 그녀에게 보여준 후 접어서 그녀에게 주었어. 그런 후 내 손으로 직접 문을 열어준 후 아주 낮은 목소리로 안녕히 가시라고 인사를 했지. 그녀는 몸을 부르르 떨더니 나를 바라보았어. 얼굴이 백지장처럼 하얗게 질려 있었지. 그러더니 갑자기 아무 말 없이 무슨 격정에라도 사로잡힌 듯 내 앞에 무릎을 꿇더니 이마가 땅에 닿도록 절을 하는 거야.

그녀가 뛰쳐나가자 나는 칼집에서 장검을 빼어 들었어. 나는 환희에 휩싸여 바보처럼 그 장검으로 가슴을 찌르고 싶었어. 너, 사람이 너무 기뻐서 자살할 수도 있다는 거 아니? 하지만 나는 칼날에 입을 맞춘 후 다시 칼집에 넣었어. 하긴…… 네게 이런 이야기는 하지 않는 게 나았을지도……. 내 안에서 벌어졌던 갈등을 네게 이야기해주면서 좀 들떴던 것 같아. 오, 악마여! 인간의 마음을 엿보는 자들을 제발 잡아가주오!"

미챠는 거기까지 이야기를 하고 자리에서 벌떡 일어나 서성거리며 손수건으로 이마의 땀을 닦았다.

"그래, 이제야 무슨 일이 있었는지 절반은 알겠네."

알료샤가 말했다.

미챠는 다시 탁자 앞에 와서 앉았다.

"그래, 이건 드라마지. 전반부는 저곳에서 일어났던 것이고, 후반부는 이곳이 무대이며 비극이 될 거야."

"그런데, 형. 아직 약혼한 상태인 거야?"

"그래, 그 후의 이야기를 잠깐 하자. 횡령 사건은 마무리되었지만 중령은 곧 죽었어. 그런데 무슨 동화 같은 일이 벌어졌어. 카테리나의 친척뻘 되는 어느 장군 부인이 그녀의 재산을 상속받기로 되어 있던 두 명의 조카를 갑자기 동시에 잃는 사건이 벌어진 거야. 그 부인에게 갑자기 카테리나가 친딸 같은 존재가 된 거야. 그녀는 카테리나에게 재산을 물려준다는 유서를 쓰는 데서 그친 게 아니라 그녀를 모스크바로 부르더니 당장 8만 루블을 손에 쥐여줬어. 정말 성질 급한 노파였지. 이어서 카테리나가 내게 편지를 보내왔어. 나는 지금도 그 편지를 갖고 있어. 나를 미친 듯이 사랑한다는 내용이었고 자기 남편이 되어달라는 내용이었어. 나는 그녀에게 답장을 한 후 모든 것을 설명하는 편지를 이반에게 보냈고, 이반에게 그녀를 만나보라고 했어. 왜 그렇게 나를 쳐다보는 거니? 그래, 이반은 그녀를 지금도 사랑하고 있어. 세상 사람 잣대로 본다면 내가 바보 짓을 한 거지."

"내가 보기에 그녀가 사랑해야 할 사람은 이반 형이 아니라 형이어야 한다고 생각해."

"그녀가 사랑하는 건 내가 아니야. 내 안에 그녀와 같은 미덕이 있다고 생각하고 그 미덕을 사랑하는 거지. 어쨌든 나는 그녀보다 수백만 배 하찮은 인간이라는 것을, 그녀는 하늘의 천사처럼 진실한 감정을 갖고 있다는 걸 인정해. 그런데 바로 거기에 비극이 있는 거야. 이반하고 단 한 번도 그런 이야기를 해본 적이 없지만 결국 나는 내 고향이라고 할 수 있는 진흙탕에 처박힐 거고 이반이 나를 대신해서……. 하지만 지금은 아직 그녀와 약혼한 상태지. 모스크바에서 근사한 약혼식을 올렸어. 나는 솔직한 내 모습을 그녀에게 말해주었어. 그녀는 내게 품행을 고치겠다는 약속을 하라고 엄숙하게 말하더군. 약속했지. 하지만 나는…… 지금도 너를 그녀에게 보내려 하고 있고."

"그래서 어쩌려고?"

"다시는 그녀를 보지 않겠다고, 영원히 작별 인사를 보낸다고 말해."

"어떻게 그런 일을!"

"그래, 불가능한 일이지. 그래서 너를 보내려는 거야. 내가 내 입으로 직접 말할 수는 없으니까."

"그럼 형은 어디로 가려고?"

"내 진흙탕으로 돌아가는 거지."

"그루셴카에게 가겠다는 거로구나! 그럼 라키틴의 말이 사실이었구나."

라키틴은 우리가 방금 조시마의 암자에서 보았던 신학생의 이름이라는 것을 다시 한번 밝히기로 하자. 알료샤가 계속해서 말했다.

"난 형이 그냥 그녀의 집을 잠시 드나들다가 이내 그만둘 줄 알았지."

"알료샤, 난 그년이 어떤 년인지 알고 있어. 돈이라면 사족을 못 쓰고 악랄하게 돈을 긁어모은다는 것도 다 알아. 처음에는 그년을 패주려고 갔던 거야. 그런데 거기 눌러앉게 된 거야! 그년은 나병 환자고 나도 거기 감염된 거야, 알겠어?"

"아니, 그럼 형은 그녀와 결혼하려는 거야?"

"그녀만 좋다고 하면 곧바로 할 거야. 싫다고 하면 종노릇이라도……."

그는 갑자기 알료샤의 어깨를 붙잡더니 마구 흔들며 말했다.

"이건 다 미친 짓이야, 미친 짓! 비극이라고! 알료샤, 나는 비열한 놈이고 비열한 열정에 시달리는 놈이야! 하지만 나는 절대로 남의 호주머니를 슬쩍하는 놈이나 도둑놈은 될 수 없어! 그런데! 내가 바로 그런 도둑놈이 된 거야!

내가 그루셴카를 패주러 가기 직전의 일이야. 카테리나가 나를 부르더니 3,000루블을 남들 모르게 모스크바의 아가피야에게 송금하라고 하더라. 나는 호주머니에 3,000루블을 넣은 채 그루셴카에게 갔어. 그리고 둘이 모크로예에 가서 그 돈을 다 써버린 거야. 나는 카테리나에게 돈을 부쳤다며 영수증을 나중에 갖다주겠다고 하고 아직 안 갖다줬어.

그러니 네가 그녀에게 가서 말하는 거야. '형은 호색한입니다. 양심도 없는 방탕한 사람이지요. 형은 그 돈을 다 써버렸습니다. 유혹에 넘어간 거지요.' 그리고 덧붙여서 말해. '하지만 도둑은 아니에요. 여기 3,000루블이 있으니 직접 아가피야에게 부치세요. 참, 형이 고개 숙여 인사를 전합니다'라고. 그러면 그녀가 물을 거야. '돈은 어디 있지요?'라고."

"형, 정말 어려운 처지에 빠졌네. 하지만 자살할 생각은 하지 마. 그럴 정도는 아니야."

"내가 그깟 일로 자살할 것 같니? 나중이라면 몰라도 지금은 그럴 힘도 없어. 어쨌든 최선은 그녀에게 3,000루블을 갖다주는 거야."

"그걸 어디서 구하지? 아, 잠깐. 내게 2,000루블이 있어. 이반 형이 1,000루블을 보태주면 3,000루블이 되잖아."

"그게 어느 세월에 내 손에 오겠니? 너는 아직 미성년자인데다, 돈이 있건 없건 네가 오늘 당장 그녀에게 내 작별 인사를 전해야 해. 내일은 늦어. 그러니 너를 우선 아버지에게 보내려는 거야."

"아버지?"

"그래, 먼저 아버지에게 가. 가서 돈을 달라고 해."

"하지만 주시지 않을걸."

"물론이지. 법적으로 아버지는 내게 빚이 없어. 하지만 도덕이라는 게 있지 않니? 아버지는 어머니 돈 2만 8,000루블로 10만 루블을 벌었어. 그 10만 루블 중에서 3,000루블만 내게 주면 아버지는 나를 지옥에서 꺼내주는 셈이 될 거고, 아버지가 무수히 지은 죄도 용서받을 거야. 그리고 그 양반은 더 이상 나에 관한 이야기는 듣지 않게 될 거야. 그 양반에게 마지막으로 아버지 노릇을 할 기회를 주는 거고……. 네가 가서 그렇게 말하면 돼."

"형, 아버지는 절대로 한 푼도 주지 않을걸."

"알아. 나도 잘 안다고. 게다가 최근에, 그루셴카가 나와 결혼할 마음이 있다는 걸 누군가가 아버지에게 귀띔해주었어. 아니, 아버지도 그녀에게 미쳐 있는데 얼씨구나 하면서 내게 돈을 주겠니? 한 가지 더 놀라운 걸 알려줄까? 아버지는 100루블짜리 지폐로 3,000루블을 고이 봉투에 넣어서 간직하고 있지. 내게도 정보가 다 있어. 봉투에 뭐라고 쓰여 있는지 알아? '나의 천사 그루셴카에게. 그녀가 내게 오기만 한다면'이라고 쓰여 있어. 그 사실을 스메르쟈코프만 알고 있어. 아버지는 녀석이 정직하다고 철석같이 믿고 있지. 아버지는 벌써 사흘째 그녀가 돈 봉투를 받으러 오길 기다리고 있는 거야. 아버지가 봉투 이야기를 전해주었더니 그녀가 '갈지도 몰라요!'라고 답을 보냈거든. 그녀가 오면 어떻게 되겠니? 내가 그녀와 결혼할 수 있겠어? 자, 내가 왜 여기 숨어 있는지, 누구를 감시하고 있는지 알겠지?"

"그녀를?"

"그래. 다행히 이 집 주인 모녀는 내가 여기 있는지 모르고 있어."

"스메르쟈코프만 알고 있는 거네."

"그래, 그녀가 영감에게 오면 내게 알려줄 거야. 이반은 체르마쉬냐 숲의 벌목권을 사겠다는 사람이 나타나서 협상하러 갈 거야. 그루셴카가 왔을 때 이반이 없어야 하니까 아버지가 이반을 그곳으로 가라고 설득하고 있어. 지금 이반과 술을 마시며 그 이야기를 하고 있을 거야. 그러니 어서 아버지에게 가서 3,000루블을 부탁해. 내가 미친 것 같니? 아니야, 난 말짱해. 난 기적을 믿어. 하느님의 기적을! 하느님께서는 내가 얼마나 큰 절망에 빠져 있는지 알고 계셔. 이 모든 상황을 알고 계신다고. 그런데도 모른 척하실 것 같아? 알료샤, 난 기적을 믿어. 그러니 어서 가봐."

알료샤는 마지못해 응낙했다.

"그래, 갈게. 그런데 그루셴카가 오면 어떡할 거야?"

"오늘은 안 올 거야. 하지만 그러면…… 그러면, 죽일 거야."

"누구를 죽이겠다는 거야?"

"영감."

"형, 지금 무슨 말을 하는 거야?"

"모르겠어. 나도 모르겠어. 죽일지도 모르고…… 안 죽일지도 모르고……. 아버지의 그 저주받은 얼굴이 무서울 뿐이야. 그 이중 턱, 코, 그 눈, 그 뻔뻔스러운 얼굴이 가증스러워. 내가 무서운 건 바로 그 증오야. 그건 도저히 참아낼 수가……."

"형, 갈게. 하느님께서 그런 무서운 일이 벌어지지 않게 해주실 거야."

"그래, 나는 여기서 기적을 기다리고 있을게. 하지만 기적이 일어나지 않는다면…… 그때는…….."

알료샤는 생각에 잠겨 아버지의 집으로 향했다.

제3장

    알료샤가 아버지의 집으로 가보니 표도르는 미챠의 말대로 식탁에 앉아 있었다. 이반도 식탁에 앉아 커피를 마시고 있었다. 그리고리와 스메르쟈코프는 식탁 옆에 서 있었다. 아버지의 웃음소리가 들렸다. 알료샤는 아버지의 웃음소리를 듣고 아버지가 취하려면 아직 멀었으며 기분이 조금 들떠 있을 뿐이라는 것을 알 수 있었다.

    "오, 너도 왔구나! 정말 잘 왔다, 애야!"

    알료샤를 보자 표도르가 외쳤다.

    "그래, 식사는 했니?"

    "네, 했어요."

    그는 수도원 부엌에서 겨우 빵 한 조각에 크바스 한 잔 마신 것이 전부였지만 그렇게 대답했다.

"뜨거운 커피를 주시면 마실게요."

"그래, 아주 훌륭한 커피가 있지. 스메르쟈코프가 직접 만들었거든. 저놈은 정말 훌륭한 요리사야. 이반, 나는 요 녀석만 보면 웃음이 절로 나온단다. 녀석이 너무 좋아. 한데 마침 때맞춰 왔구나. 네가 좋아할 만한 이야기를 하고 있었거든. 어쩐 일인지 이 당나귀가 입을 열었는데, 허, 정말 말을 잘하네. 정말 잘해."

당나귀 운운한 건 하인 스메르쟈코프를 말한 것이었다. 그는 과묵한 스물네 살의 청년이었다. 비사교적이고 부끄러워서 과묵한 것이 아니었다. 반대로 그는 오만했으며 세상을 경멸하는 듯했다. 그는 어릴 때부터 그리고리의 표현대로 '은혜도 모르는' 놈으로 자랐다. 그는 그리고리 모르게 고양이를 목매달아 죽인 후 제법 엄숙하게 장례식을 치러주곤 했다. 어느 날 그 모습을 보고 그리고리가 호되게 혼을 냈더니 그는 일주일 동안 그리고리를 향해 눈을 흘겼다. 어느 날 그리고리는 아내에게 "이 호래자식은 우리를 좋아하지 않아. 아무도 좋아하지 않아. 저게 도대체 사람이야, 아니야?"라고 말하며 스메르쟈코프에게 "이놈아, 너는 목욕탕 진흙 바닥에서 태어난 놈이야!"라고 소리쳤다. 스메르쟈코프는 그 말을 한 그리고리를 절대로 용서할 수 없었다.

그리고리는 그에게 글을 가르쳤고 열두 살이 되었을 때 성서를 읽어주었다. 하지만 소용없는 일이었다. 두 번째인가, 세 번째 수업이 시작되었을 때 스메르쟈코프가 피식 웃음을 흘렸다.

"왜 그래?"

그리고리가 안경 너머로 그를 준엄하게 바라보며 물었다.

"아무것도 아니에요. 하느님이 첫날 빛을 창조하셨고 해와 달과 별들을 넷째 날에 창조하셨다면서요? 그럼 첫날, 빛은 어디에서 온 거예요?"

그리고리는 아연했다. 소년은 오만불손한 기색으로 스승을 쳐다보았다. 그리고리는 참지 못하고 "바로 여기에서다!"라고 소리치며 소년의 뺨을 후려쳤다. 소년은 직접 대들지는 않았지만 며칠간 방구석에 처박혀 있었다. 그리고 일주일 뒤 소년은 간질 발작을 일으켰다. 표도르도 그 사실을 알고 의사를 불러 진찰하게 했다. 그의 간질은 불치병으로 판명이 났다.

표도르는 스메르쟈코프에게 요리사의 자질이 있다고 생각하고 그를 모스크바로 유학을 보냈다. 그런데 몇 년 후에 그는 전혀 딴사람이 되어 돌아왔다. 마치 거세종파 신자처럼 늙어버렸으며 주름진 얼굴은 누렇게 떠 있었다. 하지만 사람들을 피하고 만나지 않는 성격은 여전했다.

어쨌든 그는 훌륭한 요리사였다. 그리고 그는 멋쟁이였다. 그는 표도르에게서 받은 급료를 몽땅 옷과 포마드와 화장품을 사는 데 써버렸다. 하지만 여자들에게 잘 보이기 위해 멋을 낸 것이 아니었다. 그는 남자들을 경멸하는 만큼 여자도 경멸하는 것 같았으며 여자들은 아예 접근도 못 하게 하는 것 같았다. 한 가지 더, 이전보다 간질 발작이 잦아졌다. 표도르에게는 그 점이 가장 큰 걱정이었다. 그런 날은 마르파가 요리를 해야 하기 때문이었다.

스메르쟈코프에게 두드러진 점이 한 가지 더 있었다. 그의 심성이 정직하다는 것이었다. 하루는 표도르가 이자를 받고 빌려주었다가 돌려받은 300루블의 지폐를 술에 취해 마당 진흙탕에 흘렸던 적이 있었다. 그는 다음 날에야 그것을 알았다. 그런데 탁자 위에 100루블짜리 지폐 세 장이 고스란히 놓여 있는 게 아닌가? 바로 스메르쟈코프가 주워서 갖다 놓은 것이었다. 표도르는 상으로 10루블을 그에게 주었다. 표도르는 스메르쟈코프를 대단히 좋아했지만 정작 스메르쟈코프는 다른 사람들에게와 마찬가지로 그에게 곁눈질만 할 뿐 별로 말을 걸지 않았다.

그의 얼굴을 보면 대체 무슨 생각을 하는지 알 수 없었다. 아니, 차라리 아무 생각도 없는 것 같았고, 다만 무언가 몽상(夢想)에 잠겨 있는 것 같았다. 화가 크람스코이의 그림 중에 '몽상가'

라는 아주 주목할 만한 그림이 있다. 겨울 숲속 한복판에 다 해진 옷을 입고 짚신을 신은 한 농부가 서 있다. 무언가 곰곰이 생각하고 있는 듯하지만 생각에 잠긴 게 아니라 모호한 몽상 속을 헤매고 있을 뿐이다. 만일 누군가가 그를 건드린다면 마치 잠들었던 그를 깨운 듯 몸을 부르르 떨면서 의아한 눈길로 그 사람을 바라볼 것이다. 이어서 그는 곧 정신을 차릴 것이다. 하지만 무슨 꿈을 꾸었느냐고 물으면 아무 대답도 할 수 없을 것이다. 그 꿈속에서 받은 인상만 그의 내부에 고이 간직되어 있을 뿐이다. 그에게 소중한 것은 바로 그 인상이며, 그것이 그의 내면에 차곡차곡 쌓이게 될 것이다. 무엇을 위해서인가? 그 자신도 모른다. 하지만 그렇게 오랜 세월 꿈꾸어온 후에 그는 모든 것을 버리고 갑자기 축성(祝聖)을 받기 위해 예루살렘으로 떠날 수도 있을 것이며, 자기 마을에 불을 질러버릴 수도 있을 것이다. 혹은 범죄를 저지른 후 순롓길을 떠날 수도 있을 것이다. 우리 러시아 백성들 중에는 그런 사람들이 많다. 스메르쟈코프는 그런 사람들 중 한 명이었다.

알료샤가 온 뒤에도 스메르쟈코프는 한동안 이야기를 더 하려 했다. 짐작건대 그가 그런 몽상 속에서 키워왔던 기독교 신앙에 대한 자신의 인상을 이야기하고 있었던 것 같았다. 대단히 불경스러운 이야기였다. 그런데 알료샤가 들어오자 표도르가 하인들에게 말했다.

"자, 이제 그만들 가봐!"

그들이 나가자 표도르가 이반에게 말했다.

"그런데 이반, 저놈이 네게 흥미가 있어 식사 때마다 오는 것 같은데……. 저런 돼먹지 않은 소리를 하게 만든 게 바로 너 아니냐? 도대체 저놈에게 무슨 짓을 한 거냐?"

"아무것도요. 그냥 제멋대로 하는 소리인데요."

"아하, 저 당나귀 같은 놈이 생각을…… 도대체 저 생각이 어디까지 갈 건지……."

"생각들을 쌓아놓고 있지요."

이반이 웃으며 말했다. 그러자 표도르가 말했다.

"나는 놈이 나쁠 뿐 아니라 그 누구도 참아내지 못한다는 걸 알아. 놈이 이반 너를 존경할지 모르지만 실은 너도 마찬가지일걸. 알료샤는 두말할 필요도 없고. 놈은 알료샤를 경멸해. 하지만 놈은 도둑질도 하지 않고 가볍게 입을 놀리지도 않아. 게다가 요리도 잘해."

그러면서 표도르는 연거푸 몇 잔의 술을 들이켰다.

"아버지, 너무 많이 드시는 거 아닌가요?"

알료샤가 용기를 내어 말했다.

"그래, 딱 한 잔만 더 하고……. 아니, 두 잔만 더……. 알료샤, 네가 보기에도 내가 순전히 광대 같니?"

"아뇨, 전 그렇게 생각 안 해요."

"그래, 네 말을 믿으마. 너는 모든 게 진심이니까. 하지만 이반, 저 녀석은…… 저 녀석은 아니야. 저 녀석은 너무 건방져. 그런데 이반, 네게 묻자. 하느님이 정말 있니, 아니면 없니? 그렇게 웃지 말고 진지하게 대답해봐."

"신은 없어요."

"알료샤, 하느님이 있니, 없니?"

"하느님은 계세요."

"그럼, 이반에게 다시 묻자. 이반, 불멸이란 게 있니? 아주 코딱지만큼 아주 쪼그만 거라도 말이다."

"불멸도 없어요."

"전혀?"

"전혀요."

"그렇다면 완전히 제로라는 말이냐? 그래도 뭔가 있겠지. 아무것도 아닌 그 뭔가가."

"완전히 제로예요."

"알료샤, 불멸이 있니?"

"네. 하느님 안에 불멸이 있습니다."

"음, 내가 보기엔 이반 말이 옳은 것 같다. 맙소사! 인간이 수천 년 동안 얼마나 많은 에너지를 그 헛된 믿음에 쏟아부어 왔는데……. 이반, 도대체 누가 인간을 이런 웃음거리로 만들어놓고 즐기는 걸까?"

"분명 악마겠지요."

이반이 비웃듯 말했다.

"그렇다면 악마가 존재한다는 거냐?"

"아뇨!"

"거참! 하느님이라는 걸 처음으로 만들어낸 놈은 목을 매달아도 시원치 않겠어!"

"그런 상상력이 없었으면 문명도 없었을걸요. 코냑도 없었을 것이고……. 자, 이제 코냑을 치워야겠어요."

이반이 술병에 손을 가져가며 말했다.

"아니, 아니! 한 잔만 더 하고! 알료샤, 내가 네 기분을 상하게 했겠구나. 화가 난 건 아니겠지, 요, 귀여운 알료샤!"

"아뇨, 전 아버지를 잘 알아요. 아버지는 머리보다는 마음이 더 좋은 분이에요."

"뭐? 내 마음이 머리보다 더 좋다고? 네가 그런 말을……. 이반, 너는 알료샤가 좋으니?"

"네, 좋아해요."

"그래, 좋아해야지……."

표도르는 취기가 머리끝까지 잔뜩 올라 있었다.

"알료샤, 내가 네 장로한테 좀 거칠었지? 내가 좀 흥분했었지. 내가 보기엔 그 사람, 아주 영리한 사람이야. 이반, 네가 보기엔 어떠냐?"

"아마, 그런 것 같아요."

"그래, 뭔가 냄새가 나. 그자는 연기를 하고 있는 거야. 겉으로는 성자의 옷을 걸치고 있지만 속으로는 뭔가 분노가 들끓고 있어. 속으로는 하느님을 눈곱만큼도 안 믿고 있어. 사람들에게 '믿어라, 하지만 나도 뭘 믿는지 모르겠다'라고 떠벌리고 있는 거야."

이어서 표도르는 조시마 장로가 호색한이라는 둥, 도둑이라는 둥 말도 안 되는 이야기를 횡설수설 늘어놓더니 이번에는 엉뚱한 이야기를 꺼냈다.

"이반, 너 내게 화를 내는 거냐? 그러지 말아라. 내가 네게 계집 하나 선물해줄게. 헤헤, 이 아이들아, 이 사랑스러운 돼지들아, 이 세상에 추한 여자란 절대로 없어. 그게 내 신조야, 알겠니? 아니, 네놈들이 어떻게 알겠어. 아직 대가리에 피도 안 마른 놈들이. 모든 여자는 말이다, 다 나름대로 맛이 있어. 누구에게나 다른 여자에게선 찾을 수 없는 그 무언가가 있단 말이다. 하지만 그건 아무나 찾을 수 있는 게 아니야. 그걸 찾을 수 있는 능력이 있어야 해. 그게 바로 재주야. 계집이라는 그 사실 하나만으로도 이미……. 다 늙은 노처녀에게서도 깜짝 놀랄 걸 찾을 수 있어. '아니, 얼마나 멍청하면 이런 년을 이렇게 늙을 때까지 내버려둘 수 있지'라는 생각이 든다니까. 맨발로 싸돌아다니는 계집은 어떻게 해줘야 하는지 알아? 우선 깜짝 놀라게 해주어야 하는 거야. 그건 모르지? 그런 다음 동시에 기쁨과 부끄러움에 정신없게 만들어주는 거야. 무슨 기쁨? '아, 저렇게 지체 높은 분이 자기에게 관심을 갖는다니!'라고 감동받게 만드는 거야. 그래, 알료샤, 난 죽은 네 어미도 늘 깜짝 놀라게 해주었지. 물론 방식은 좀 달라. 애무를 한 번도 해주지 않다가 갑자기 그녀 앞에 무릎을 꿇는 거야. 그러곤 발에 입을 맞추지. 그러면 클리쿠샤는 아주 독특한 웃음을 띠었지. 그래, 아주 이상한 웃음이었어. 난 그게 병의 징후인 걸 알고 있었어. 다음 날이면 어김없이 발작을 일으켰으니까. 뭐, 즐거워서 웃었던 게 아닌 건 분명해. 하지만 난 내 클리쿠샤를 모욕한 적은 한 번도 없어. 그건 믿어라, 알료샤. 아니, 알료샤, 너 왜 그러는 거냐?"

표도르는 깜짝 놀라 벌떡 일어났다. 노인이 어머니 이야기를 시작할 때부터 안색이 변하기 시작하더니 어머니와 똑같이 발작을 일으킨 것이다. 알료샤는 두 손으로 얼굴을 가린 채 의자 위로 힘없이 쓰러졌고 눈물을 흘리며 온몸을 부들부들 떨기 시작했다.

"이반, 어서 물을 가져오렴. 어쩜 제 어미와 이리도 똑같니? 어서 입에 물을 흘려줘. 얘 어미에게도 그렇게 해줬어. 맞아, 얘 어미도 그랬어!"

"저의 어머니이기도 한 것 같은데요. 쟤 어머니는 제 어머니예요."

이반이 이루 말할 수 없는 경멸이 담긴 어조로 말했다.

"뭐야? 네 어미?"

표도르가 무슨 말인지 못 알아듣겠다는 투로 말했다.

"아니, 무슨 소리를 하는 거냐? 그녀가…… 오, 맙소사! 맞아, 그렇구나! 네 어미이기도 하지! 미안하다. 난 그저…… 히, 히, 히."

그 순간 현관에서 우당탕하는 소리가 들렸다. 이어서 고함 소리가 들리더니 요란하게 문이 열렸다. 미챠였다. 노인은 놀라서 이반 곁으로 몸을 날렸다.

"날 죽일 거다. 날 죽일 거야! 막아줘!"

그가 이반 표도로비치의 프록코트 자락에 매달린 채 외쳤다.

미챠의 뒤를 따라 그리고리와 스메르쟈코프가 뛰어 들어왔다. 그들은 표도르의 명령에 따라 미챠를 들여보내지 않으려고 몸싸움을 벌였던 것이다. 미챠는 그리고리가 문을 막고 장승처럼 버티고 서자 "그년이 여기 있어! 그년이 집 쪽으로 오는 걸 내 두 눈으로 봤어"라고 소리치며 그를 온 힘을 다해 내리친 후 안으로 돌진한 것이다.

미챠가 안으로 들어오자 표도르가 갑자기 그에게 달려들며 외쳤다.

"그루센카가 왔어! 저놈이 봤다고 하잖아!"

그는 그루센카의 이름이 미챠의 입에서 나오자 정신이 나간 것이었다. 온몸을 덜덜 떠는 것이 마치 미친 것 같았다. 그는 붙잡는 이반을 뿌리치고 드미트리에게 달려들며 "이, 도둑놈 잡아라!"라고 소리쳤다. 그러자 드미트리는 노인의 관자놀이에 붙어 있는 머리카락을 움켜쥐더니 노인을 마룻바닥에 세게 내동댕이쳤다. 그러고는 노인의 얼굴을 구둣발로 세 번 거세게 짓밟았다. 노인은 신음 소리를 냈다. 이반이 두 손으로 형을 붙잡았고 알료샤도 힘껏 이반을 도왔다.

"형, 미쳤어! 그녀는 오지도 않았어. 형, 아버지를 죽일 참이야?"

"그래도 싸. 아직 죽이지 못했으니 나중에 다시 오겠어. 알료샤, 분명 그녀가 오지 않은 거지?"

"안 왔단 말이야. 기다린 사람도 없어. 어서, 여기서 나가."

"하지만 그녀를 분명히 봤는데……. 좋아, 가서 알아봐야지. 알료샤, 저 영감에게 돈 이야기는 꺼내지 마라. 그리고 곧장 카테리나에게 가서 '고개 숙여 인사를 전합니다'라고 분명히 말해. 그리고 그녀에게 이런 소동이 벌어진 것도 분명히 이야기해줘."

미챠는 피를 흘리고 있는 노인을 가증스럽다는 듯 바라보며 방을 나갔다. 노인은 이반과 그리고리의 도움으로 이미 안락의자에 앉아 있었다. 미챠가 나가자 그들은 노인을 침대에 눕혔다. 머리에 맞은 충격과 술기운에 노인은 정신을 잃었다.

그러자 이반이 낮은 목소리로 알료샤에게 속삭였다.

"제길! 내가 말리지 않았다면 형은 아버지를 죽였을 거야. 저런 노인 하나 죽이기는 일도 아니지."

"오, 하느님 맙소사!"

알료샤가 소리쳤다.

"뭐가 '하느님 맙소사'라는 거냐?"

이반이 증오로 이글거리는 눈을 하고 말했다.

"파충류끼리 서로 잡아먹는 건데……. 잘된 거지."

알료샤가 몸을 부르르 떨었다.

"물론 살인이 일어나도록 내버려두지는 않을 거야. 지금도 그랬잖아. 알료샤, 여기 잠깐 있거라. 나는 밖으로 나가 있을게. 머리가 아파."

알료샤는 아버지가 누워 있는 침대 머리맡으로 가서 한 시간 정도 앉아 있었다. 갑자기 노인이 눈을 뜨더니 한동안 말없이 알료샤를 바라보았다. 그러더니 갑자기 생각이라도 난 듯 말했다.

"이반은 어디 있니?"

"머리가 아프다고 뜰에 나가 바람 쐬고 있어요."

"이반이 뭐라고 하던? 귀여운 알료샤! 내 단 하나뿐인 자식! 애야, 나는 이반이 무서워. 큰 놈보다 더 무서워. 무섭지 않은 건 너밖에 없어."

"이반 형을 무서워하지 마세요. 좀 화가 난 것뿐이에요. 아버지를 보호해줄 거예요."

"그런데 알료샤, 그루센카가 정말 안 온 거니?"

"그럼요. 아무도 본 사람이 없는데요. 형이 착각한 걸 거예요. 분명히 안 왔어요."

"그런데, 미챠, 그놈이 그녀와 결혼하려 하니?"

"그녀가 형과의 결혼을 원치 않을걸요."

"그래, 맞아! 안 갈 거야! 안 갈 거라고!"

노인이 기뻐서 소리쳤다.

"그래, 네가 그녀를 만나면 꼭 물어봐라. 내게 올 건지, 그놈에게 갈 건지. 그나저나 놈이 나가면서 너보고 카테리나에게 가라고 하던데……. 가서 무슨 말을 하라고 했니? 돈 때문에 가라고 한 거니?"

"아니요. 돈 때문이 아니에요."

"그래? 저놈은 땡전 한 푼 없는데……. 암튼 이제 그만 가봐라. 그리고 내일 내가 너한테 꼭 해줄 말이 있으니 와줄래? 그 누구에게든, 특히 이반에게는 비밀로 하고."

"네, 알았어요."

알료샤가 마당으로 나가니 이반은 대문 옆 벤치에 앉아 뭔가를 노트에 적고 있었다. 알료샤가 이반에게 물었다.

"형, 아버지와 큰형 일이 어떻게 끝날 것 같아?"

"모르겠어. 어쨌든 그 여자는 짐승이야. 노인을 나가게 해도 안 되고 미챠를 이 집에 들어오게 해도 안 돼."

"형, 하나만 물어봐도 돼? 한 사람이 다른 사람들을 심판할 권리가 있을까? 누구는 살아도 되고 누구는 죽어 마땅하다고 결정할 권리가 있을까?"

"갑자기 웬 철학적 질문을……. 그런 질문에서 중요한 건 개인들의 자질이 아니야. 권리? 글쎄……. 그래, 누구에게나 그러길 바랄 권리는 있지."

"다른 이의 죽음을 바랄 권리가 있단 말이야?"

"그럼, 죽음까지도! 너, 내가 조금 전에 한 암시를 듣고 하는 소리지? 너는 형처럼 나도 노인의 피를 흘릴 수 있다고, 그를 죽일 수 있다고 생각하는 거로구나?"

"형, 무슨 소리야? 난 그런 생각해본 적 없어. 큰형도 그럴 수 있다고 생각해본 적 없어."

"고맙구나."

이반이 웃으며 말했다.

"너, 내가 언제까지나 노인을 보호하리라는 걸 알아라. 내 욕망? 그거야, 자유롭게 내버려둬야지. 내일 보자꾸나. 나를 나쁜 놈이라고 생각하지 마."

이반은 알료샤의 손을 꼭 쥐었다. 전에는 결코 없던 일이었다. 알료샤는 형이 그에게 다가섰음을 느꼈고, 거기엔 무슨 의도가 있음을 느꼈다.

제4장

알료샤는 아버지의 집을 나서면서 육체적으로나 정신적으로나 낯선 피로감에 시달리고 있었다. 절망 비슷한 감정이 그를 억누르고 있었는데, 그에게는 전에 없던 일이었다. 단 하나의 거대한 질문이 다른 모든 질문들을 억누르고 그의 앞에 버티고 있었다.

'이 무서운 여자를 둘러싼 아버지와 형의 관계는 어떻게 끝이 날 것인가?'

하지만 카테리나의 집이 가까워질수록 그는 아무런 느낌도 들지 않았다. 다만 형에게 부탁받은 말을 전하는 게 더 힘들어 졌다는 것만 느낄 뿐이었다. 그는 마치 그녀의 인도(引導)를 바라는 것처럼 발걸음을 서두르고 있었다.

일곱 시였다. 그녀의 집은 도시 중심 도로에 있는 안락하고 커다란 집이었다. 그는 그녀가 이모 두 명과 함께 살고 있음을 알고 있었다. 한 명은 아가피야 이바노브나의 이모였고 다른 한 명은 모스크바에 살고 있던 가난한 부인으로 그녀의 이모뻘이었다.

알료샤가 현관에 들어서서 하녀에게 자신이 왔음을 알려달라고 말했을 때, 안에서 갑자기 여자들이 후다닥 뛰어다니는 발소리와 옷자락 소리가 들렸다. 아마 창문을 통해서 그가 도착한 것을 보았으리라. 하지만 알료샤는 자기가 왔다고 해서 저런 소동이 이는 것이 이상하다고 생각했다.

그는 곧 홀로 안내되었다. 페테르부르크식으로 우아하고 풍요롭게 장식된 커다란 홀이었다. 소파와 긴 의자들, 크고 작은 책상들이 있었고, 우아한 그림이 걸려 있었으며 화병들이 놓여 있었고 창가에는 수족관까지 있었다. 알료샤는 소파를 흘낏 보았다. 그 위에 실크 망토가 걸쳐져 있었다. 게다가 탁자 위에는 초콜릿 음료 두 잔, 건포도가 담긴 크리스털 접시, 사탕이 담긴 접시들이 놓여 있었다. 손님이 있었던 것이 분명했다.

잠시 후 커튼을 젖히고 카테리나가 홀로 들어섰다. 그녀는 환한 미소를 띠고 알료샤에게 손을 내밀면서 말했다.

"어머, 마침내 와주셨네요. 하루 종일, 당신을 보내달라고 하느님께 기도했어요."

알료샤는 이미 카테리나의 미모에 충격을 받은 바 있었다. 3주 전쯤 그녀의 간곡한 부탁으로 미챠가 그를 데려가 인사를 시킨 것이었다. 하지만 그때 그는 그녀와 이야기를 나누지는 않았다. 그는 미챠와 이야기를 나누는 그녀의 모습을 보면서 도도하고 자신감이 넘치는 여자라고 생각했었다.

그런데 지금 자신을 반갑게 맞는 그녀의 모습을 보고 그는 다시 한번 놀랐다. 그녀의 얼굴이 아름다움보다는 진지함과 열정으로 빛을 발하고 있었던 것이다. 그녀의 얼굴은 자신에 대한 흔들리지 않는 신뢰에 토대를 둔 강렬한 에너지만을 뿜내고 있을 뿐 전에 그에게 충격을 주었던 도도함은 찾으려야 찾을 수 없었다. 그녀의 얼굴을 보고 알료샤는 그녀에게 압도되는 동시에 매혹을 느끼면서 죄의식을 가질 수밖에 없었다.

그녀가 먼저 이야기를 꺼냈다.

"제가 당신을 기다린 건, 당신을 통해서만 진실을 알 수 있을 것 같아서였어요."

"제가 온 건…… 그러니까……."

알료샤는 더듬거릴 수밖에 없었다.

"형이 보내서……."

"아, 그이가 당신을 보냈군요. 그렇다면 그이가 왜 당신을 보냈는지, 토씨 하나 빼놓지 말고 이야기해주세요."

"형이 당신에게 인사를 전하라고…… 그리고 당신에게 이제 더 이상 오지 않겠다고…… 고개 숙여 인사를 전하라고……."

"정말 그렇게 말했어요?"

"네, 부디 잊지 말고 전해달라고 몇 번 다짐도 했어요."

"알렉세이 표도로비치, 저는 지금 당신의 도움이 필요해요. 제 생각이 맞는지 아닌지 말해주세요. 고개 숙여 인사를 전하라고 몇 번이나 말했다면서요? 그렇다면 그건 그냥 허세일 거예요. 진심이 아니라 허세를 부린 거라고요."

"맞아요. 바로 그거예요! 당신 말이 꼭 맞아요."

"그렇다면 그이는 아직 완전히 끝장난 건 아녜요. 절망에 빠져 있을 뿐이라고요. 저는 아직 그를 구할 수 있어요. 그가 당신에게 돈 이야기는 안 하던가요? 3,000루블에 대해?"

"물론 했지요. 형이 제일 괴로운 건 그것 같았어요. 체면도 다 잃었고, 이제 아무래도 상관없게 되었다고 말했거든요. 그러니까…… 당신도…… 그 돈에 대해 알고 계신 거지요?"

"네, 다 알고 있었어요. 나는 어떻게 하면 그이가 내 앞에서 수치심을 느끼지 않은 채 그 이야기를 하게 할까 고민했어요. 내가 그의 가장 충실한 벗이라는 것을 알게 해주려고……. 그는 모든 사람을 향해서, 심지어 그이 자신을 향해서도 수치심을 느낄 수 있지만, 내게서 수치심을 느끼면 안 돼요. 하느님 앞에서는 수치심으로 얼굴을 붉히지 않고 다 말할 수 있잖아요. 아아, 그 사람은 왜 나를 모르는 걸까요? 이런 일들이 벌어졌는데도 나를 모르는 걸까요? 나는 그를 구해주고 싶어요. 필요하다면 나를 약혼녀로 여기지 않아도 좋아요. 아아, 어떻게 내 앞에서 수치심을 느낄 수 있는 거지! 알렉세이, 당신 앞에서는 수치심을 느끼지 않고 다 말해주지 않나요? 나는 아직 그의 믿음을 얻지 못한 걸까요?"

그녀는 그 말을 하면서 눈물을 흘렸다.

"전해드릴 말씀이 있습니다."

알료샤는 떨리는 목소리로 말했다. 이어서 그는 미챠가 부탁한 대로 아버지 집에서 좀 전에 있었던 소동에 대해 모두 말해준 후 "형은 그 여자에게 갔어요"라고 말을 맺었다.

그러자 그녀가 갑자기 발작적인 웃음을 터뜨리며 말했다.

"당신은 그이가 그녀를 만나는 걸 내가 생각조차 하기 싫다고 생각하나요? 그렇지 않아요. 그건 그냥 충동일 뿐이에요. 그건 사랑이 아니에요! 그는 그녀와 결혼하지 않을 거예요! 그녀가 그를 원하지 않으니까!"

"결혼할지도 모릅니다."

알료샤가 눈을 내리깔며 침울하게 말했다.

"아니, 결혼하지 않을 거예요. 단언할 수 있어요! 그 젊은 여자는 천사예요! 그건 몰랐지요? 정말 몰랐지요? 물론 그녀는 경이로운 존재예요. 정말 매혹적이에요. 하지만 정말 매혹적인 건 그녀의 용모가 아니라 영혼이에요! 왜 나를 그런 눈으로 보는 거예요? 내 말을 믿을 수 없나 보지요? 아그라페나 알렉산드로브나(그루셴카)! 나의 천사! 어서 이리 와요!"

그녀는 옆방을 바라보며 소리쳤다.

"이 젊은 분은 모든 걸 알고 있어요. 그러니 모습을 보여도 돼요!"

"당신이 불러주기만을 기다리고 있었어요."

커튼 뒤에서 부드럽다 못해 감미롭기까지 한 목소리가 들렸다.

문을 막고 있던 커튼이 젖혀지고 한 여인이 나타났다. 생글생글 미소를 띠고 있는 그루셴카였다. 그녀가 탁자를 향해 다가오자 알료샤는 전율을 느꼈다. 그는 그녀를 뚫어져라 바라보았다. 그녀에게서 시선을 돌릴 수가 없었던 것이다.

아, 바로 그의 앞에 그 무서운 여인이, 반 시간 전에 이반이 '짐승'이라고 말한 그 여인이 있었다. 그런데 그의 앞에 있는 여인은 척 보기에 가장 평범하고 단순한 여자, 예쁘고 선량한 여자였다. 하지만 그녀는 단순히 예쁜 게 아니라 대단한 미인인 것도 사실이었다. 보는 이들에게 열정을 불러일으키는 러시아적인 미인 바로 그것이었다. 키는 상당히 큰 편이었지만 카테리나보다는 작았다. 몸은 풍만했으며 목소리와 마찬가지로 감미롭고 나긋나긋했다.

그녀는 스물두 살이었다. 얼굴은 지나칠 정도로 하얗고 창백한 뺨에는 홍조가 떠올라 있었다. 아래턱은 약간 튀어나와 있었으며 가는 윗입술에 비해 아랫입술은 두툼했다. 짙은 갈색의 머리카락, 짙은 눈썹, 매력적인 푸른 눈과 긴 속눈썹을 보면 누구나 걸음을 멈추고 그 모습을 마음에 새겨둘 만했다. 게다가 그 몸놀림이란! 아직 앳된 그 몸이 성숙한다면 밀로의 비너스 몸매 그대로일 것 같았다. 하지만 그 아름다움에는 잠시 스쳐가는 찰나적인 아름다움에 불과하다는 것을 느끼게 해주는 그 무언가가 있었다.

그러나 알료샤가 무엇보다 놀란 것은 그녀의 표정이 마치 어린애처럼 티 없이 맑다는 사실이었다. 게다가 갓난애처럼 조용히, 그리고 행복하게 반짝이는 그 눈이란!

카테리나는 그녀를 알료샤와 마주 보고 앉게 하더니 그녀에게 여러 번 입맞춤을 했다.

"우리는 오늘 처음 만나는 거랍니다. 제가 먼저 그녀 집으로 가려고 했는데 제가 부르자마자 이렇게 직접 온 거예요. 우리는 서로 이해할 수 있을 거라고 믿었거든요. 그런데 제가 옳았어요. 자기 생각을 내게 다 말해주었고, 천사처럼 내게 날아와 기쁨과 행복을 선물한 거예요."

"당신은 저 같은 년을 반겨주었고요. 저는 그럴 자격이 없는데……."

그루셴카가 말한다기보다는 차라리 노래하듯이 말했다.

"자격이 없다니요?"

카테리나가 그녀에게 정색을 하더니 이번에는 알료샤를 향해 말했다.

"알렉세이 표도로비치, 그녀가 고결하고 현명하며 너그럽다는 걸 아셔야 해요. 그리고 그녀는 자부심에 넘치고 있어요. 다만 그녀는 그저 불행했을 뿐이에요. 그녀는 경박한 한 남자를 위해 희생한 거예요. 한 장교가 있었어요. 그녀는 그를 사랑했고 모든 것을 주었어요. 5년 전 일이에요. 그는 그녀를 잊고 결혼했어요. 그는 이제 홀아비가 됐고 이리로 오겠다는 편지를 했어요. 그녀가 평생 사랑한 건 그 남자뿐이란 걸 알아야 해요. 이제 그가 오면 5년간 불행했던 그루셴카는 다시 행복해질 거예요. 도대체 누가 그루셴카를 비난할 수 있겠어요? 그 다리 못 쓰는 늙은 상인? 하지만 그는 차라리 그루셴카의 아버지이며 친구이자 보호자였을 뿐이에요. 절망했던 그녀를 그가 구한 거지요."

말을 마치자 카테리나는 그루셴카의 매혹적인 손에 세 번이나 입을 맞추었다. 스스로 황홀감에 빠진 듯했다. 그루셴카는 싫지 않은 듯 미소를 띤 채 그 모습을 바라보고 있었다. 알료샤는 '좀 지나치게 흥분한 것 아닌가?'라고 속으로 생각했다.

카테리나가 입을 맞추는 모습을 웃으며 바라보고 있던 그루셴카가 말했다.

"사랑스러운 아가씨, 알렉세이가 보는 앞에서 이렇게 세 번이나 입을 맞추다니…… 제게 창피를 주려고 이러시는 건 아니겠지요?"

"창피를 주다니요?"

카테리나가 약간 놀라며 되물었다.

"오, 내 마음을 아직 모르고 있다니!"

"아가씨, 당신도 나를 잘 모르긴 마찬가지인 것 같은데요. 나는 당신 생각보다 훨씬 고약한 여자일 수 있어요. 내 마음은 썩었고 변덕이 심해요. 내가 미챠를 유혹한 것도 그를 놀리기 위해서인데……."

"하지만 지금은 그를 구하겠다고 나랑 약속했잖아요. 그에게 정신을 차리게 해주겠다고…… 사랑하는 사람은 따로 있고, 그 사람과 결혼하겠다고……."

"아니, 아가씨랑 그런 약속한 적 없는데요. 아가씨가 그런 말을 했을 뿐이지, 난 아무 말도 안 했어요. 난 그냥 내키는 대로 말했을 뿐이에요. 아, 지금 갑자기 이런 생각이 드네요. 미챠가 내 마음에 다시 들면 어쩌지 하는 생각. 뭐, 전에도 딱 한 번 마음에 들었던 적은 있지만…… 지금 당장 그 사람을 내 집에 눌러 앉힐지도 모르겠네."

"아니…… 아까 한 말은 다 어디로 가고……."

"흥, 참으로 선량하고 고상한 아가씨로군. 그런 아가씨가 내게 세 번이나 입을 맞춰주었네. 하지만 나는 당신에게 입을 맞추지 않을 거야. 그걸 똑똑히 기억해두어야 할걸."

그 말을 하면서 그녀는 카테리나를 뚫어져라 노려보았다.

급기야 카테리나의 분노가 폭발하고 말았다. 그녀는 자리에서 벌떡 일어나며 외쳤다.

"이런 무례한……!"

그녀는 갑자기 모든 것을 깨달은 것 같았다.

그루셴카도 느긋하게 자리에서 일어났다.

"미챠에게 전해야지. 당신이 내게 세 번 입을 맞추었지만 나는 한 번도 맞추지 않았다고……."

"오, 나쁜 년! 썩 꺼져!"

"오, 고결하신 아가씨, 무슨 부끄러운 짓을! 그런 상스러운 말을 입 밖에 내다니!"

"이 갈보 년! 어서 나가지 못해!"

"흥, 갈보 년이라고? 당신은 뭐가 낫다고! 젊은 처녀의 몸으로 한밤중에, 돈을 받겠다고 홀로 젊은 남자 집에 찾아간 주제에! 그 예쁜 얼굴을 팔아볼까 하고……."

그루셴카에게 고함을 지르며 달려들려는 카테리나를 알료샤가 간신히 말렸다. 소동 소리에 두 명의 이모와 하녀가 방 안으로 뛰어 들어왔고 그루셴카는 낭랑한 웃음소리를 남긴 채 밖으로 나갔다. 카테리나는 "오오, 그 이야기를 저년에게 하다니! 그것도 그런 식으로! 뭐, 예쁜 얼굴을 팔러 갔다고! 오, 알렉세이! 당신 형은 정말 야비한 사람이에요!"라며 울부짖었다.

알료샤는 무슨 말인가 하고 싶었지만 한 마디도 입을 뗄 수가 없었다. 그는 비틀거리듯 밖으로 나왔다. 그의 등 뒤에 대고 카테리나가 내일 제발 와달라고 간청했다.

알료샤가 거리로 나왔을 때였다. 하녀가 허겁지겁 따라 나와 그에게 편지 한 통을 전해주었다.

"호흘라코바 부인이 도련님께 전해달라고 아가씨께 부탁한 편지예요. 경황이 없어서 전해드리지 못했나봐요. 참, 그리고 호흘라코바 부인이 부인 댁으로 내일 오시라는 말씀도 전했어요." 호흘라코바 부인은 리자라는 열여섯 살 된 딸과 살고 있는 젊고 부유한 미망인으로서 알료샤가 어릴 적부터 잘 알고 지내던 사이였다. 그녀의 딸 리자도 알료샤와는 어릴 적에 잘 어울렸다. 리자는 몸이 불편해 걷지 못하고 의자에 앉아 지내는 처지였다. 알료샤는 기계적으로 장밋빛 봉투를 주머니에 쑤셔 넣은 후 수도원을 향해 발걸음을 옮겼다.

제5장

카테리나의 집에서 수도원까지는 겨우 1킬로미터 남짓한 거리였다. 알료샤는 인적 없는 길을 따라 걸음을 재촉했다. 이미 밤이나 다름없어서 바로 눈앞의 물건들도 식별하기 어려웠다. 그가 절반쯤 갔을 때였다. 그가 교차로에 들어섰을 때 갑자기 누군가 나타나서 그에게 외쳤다.

"목숨이 아깝거든 가진 것을 다 내놔라!"

"아니, 형이잖아! 깜짝 놀랐잖아!"

바로 미챠였다.

"헤헤, 너를 놀래주려고 기다리고 있었지."

"아니, 형 아버지에게 피를 흘리게 해놓고 이렇게 장난이나 치고 있는 거야?"

"놀랐다면 미안해. 여기 이렇게 숨어서 너를 기다리고 있는데 갑자기 이 세상에서 네가 제일 사랑스럽게 여겨지는 거야. 목이라도 껴안아주고 싶었지. 그래서 장난을 친 거야. 그래, 어떻게 됐어? 무슨 말을 하더냐? 나를 마구 망가뜨리는 말이라도 괜찮아. 어서 말해봐."

알료샤는 카테리나의 집에서 그루셴카도 보았다며 그 집에서 있었던 일을 모두 이야기해주었다. 이야기를 듣는 동안 미챠의 얼굴이 음울하다 못해 준엄해졌다. 그러더니 그가 갑자기 웃음을 터뜨리며 말했다.

"그러니까 손에 입을 맞추지 않고 달아났단 말이지? 정말 이 세상에서 상상할 수 있는 악녀 중에서도 여왕급 악녀라니까!"

그러더니 그가 갑자기 말했다.

"이제 됐다. 그만 가봐라. 더 길게 말해봐야 뭐 하니. 어쨌건 나는 야비한 놈이야. 너는 네 길로 나는 내 길로 가는 거다. 마지막 순간이 닥쳐오기 전에는 더 이상 보고 싶지 않다. 더는 못 볼 거야. 잘 가라, 알렉세이."

말을 마친 미챠는 몸을 돌려 시내 쪽으로 급히 발걸음을 옮기기 시작했다. 알료샤는 그가 그렇게 갑자기 떠나버리는 것이 믿기지 않는다는 듯 형의 뒷모습을 바라보았다.

"잠깐만 알렉세이, 네게만 고백할 게 하나 있다."

미챠가 갑자기 되돌아오더니 외쳤다.

"나를 잘 봐. 나를 잘 보라고. 바로 여기 내 치욕이 도사리고 있어."

그는 그 말을 하면서 이상한 표정을 지으며 가슴을 주먹으로 두드렸다. 마치 치욕이 가슴속 어딘가 들어 있거나 아니면 목에 매달려 있는 것 같았다. 그는 말을 계속했다.

"너는 나를 잘 알고 있지? 나는 불한당이야. 자타가 공인하는 불한당! 하지만 이 말만은 꼭 해야겠다. 내가 아무리 불한당이라도 지금 이 가슴속, 바로 여기 품고 있는 치욕에 비견될 만큼 비열한 짓은 해본 적이 없고 앞으로도 없을 거야. 나는 그 치욕의 절반이나마 지금 끝낼 수 있어. 하지만 그러지 않을 거야. 그 치욕의 끝까지 가게 될 거야. 이 치욕을 끝내면 내 명예를 되찾을 수 있겠지. 하지만 그럴 수 없어. 야비한 계획을 실행에 옮길 거야. 나중에 네가 증인이 되어주렴. 앞으로 있을 일을 네게만 이야기해주는 거니까. 오, 어둠이여, 파멸이여! 무슨 일이냐고 묻지 마. 나중에 저절로 알게 될 테니까. 나를 위해 기도하지 마. 내게는 그런 자격이 없어. 그럴 필요도 없고. 암, 조금도 없다마다."

말을 마친 그는 황급히 사라져버렸다. 알료샤는 수도원을 향해 발걸음을 옮겼다. 형의 말이 모두 수수께끼 같았다.

"왜 앞으로 볼 수 없다는 거지? 아무튼 내일 형을 꼭 찾아서 만나야겠어."

그런 생각을 하며 그는 수도원을 빙 둘러 장로의 암자로 갔다.

장로의 승방에는 견습 수도승 포르피리, 수도 사제인 파이시 신부가 걱정스러운 표정으로 앉아 있었다. 그들은 조시마 장로의 건강이 악화되었기에 하루 종일 승방을 드나들었다. 알료샤는 조시마 장로의 건강이 점점 더 나빠지고 있는 것을 알고 가슴이 덜컥 내려앉았다. 파이시 신부의 말대로라면 곧 세상을 떠나실 것이 틀림없었다. 알료샤는 아버지, 형, 카테리나 등과 내일 만나기로 약속이 되어 있었지만 아예 수도원 밖을 나가지 않고 장로님 곁을 지키리라 결심했다.

조시마 장로의 바로 옆에 붙어 있는 자기 방으로 들어온 그는 딱딱한 가죽 소파에 몸을 눕혔다. 그리고 잠자리에 들기 전 무릎을 꿇고 오랫동안 기도했다. 그는 자신의 영혼 속에 찾아오곤 하던 그 감동만을 갈망했다. 지금도 그 감동 속에서 평온한 잠을 이루리라 기대하던 순간, 무심코 주머니에 넣어두었던 편지가 손에 닿았다. 그는 혼란스러웠지만 기도를 끝내고 편지를 열었다. 리자가 보낸 편지였다. 그는 편지를 꺼내어 읽었다. 그를 사랑한다는 연애편지였고 수도원에서 나와 자기와 평생 함께하자는 편지였다. 리자는 추신으로 꼭, 꼭 와야 한다고 덧붙였다.

알료샤는 편지를 읽고 놀랐다. 그는 다시 한번 편지를 읽은 후 잠시 생각에 잠겼다가 갑자기 달콤하고 행복한 미소를 지었다. 그러다 그는 화들짝 놀랐다. 지금 이 순간 그런 웃음을 짓는 것이 죄스럽게 여겨졌던 것이다. 그는 편지를 봉투에 넣은 후 성호를 긋고 자리에 누웠다. 영혼의 혼란이 사라지고 다시 마음이 평온해졌다. 그는 기도를 올린 후 평화로운 잠에 빠져들었다.

제 4 부

파열들

제1장

    알료샤는 동이 트기 전에 잠에서 깨어났다. 그는 조시마 장로가 누워 있는 옆방으로 갔다. 장로는 얕은 잠에서 깨어나 있었다. 장로는 기운이 없음에도 불구하고 자기를 일으켜 안락의자에 앉혀달라고 했다. 조시마의 정신은 맑았으며 극도로 피곤했음에도 얼굴은 내면의 기쁨으로 빛나고 있었다. 그는 더없이 부드러운 시선으로 알료샤를 보며 말했다.

    "오늘을 못 넘길 것 같구나."

    이어서 수도 사제들이 모여들고 승방은 곧 수도사들로 가득 찼다. 조시마 장로는 힘겨운 설교를 시작했다. 비록 중간중간 끊기긴 했지만 그는 아주 긴 시간 동안 설교를 했다. 아마 죽음을 앞두고 생전에 못다 한 말들을 모두 쏟아내고 싶은 모양이었다. 그중 알료샤의 기억에 남아 있는 것들을 간추리면 다음과 같다.

"신부님들, 서로 사랑하십시오. 하느님의 백성을 사랑하십시오. 우리가 이곳에 와서 이 벽 안에 갇혀 있다고 해서 우리가 밖에 있는 사람들보다 성스러운 것이 아닙니다. 우리가 이곳으로 왔다는 사실 자체가 바로 우리들이 다른 모든 사람보다 못하다는 것을 스스로에게 고백한 것입니다. 수도사는 이렇게 갇혀 지내는 시간이 길면 길어질수록 그 점을 더욱 뼈저리게 인식해야 합니다……. 그가 자신이 남들만 못하다는 것뿐 아니라 남들이 행한 모든 행동들, 그들이 저지른 모든 죄, 개인적인 죄뿐 국가적인 죄에 대해 자신이 책임 있음을 알게 된다면 수행의 목표는 달성된 것입니다. 사랑하는 여러분, 우리는 창조의 원죄뿐 아니라 인간들이 개별적으로 행하는 죄에 대해서도 책임이 있습니다. 이 사실을 아는 것, 그것이 바로 우리 수도승뿐 아니라 모든 사람이 써야 할 삶의 왕관 같은 것입니다……. 수도승은 특별한 사람이 아닙니다. 다만 모든 사람이 지향하는 사람일 뿐입니다. 그것을 알아야만 우리의 마음은 무한히 부드러워져 이 세상 전체를 향하게 됩니다. 그리고 그때 우리의 마음은 이루 다할 수 없는 사랑으로 가득 차게 됩니다. 그때 여

제4부 파열들

121

러분 모두는 사랑으로 세상을 이겨내고 여러분의 눈물로 세상의 악을 씻어낼 힘을 갖게 될 것입니다……. 그대의 마음에 귀를 기울이면서 끊임없이 자신에게 죄를 고백하십시오. 죄를 지었음을 인식하더라도 참회만 할 수 있다면 죄를 두려워 마십시오. 하지만 참회의 순간 하느님께 그 어떤 조건과 보상도 내걸지 마십시오. 그 참회는 무조건적인 참회여야 합니다. 다시 말합니다. 오만하지 마십시오. 하찮은 것 앞에서도, 위대한 것 앞에서도 오만하지 마십시오. 당신을 거부하거나 모욕하는 사람, 비방하거나 중상모략하는 사람들을 미워하지 마십시오. 무신론자, 악을 가르치는 자들, 유물론자들을 미워하지 마십시오. 그들 사이에는 선량한 사람들이 많이 있으며, 특히 오늘날 그렇기 때문입니다. 심지어 사악한 자도 미워하지 마십시오. 그들을 위해서 이렇게 기도해주십시오.

'오, 주여, 아무도 그들을 위해 기도해주지 않는 자들을 구원해주옵소서! 또한 기도하지 않는 자들을 구원해주옵소서.'

그리고 덧붙이십시오.

'제가 이 기도를 드리는 것은 자부심에서 드리는 것이 아니옵니다. 오, 주여, 저는 그 누구보다 못한 존재이오니…….'

하느님의 백성을 사랑하십시오. 이방인들이 양 떼들을 몰고 가지 않게 해주십시오. 만일 여러분이 나태해서 그 추잡한 오만함에 빠진다면, 또한 그보다 더 나쁜 탐욕에 빠진다면 그들이 천지 사방에서 몰려와 양 떼들을 몰고 갈 것이기 때문입니다. 백성에게 끊임없이 복음을 전하십시오……. 강탈하지 마십시오……. 금과 은을 탐하지 말고 소유하지도 마십시오……. 믿음을 가지십시오……. 깃발을 굳세게 잡고 그것을 높이 들어 올리십시오."

말을 마친 장로가 피곤한 듯 눈을 감자 몇 명의 가까운 수도사들만 남고 모두 승방에서 나갔다. 물론 알료샤는 그의 옆에 남아 있었다.

장로가 피로한 눈을 지그시 뜨더니 알료샤에게 말했다.

"아들아, 가족들이 너를 기다리고 있지 않느냐?"

알료샤는 당황했다.

"네가 필요한 모양이지? 오늘 가보겠다고 약속한 게로구나."

"실은…… 아버지에게…… 형들에게…… 그리고 또 다른 사람도……."

"그렇다면 어서 가봐라. 슬퍼할 것 없다. 네 앞에서 이 세상에서의 마지막 말을 하지 않고 죽지는 않을 테니……. 사랑하는 아들아, 그 말은 바로 네게 남기는 말들이다. 네가 나를 사랑한다는 것을 내가 알고 있으니……. 자, 이제 너를 기다리고 있는 사람들에게 가보아라."

알료샤는 그런 순간에 사랑하는 스승의 곁을 떠난다는 것이 너무나 괴로웠지만 스승 앞에서 물러났다. 한편으로는 지상에서의 마지막 말을 꼭 자신에게 남기겠다는 스승의 말씀에 황홀해하면서…….

그는 한시라도 빨리 볼일을 마치고 수도원으로 되돌아오겠다는 생각에 발걸음을 재촉했다.

그는 제일 먼저 아버지의 집으로 향했다. 안으로 들어가니 아버지는 혼자 탁자 앞에 앉아 뭔가 장부를 들여다보고 있었다. 기력은 어느 정도 회복한 것 같았지만 몰골은 말이 아니었다. 시퍼렇게 멍이 든 이마는 수건으로 싸매고 있었으며 코도 심하게 부어오른 채 피멍이 들어 있었다.

알료샤를 보자 표도르가 떨떠름한 표정으로 물었다.

"아니, 왜 온 거냐?"

"아버지가 좀 어떠신지 보려고요."

"아, 그래, 이제 생각났다. 내 입으로 너보고 와달라고 했지? 그저 헛소리를 한 건데! 공연히 수고할 필요 없었는데……. 하긴 네가 달려올 걸 알고는 있었지."

정말로 아버지는 알료샤에게 특별히 할 이야기가 없었다. 그는 이반은 못 믿을 놈이다, 놈은 제 형의 약혼자를 가로채려고 노리고 있다, 자신이 그루셴카와 결혼하면 자신에게 올 돈이 없어질까봐 그것도 막으려고 이곳에 살고 있는 거다, 하지만 놈에게는 한 푼도 안 줄 거다, 라고 한참을 떠벌렸다. 이어서 미챠를 당장이라도 감옥에 처넣고 싶지만 그렇게 되면 그루셴카가 당장 그놈에게 달려갈 테니 참고 있다고, 어쨌든 그녀를 반드시 손에 넣고 말겠다고 이를 부득부득 갈며 말했다.

알료샤는 간간이 말대꾸하며 아버지의 광대 같은 이야기들을 듣고 있을 수밖에 없었다. 마침내 아버지가 이제 그만 가보라고 하자 그는 밖으로 나와 호흘라코바 부인 집으로 향했다.

제2장

'아버지가 그루셴카 이야기를 안 물어보시다니, 정말로 천만 다행이야.'

호흘라코바 부인의 집으로 향하면서 알료샤는 안도의 한숨을 내쉬었다. 만약 아버지가 물어봤다면 어제의 일을 낱낱이 말할 수밖에 없었을 것이다. 하지만 그는 어젯밤의 투사들이 완전히 원기를 회복하고 돌처럼 마음이 굳어졌음을 확인한 것 같아 가슴이 아팠다. 게다가 아버지가 자기를 빨리 집 밖으로 내보낸 것이 오히려 불안했다.

'아버지는 화가 잔뜩 나 있고, 심술궂은 분이야. 어쨌든 뭔 일을 벌이긴 벌이실 것 같아. 오늘 어떻게 해서라도 미챠 형을 만나야 할 텐데…….'

그는 하도 깊이 생각에 잠겨 있었기에 자기가 어느 길을 가고 있는지 주위를 의식하지도 못하고 있었다. 그런데 갑자기 그의 귀밑으로 뭔가가 날아갔다. 돌멩이였다. 그가 고개를 들어 살펴보니 초등학생 한 명과 초등학생 여섯 명이 개천을 사이에 두고 서로 돌팔매질을 하고 있었다. 나이가 많아봐야 열 살에서 열두 살 정도의 소년들이었다.

　　알료샤는 여섯 명 무리 근처에 있었다. 그가 아이들에게 말을 걸려는 순간 돌멩이 하나가 날아와 그의 어깨를 때렸다. 무척 아팠다. 건너편을 바라보니 소년의 주머니는 돌멩이들로 불룩했다.

　　"쟤가 일부러 아저씨를 맞힌 거예요."

　　아이들 중 한 명이 외치더니 모두 그 소년을 향해 돌을 던졌다. 알료샤는 아이들 앞을 막아서며 소리쳤다.

　　"이게 무슨 짓들이냐?"

　　아이들이 멈칫하자 알료샤는 다리를 건너 친구들에게 따돌림당하고 있는 소년 쪽으로 갔다. 소년은 자기 자리에서 꼼짝도 하지 않고 알료샤를 기다렸다. 가까이 가보니 아홉 살이 채 되지 않은 허약하게 생긴 아이였다. 그를 쳐다보는 커다란 두 눈에는 적개심이 이글거리고 있었다. 여기저기 해지고 기운 더러운 옷을 입고 있었으며 불룩한 외투 주머니에는 돌멩이가 가득 들어 있었다.

"나는 혼자고 쟤들은 여섯이지만 다 때려눕힐 거예요."

소년이 씩씩거리며 말했다.

"쟤들 말로는 네가 내가 누군지 알고 일부러 나를 맞혔다는데? 내가 누군지 아니?"

"몰라요. 날 내버려둬요!"

"좋아, 일부러 맞힌 게 아니라면 그냥 가지. 잘 가라."

그러자 소년이 갑자기 "수도사가 양복바지를 입고 다니다니!"라고 소리치며 적개심에 가득 찬 눈초리로 알료샤의 동태를 살펴보면서 싸울 태세를 갖추었다. 분명 상대방이 자신에게 달려들거라 생각하는 것 같았다. 알료샤는 모른 체하고 등을 돌려 제 갈 길을 갔다. 그러자 큰 돌 하나가 날아와 그의 등을 맞혔다. 알료샤는 등을 돌리고 소년에게 말했다.

"아니, 등 뒤에서 몰래 돌을 던지다니! 저 아이들 말이 맞는 모양이로군."

그러나 소년은 아랑곳하지 않고 알료샤의 얼굴을 향해 돌을 하나 더 던졌다. 알료샤가 때맞춰 몸을 피했기에 돌멩이는 그의 팔꿈치만 맞혔다.

"아니, 내가 너에게 무슨 짓을 했다고 이러는 거니?"

알료샤가 소리쳤다. 소년은 이번에야말로 상대방이 자기에게 달려들 것이라 생각하고 전투태세를 취했다. 하지만 알료샤가 아무 행동도 하지 않자 열받았는지 갑자기 그에게 달려들며 그의 손을 움켜쥔 뒤 가운뎃손가락을 힘껏 물어버렸다. 어찌나 힘껏 물었는지 도저히 빼내기 힘들 정도였다. 그가 비명을 지르자 소년이 손가락을 놓아주곤 다시 뒤로 물러갔다. 물린 손가락에서는 피가 줄줄 흘렀다.

알료샤는 손수건을 꺼내 상처를 싸매며 소년에게 말했다.

"좋아. 얼마나 세게 물었는지 보이지? 이걸로 충분하지 않아? 자, 이제 내가 도대체 네게 무슨 짓을 했는지 말해줄래?"

소년은 놀란 눈으로 그를 쳐다보았다.

알료샤가 조용한 목소리로 계속 말했다.

"나는 네가 누구인지 몰라. 너를 처음 보니까. 하지만 내가 네게 무슨 짓을 했을 수도 있겠지. 공연히 내게 이러는 건 아닐 테니까. 자, 내가 네게 뭘 잘못했는지 말해줄래?"

소년은 대답 대신 울음을 터뜨렸다. 그러고는 등을 돌려 멀리 달아나기 시작했다. 알료샤는 조만간 시간을 내서 이 수수께끼를 풀어야겠다고 마음먹었다.

제3장

　얼마 후 그는 호흘라코바 부인의 집에 다다랐다. 그녀의 집은 우리 도시에서 가장 아름다운 집들 중 하나로 2층짜리 건물이었다. 그가 초인종을 누르자 부인이 직접 뛰어나와 알료샤에게 문을 열어주었다. 그를 보자 부인이 대뜸 말했다.

　"지금 우리 집에 카테리나 이바노브나가 와 있는 거 알고 있어요?"

　"아, 잘됐네요. 오늘 중으로 찾아가려던 참이었는데……. 제게 꼭 찾아와달라고 했거든요."

　"다 알고 있어요. 어제 그 집에서 있었던…… 그…… 잡년 일도 다 알아요. 아참, 당신 형 이반 표도로비치도 와 있어요. 둘이 이야기를 나누고 있어요. 정말 심각하던데……. 오, 둘 사이에 어쩜 그런 일이…… 정말 끔찍해요. 뭐 이렇게 온통 파열이 일어나는지…… 꼭 자신을 망칠 줄 알면서 즐기는 것 같다니까……."

안으로 들어간 알료샤는 우선 상처를 치료하고 싶어 부인에게 상처를 보여주었다. 그러자 부인은 알료샤를 리자의 방으로 데려가 리자에게 치료해주라고 말했다. 리자가 호들갑을 떨며 그의 상처를 치료해주었다. 그녀가 치료를 해주며 어떻게 생긴 상처냐고 묻자 그는 꼬마들을 만나서 겪은 봉변에 대해 이야기해줄 수밖에 없었다.

"아니, 어떻게 그럴 수가! 아니, 그 나이에 어떻게 그런 처신을! 당신은 정말 철부지 중의 철부지로군요. 자, 이제부터 내 이야기를 정신 똑바로 차리고 들어야 해요. 내가 보낸 그 편지 당장 돌려줘요."

"지금 갖고 있지 않은데요."

"그럼 며칠 내로 당장 돌려줘야 해요. 그 편지 보고 나를 많이 비웃었지요?"

"아니, 전혀 비웃지 않았어요."

"왜요?"

"당신이 거기 쓴 말을 전부 믿었으니까요."

"나를 모욕하는 거예요?"

"절대 아니에요. 당신이 그 편지에 쓴 대로 될 거라고 생각했거든요. 조시마 스승님이 돌아가시면 나는 수도원을 떠날 겁니다. 공부를 마치고 시험에 통과한 후 법정으로 허용되는 나이에 이르면 우리는 결혼하는 겁니다. 지금까지는 그런 생각을 할 겨를이 없었지만 나는 당신을 언제고 사랑할 겁니다. 당신보다 좋은 아내는 찾지 못할 것 같거든요. 스승님도 제게 결혼을 하라고 말씀하셨습니다."

"하지만 나는 이렇게 다리 병신이고 의자에 실려 끌려다니는 신세라고요!" 리자가 웃으며 말했다. 그녀의 뺨은 홍조가 돼 있었다.

"내가 당신을 돌보지요. 게다가 그때쯤이면 당신은 다 나을 겁니다."

"당신은 미쳤어요."

리자가 흥분한 목소리로 말했다.

"농담한 걸 그렇게 진지하게 받아들이다니!"

그때 따뜻한 물을 준비하러 갔던 리자의 어머니가 들어섰다.

"엄마, 때맞춰 잘 오셨네. 글쎄, 이 사람 이야기 좀 들어봐요. 오다가 꼬맹이들과 싸웠대요. 그 꼬맹이에게 물린 거래요. 정말 어린애예요. 엄마, 그런데도 결혼할 수 있어요? 그런데 이 사람이 결혼하고 싶대요! 이 사람이 결혼한 모습을 상상해봐요. 우습지 않아요? 끔찍하지 않아요?"

"리자, 갑자기 무슨 결혼 이야기를 하는 거니? 그런 이야기는 나중에 하자. 자, 알렉세이 표도로비치, 카테리나에게 가도록 해요. 지금 당신을 애타게 기다리고 있어요. 안으로 들어가서 무슨일이 벌어지고 있는지 직접 보세요. 끔찍해요. 정말 환상적인 코미디예요. 그녀는 이반을 사랑하면서도 자신이 미챠를 더 좋아한다고 스스로에게 억지를 부리고 있어요. 그건 사랑이 아니에요. 오, 정말 끔찍해요! 저도 당신과 함께 들어갈래요."

거실로 들어가니 둘 사이의 대화는 이미 끝난 듯했다. 카테리나는 매우 흥분해 있었다. 하지만 뭔가 굳게 결심한 표정이었다. 막 자리를 뜨려는 듯 일어나 있던 이반은 알료샤와 호흘라코바 부인이 들어서는 것을 바라보았다. 그의 얼굴은 몹시 창백했다. 그의 얼굴을 뚫어지게 바라보던 알료샤는 갑자기 자신을 사로잡고 있던 수수께끼 하나가 풀리는 것 같았다.

한 달 전부터 그는 이반이 카테리나를 사랑하며 그녀를 형 미챠로부터 가로채려 한다는 말을 사방에서 들어왔다. 알료샤에게 그런 건 말도 안 되는 일처럼 여겨졌다. 그는 두 형을 모두 사랑하고 있었고, 둘이 경쟁 상대가 되는 것이 두려웠다. 그런데 어제 큰형은 이반이 라이벌이 된 것이 너무 기쁘다, 그것이 자신에게 도움이 될 것이라고 말하지 않았는가? 무슨 도움이 된다는 거지? 그루센카와 결혼하는데? 하지만 알료샤는 그건 최악이라고 생각했었다. 적어도 어제저녁 전까지는 그렇게 생각했다. 알료샤는 카테리나가 미챠를 열정적으로 사랑한다고 굳게 믿고 있었다. 그는 카테리나가 이반 같은 사람은 사랑할 수 없으며, 미챠가 아무리 이상한 행동을 하더라도 그 모습 그대로의 형을 사랑한다고 생각했었다.

그런데 어제 카테리나와 그루센카 사이에 벌어졌던 일로 인해 그의 생각이 바뀌었다. 게다가 호흘라코바 부인이 그에게 '카테리나는 실제로는 이반을 사랑한다. 그러면서 미챠를 사랑한다고 스스로에게 억지를 부리고 있다. 그건 진정한 사랑이 아니다'라고 넌지시 말해주지 않았는가?

그는 생각했다.

'그래, 그 말이 사실일지도 몰라. 그렇다면 이반 형의 입장은 어떻게 되는 거지?'

알료샤는 본능적으로 카테리나가 남에게 군림하려는 성격의 소유자임을 느꼈다. 하지만 그녀가 미챠에게 군림할 수는 있을

지 몰라도 이반에게는 군림할 수 없다. 그렇다면? 도대체 해결책은 어디에?

그와 함께 그에게 한 가지 생각이 더 들었다.

'만일 그녀가 두 형을 다 사랑하지 않고 있다면?'

하지만 그 생각이 들 때마다 '내가 사랑이나 여자에 대해서 뭘 안다고!'라며 그는 자신을 책망했다. 하지만 그런 생각이 자주 드는 것을 어쩔 수 없었다. 그는 두 형 사이의 경쟁 관계가 그들의 삶에서 아주 중요한 문제가 되리라는 것, 많은 것이 그 경쟁 관계에 의해 좌지우지되리라는 것을 본능적으로 느꼈다. 게다가 이반 형은 아버지와 미챠 형에 대해 파충류끼리 서로 잡아먹을 거라고 하지 않았던가? 이반 형에게 미챠 형은 정말 파충류로 여겨지는 걸까? 도대체 누구를 동정해야 한단 말인가? 도대체 둘을 위해 무엇을 해줄 수 있단 말인가? 두 형을 다 사랑하는데…… 이건 분명 파열이야. 하지만 그 파열이라는 말 자체를 어떻게 이해해야 할까? 그는 모든 것이 뒤죽박죽인 것 같아, 머리에 떠오른 그 말의 의미조차 제대로 이해할 수 없었다. 그를 사로잡고 있던 수수께끼 하나가 풀렸는지는 몰라도 해결책은 없는 답이 제시되었을 뿐이었다.

카테리나는 알료샤와 호흘라코바 부인을 보자 밖으로 나가려던 이반을 불러 세웠다.

"잠깐! 알렉세이 표도로비치의 의견을 듣고 싶어요. 나는 저 분을 정말 신뢰해요. 호흘라코바 부인, 당신도 앉으세요."

알료샤는 카테리나의 옆에, 호흘라코바 부인은 맞은편 이반 옆에 앉았다.

카테리나가 격앙된 감정 때문에 떨리는 목소리로 말했다.

"제가 이 세상에서 제일 좋아하는 분들이 다 모였군요. 알렉세이 표도로비치, 당신은 어제 그 끔찍한 광경을 직접 다 보았지요? 아아, 알렉세이, 제게 대답해주세요. 난 이제 제가 그를 사랑하는지도 모르게 되었어요. 그에게 동정심을 갖게 되었다니까요. 오, 나쁜 징조예요! 제가 만일 그를 사랑한다면 그런 일이 있은 다음에는 그를 증오해야 마땅하잖아요. 그런데 그를 동정하게 되다니! 알렉세이, 저는 당신이 저의 사랑스러운 동생 같다는 본능적인 예감이 들어요. 내가 옳은지 그른지 당신이 대답해주세요. 당신이 내 생각에 동의해주신다면 내 마음은 평온해질 거예요. 그리고 당신이 충고를 해준다면 그대로 따르겠어요."

"당신이 제게 뭘 물어보시는지 잘 모르겠어요. 제가 아는 것도 전혀 없고……." 알료샤가 얼굴이 새빨개진 채 말했다.

"알렉세이, 명예와 의무에 관한 일이에요. 혹은 그 이상일 거예요. 간단하게 몇 마디로 말하겠어요. 저는 마음을 굳혔어요. 그가 만일 그녀와…… 그년과…… 도저히 용서할 수 없는 그년과 결혼하더라도, 절대로 그를 버리지 않을 거예요! 결코 그를 버리지 않을 거예요!" 그녀는 거의 병적으로 열광해 있었다. "그를 괴롭히겠다는 게 절대로 아니에요……. 그를 따라다니겠다는 게 아니에요……. 나는 어디든 다른 도시로 이사 갈 거예요. 하지만 그를 계속 지켜볼 거예요. 그가 불행해지면, 곧 그렇게 되겠지만……. 내게 오겠지요. 그때 나는 그의 친구나 누이가 될 거예요. 그래요, 누이예요. 하지만 그를 사랑하는 누이, 평생 그에게 헌신하는 누이가 될 거예요. 그리고 내게 모든 것을 말하게 만들 거예요. 그래요! 나는 그의 신이 될 거예요. 내 앞에서 무릎을 꿇고 기도하게 만들 거예요. 최소한 그래야 그가 나를 배반한 죄를, 그 사람 때문에 내가 받은 고통을 지울 수 있어요. 그가 아무리 배반을 하더라도 내가 한 번 입 밖에 낸 말은 영원히 지킨다는 것을 보여줄 거예요. 자, 이게 내가 내린 결정이에요. 이반도 잘 생각했다고 동의했어요."

그녀는 거의 숨을 헐떡이다시피 하고 있었다. 그녀는 아마 좀 더 품위 있고 자연스럽게 말을 해야 했으리라. 하지만 어제 당한 일에 대해 자존심을 세우려는 젊은 여인의 욕구 때문에 흥분해버렸고 그녀도 그 사실을 알아차린 것 같았다. 갑자기 그녀의 얼굴이 어두워졌고 두 눈은 불쾌한 기색을 띠었다. 알료샤도 그것을 눈치채고 그녀에게 동정심이 일었다. 그런데 이반이 나서서 상황을 더 악화시켰다.

"그래요, 내 생각을 솔직하게 말하지요. 다른 여자의 경우라면 잘못된 생각이겠지만 당신이라면 옳은 판단을 한 겁니다. 어떻게 설명해야 할지 모르겠지만, 당신은 정말로 진실한 여자이고, 그렇기에 당신은 옳은 겁니다. 다른 여자라면 순간에 그칠 것들이 당신에게는 영원히 남으니까요. 다른 이에게는 약속에 불과한 것이 당신에게는 신성한 의무가 되니까요. 카테리나 이바노브나, 당신의 삶은 온통 당신의 미덕을 고통스럽게 성찰하는 데 바쳐지겠지요. 하지만 그 고통은 결국 가라앉을 것이고, 그때부터 당신의 오만한 영혼은 의무를 완수했다는 만족감에 젖을 것입니다. 그리고 당신은 고통이 훨씬 줄어든 헌신적인 삶을 이어가게 되겠지요."

그의 말속에는 일종의 신랄함과 빈정거림이 숨어 있었으며 그는 굳이 그런 의도를 숨기지 않았다.

"어머나, 무슨 그런 말을…… 그런 게 아니잖아요!"

호흘라코바 부인이 소리쳤다.

"알렉세이 표도로비치, 제발, 뭐라고 말 좀 해줘요. 당신 이야기를 정말 듣고 싶어요!"

카테리나가 말했다. 알료샤는 소파에서 일어났다. 그런데 그녀가 갑자기 눈물을 흘리며 말을 계속했다.

"아, 됐어요……. 아무것도 아니에요……. 그냥 흥분해서…… 어제 일로 잠을 못 자서……. 하지만 당신 두 분 형제를 저는 정말 든든하게 생각해요……. 당신들은 결코 저를 버리지 않을 거니까……."

그러자 갑자기 이반이 말했다.

"유감스럽게도 저는 내일 모스크바로 떠나야 합니다. 꽤 오랫동안 당신을 떠나 있어야 할 겁니다."

"내일요!"

카테리나가 경악한 듯 소리쳤다. 그런데 놀랍게도 순간적으로 그녀가 목소리를 바꾸며 말했다.

"아, 정말 다행이에요. 당신이 모스크바에 있는 제 이모와 아가피야 언니에게 제 소식을 전할 수 있으니까요. 아, 어서 가서 편지를 써야겠어요."

그녀는 일어나더니 서둘러 밖으로 나가려 했다.

"아니, 알렉세이에게 부탁한 말을 듣지도 않고 나가려는 건

가요?"

호흘라코바 부인이 비꼬는 투로 말했다.

"아, 잊지 않고 있었어요. 다만…… 알렉세이, 당신이 해줄 말은 여전히 제게 소중할 거예요. 아니, 알렉세이, 왜 그러세요?"

알료샤의 표정이 심상치 않았던 것이다.

"저는 이런 건 상상도 하지 못했습니다."

알료샤가 힐난조로 말했다.

"무슨 말씀하시는 건가요?"

"제 자신도 잘 모르겠지만……. 하지만 갑자기 머릿속이 확 밝아진 것 같아서……. 별로 좋은 이야기는 아닌 걸 알지만, 그래도 해야겠습니다."

알료샤는 떨리는 목소리로 띄엄띄엄 말했다.

"당신은 연기를 하고 있어요. 이반 형이 떠난다니까 고통스러워하다가 갑자기 잘됐다고 말하고……. 제게 갑자기 확 떠오른 생각은…… 그러니까…… 당신은 큰형 미챠를 사랑하지 않는다는 것…… 사랑한 적도 없다는 것…… 그리고 형도 애당초 당신을 사랑한 것이 아니라…… 그저 우러러보았다는 것……. 내가 감히 이런 말을 할 수 있을지 모르겠지만…… 그래도 누군가는 진실을 말해야 하기에……. 제 생각에는 당장 미챠 형을 불러야 합니다. 그리고 당신과 이반 형의 손을 잡게 해주어야 합니다. 당신은…… 당신은…… 이반 형을 사랑하니까요……. 당신은 이반 형을 사랑하기에 그를 괴롭히고 있고, 또 스스로 괴로워하고 있어요. 당신은 당신이 의무로 떠맡은 사랑으로 미챠를 사랑하고 있어요. 그건 사랑이 아니에요. 그를 사랑한다고 스스로에게 맹세하고 있을 뿐……."

알료샤는 말을 끊듯 불쑥 말을 그쳤다.

"당신은, 당신은 정말 백치로군요."

카테리나가 새하얗게 질린 채 말했다. 그러자 이반이 갑자기 웃음을 터뜨리며 자리에서 일어났다. 그의 손에는 모자가 들려 있었다.

"우리 착한 알료샤, 네가 잘못 생각한 거다."

이반은 알료샤가 이전에 한 번도 본 적이 없는 표정을 지으며 말했다. 이반의 표정에는 젊은이다운 솔직함과 진지함이 드러나 있었다. "카테리나는 나를 조금도 염두에 둔 적이 없었어. 내가 고백한 적은 없지만 내가 그녀를 사랑한다는 것을 알면서도 나를 사랑하지 않았어. 내가 그녀의 친구였던 적은 없었어. 오만한 여자에게 우정 따위는 필요 없으니까. 그녀가 나를 곁에 둔 건 복수 때문이었어. 미챠에게 받은 모욕에 대한 복수를 위해서였지. 자, 나는 이제 떠납니다. 카테리나, 당신이 사랑한 사람은 오로지 미챠뿐이었다는 것을 확실히 알아두세요. 모욕 감이 크면 클수록 그를 더 사랑하게 되겠지요. 그가 선량한 사람이 된다면 그에게서 등을 돌리고 그를 비웃게 될 겁니다. 당신은 당신의 그 영웅적인 신실함을 증명하기 위해, 그의 신실하지 못함을 꾸짖기 위해, 그를 필요로 할 겁니다. 나는 너무 젊었고, 그렇기에 당신을 너무 사랑했습니다. 오, 이런 말을 하지 않고 떠나는 것이 나았을 것을……. 나는 멀리 가서 다시는 돌아오지 않을지도 모릅니다. 카테리나, 내게 화를 내면 안 됩니다. 나는 당신보다 백배는 더 가혹한 벌을 받았으니까요. 당신을 영원히 볼 수 없다는 것만으로도 이미 가혹한 벌을 받은 겁니다. 안녕, 카테리나. 손을 잡을 필요 없습니다. 당신은 나를 너무나 괴롭혔기에, 그것도 지나치게 의식적으로 괴롭혔기에 당신을 용서할 수가 없군요. 나중에는 용서할 수 있을지 몰라도…… 하지만 지금은……."

이반은 심지어 집주인에게까지 작별 인사를 나누지 않은 채 밖으로 나가버렸다. 모두 잠시 멍한 표정으로 그를 바라보고 있었다. 그런데 놀랍게도 카테리나가 마치 아무 일도 없었다는 듯 침착한 목소리로 알료샤에게 말했다.

"알렉세이 표도로비치, 어려운 부탁 하나 들어주실래요?"

그 말을 하면서 그녀는 지갑에서 100루블짜리 지폐 두 장을 꺼냈다.

그녀가 말을 이었다.

"전에 미챠가 아주 못된 짓을 저질렀답니다. 아마 일주일 전이었을 거예요. 어느 술집에서 어떤 퇴역 대위의 턱수염을 그러쥐고는 밖으로 나가 질질 끌고 다닌 거예요. 왜 그랬는지는 모르겠어요. 대위의 아들이 그 모습을 보고는 미챠에게 엉엉 울면서 애걸했대요. 알고 보니 정말 가난한 사람이었어요. 알렉세이 표도로비치, 그 집에 한 번 가주시지 않겠어요? 당신만이 할 수 있는 일이거든요. 자, 여기 200루블이 있어요. 가셔서, 제발 그 사람이 이 돈을 받도록 설득해주세요. 제가 직접 가고 싶지만…… 당신이 저보다 훨씬 일을 잘 처리하실 것 같아서 부탁하는 거예요. 그 대위는 오제르나야 거리에 있는 칼므이코바라는 여자의 집에 살고 있어요. 제발 부탁해요. 저, 지금 정말 피곤해서 좀 쉬어야겠어요."

그 말과 함께 카테리나는 갑자기 옆방으로 가버렸고 알료샤는 리자와 인사를 나누는 둥 마는 둥 호흘라코바 부인의 집을 나섰다.

제4장

카테리나가 일러준 집으로 가면서 알료샤는 미챠 형이 사는 집에 들러보았다. 마침 그쪽으로 가는 도중에 미챠의 집이 있었던 것이다. 하지만 형은 집에 없었다. 하인의 말로는 집을 비운 지 벌써 사흘째이고, 어디론가 떠난 것 같다는 것이었다.

그는 다시 오제르나야 거리에 있는 칼므이코바의 집으로 향했다. 그는 카테리나의 말을 듣는 순간부터 자기 손가락을 깨문 소년이 미챠 형에게 모욕을 당한 대위의 아들임을 직감하고 있었다. 마침내 그는 그 집을 찾아냈다.

마당으로 들어간 그는 늙은 여주인에게 몇 번에 걸쳐 자신이 찾는 사람에 대해 설명했다. 겨우 누구를 찾는지 알아들은 여주인은 손가락으로 형편없는 오두막을 가리켰다. 그는 오두막

앞에서 문을 두드렸다. 그러자 중년 사내가 문을 열고 나타나 알료샤에게 물었다.

"무슨 일로 오셨습니까?"

알료샤는 그를 유심히 바라보았다. 극도로 신중해 보이면서, 동시에 이상하게도 어딘가 겁에 질려 있는 것 같은 인상이었다. 그는 여기저기 기운 자국이 있는 매우 허름한 옷을 입고 있었다.

"저는…… 알렉세이 카라마조프라고 합니다만……."

그러자 놀랍게도 그 사내가 알료샤의 말을 끊고 말했다.

"아, 알고 있습니다. 저는 스네기료프라고 하는 사람입니다. 무슨 일로 오셨는지 알고 싶군요."

"네, 딱 한 마디 전할 말이 있어서."

"그렇다면 안으로 들어오시지요."

알료샤는 안으로 들어갔다. 상당히 넓긴 했지만 온갖 가재도구들로 꽉 차 있었다. 한눈에도 궁상이 지지리 흐르는 가재도구들이었다. 왼쪽 침대 옆 의자에 누렇게 얼굴이 뜬 여인이 앉아 있었다. 스네기료프의 부인인 것 같았다. 부인 곁에는 아주 못생긴 처녀가 한 명 서서, 방으로 들어서는 알료샤를 바라보고 있었다. 침대 다른 쪽에도 처녀 한 명이 앉아 있었는데, 나중

에 알료샤가 알게 된 바에 따르면 꼽추에 다리가 마비된 앉은
뱅이였다. 그녀의 목발이 침대와 벽 사이 구석에 놓여 있었다.

주인 남자는 낡은 의자를 집어 들더니 알료샤에게 앉으라 권
하고 자신도 의자를 하나 가져와 앉았다. 너무 바싹 당겨 앉아
서 무릎이 닿을 정도였다. 남자는 정식으로 자기를 소개했다.

"니콜라이 일리치 스네기료프입니다. 러시아 보병 대위였습
니다. 일이 잘못돼서 불명예를 안긴 했지만 그래도 대위는 대
위이지요. 그런데 보시다시피…… 손님 접대할 형편이…… 그
런데 무슨 일로?"

그가 다시 물었다.

"제가 온 것은…… 바로 그 일 때문에……."

"그 일이라니요?"

대위가 초조하게 말을 끊고 물었다.

"제 형 드미트리 표도로비치와 당신 사이에 있었던 일 말입
니다."

그때였다. 커튼 뒤에서 어린 소년이 외치는 목소리가 들렸
다. 분명 알료샤가 아까 만났던 소년의 목소리였다.

"아빠, 저 사람 나 때문에 온 거예요. 내가 아까 저 사람 손가
락을 깨물었거든요."

커튼이 걷히자 간이침대에 아까 그 소년이 누워 있었다. 눈이 충혈되어 있는 것으로 보아 열병에 걸린 것 같았다.

"아니, 손가락을 깨물어? 저 애가 당신 손가락을 깨물었단 말입니까?"

알료샤는 좀 전에 있었던 일을 이야기해준 후 덧붙였다.

"이제 알겠습니다. 아버지를 사랑하는 마음에서 아버지에게 욕을 보인 사람의 동생에게 돌을 던지고, 손가락을 깨문 거로 군요."

그러자 침대에 누워 있던 소년이 몸을 일으키더니 이글거리는 눈으로 알료샤를 노려보며 버럭 소리쳤다.

"아빠, 어떻게 저런 사람하고 이야기를! 밖으로 내보내요!"

"그래, 알았다, 알았어. 밖으로 내보내마."

그 말과 함께 대위는 알료샤의 손을 잡고 곧장 밖으로 나왔다.

밖으로 나오자 대위가 알료샤에게 말했다.

"잠깐 함께 거닐지 않겠습니까? 제가 드릴 말씀도 있고요."

"사실 저도 용건이 있습니다만…… 어떻게 이야기를 꺼내야 할지……."

"저도 다른 용건이 있는 줄 알고 있습니다. 설마 우리 아들

말대로 그 애가 한 짓을 일러바치러 오셨겠습니까. 그런데 그 전에 제 아들이 왜 애들과 그렇게 싸우게 되었는지 말씀드리도록 하겠습니다."

그의 이야기를 간추리면 다음과 같다. 스네기료프는 영문도 모르는 채 미챠에게 턱수염을 움켜잡힌 채 술집에서 질질 끌려 나왔다. 그런데 아이들 틈에 섞여 있던 일류샤(그의 아들 이름이었다)가 그 모습을 보았다. 일류샤는 미챠의 손에 입을 맞추면서까지 애걸복걸했다. 그럼에도 불구하고 미챠는 그의 수염을 잡고 실컷 끌고 돌아다닌 후 놓아주면서 결투를 신청하면 받아줄 용의가 있다고 그에게 말했다. 대위는 일류샤의 손을 잡고 즉시 그 자리를 떴다. 그 일이 있은 다음 날부터 일류샤를 본 급우들은 그를 '수세미' '수세미'라며 놀렸다. 수세미란, 아이들이 스네기료프의 수염에 이미 붙여 놓았던 별명이었다. 그리고 알료샤가 겪었던 일이 벌어진 것이다. 스네기료프는 덧붙였다.

"그 애는 이제 아홉 살입니다. 그런데 그 나이에 이미 이 세상의 진리를 터득한 겁니다. 그게 뭔지는 말씀 안 드려도 아시겠지요? 광장에서 당신 형의 입술에 키스를 하며 사정하는 순간, 그 진리가 그 애의 내면으로 들어와 깊은 상처가 된 것입니다. 그날 저와 산책을 하면서 그 애가 제게 묻더군요. '아빠, 정말 부자들은 이 세상 그 누구보다 힘이 센 거야?' 제가 그렇다고 대답해주었지요. 그러자 그 애가 말하더군요. '아빠, 나는 엄청난 부자가 될 거야. 그리고 장교가 될 거야. 그래서 나쁜 놈들을 다 때려 부술 거야. 그러면 황제님이 상을 내리실 거고…… 그때는 아무도 감히…….' 나는 바윗돌에 앉아 그 애를 꼭 껴안아 주었습니다."

대위의 이야기가 끝나자 알료샤가 말했다.

"오, 저는 정말로 그 애와 친구가 되고 싶어요. 당신이 다리를 놓아주실 수 있다면……."

"그래야지요."

대위가 대답했다.

그러자 알료샤가 말했다.

"하지만 지금 중요한 건 그게 아니에요. 이제 당신이 어떤 처지에 있는지 다 보고 알았으니 과감하게 말하겠어요. 제 형 미챠는 당신과 당신 가족뿐 아니라 어떤 고귀한 아가씨도 모욕했습니다. 그의 약혼녀이지요. 당신 이야기를 모두 알게 된 그녀는 당신에게…… 미챠의 이름이 아니라 그녀의 이름으로 당신에게 도움을 드리라고…… 조금 전에 제게 부탁했습니다. 두

분 다 제 형에게서 모욕을 받았으니, 이건 여동생이 오빠에게 주는 도움과 마찬가지입니다."

그 말과 함께 알료샤는 대위에게 100루블짜리 지폐 두 장을 내밀었다. 대위는 어마어마한 충격을 받은 것 같았다. 그는 몸을 부르르 떨었다. 생각도 못 한 일인 데다, 그 액수가 너무 컸기 때문이었다.

그가 입을 열었다.

"오, 이런 큰돈을! 그것도 여동생이 오빠에게 주는 것처럼! 제가 이 돈을 받는다고 비열한 놈이 되는 건 아니겠지요?"

"그럼요! 우리 셋 이외에는 하늘 아래, 아무도 모르는 일이 될 겁니다."

순간 대위는 그 200루블이 그들 가족에게 얼마나 어마어마한 액수이며 얼마나 많은 일을 해결해줄 수 있는지 머릿속으로 떠올렸다. 어쩌면 다른 곳으로 이사를 갈 수 있을지도 모른다!

알료샤는 그가 만족해하리라 생각하고 그와 포옹을 하려 했다. 그런데 그의 얼굴을 보는 순간 깜짝 놀라 멈칫했다. 그는 얼굴이 하얗게 질린 채 뭔가 할 말이 있는 듯 입술을 달싹거리고 있었다.

"아니, 무슨 일이시지요?"

알료샤가 놀라서 물었다.

대위는 여전히 입술을 달싹거리더니 더듬더듬 말했다.

"알렉세이 표도로비치 씨…… 나는…… 나는…… 그래요, 당신은……."

그의 얼굴에 보일락 말락 미소가 떠오른 것 같았다.

"그러니까…… 저…… 마술 좀 보여드릴까요?"

"네, 마술이요?"

"네, 마술이지요!"

그러더니 그는 이제까지 엄지와 검지로 끄트머리를 잡고 있던 지폐를 알료샤에게 보여준 뒤, 움켜쥐더니 마구 구겼다.

"자, 보셨지요?"

그는 새하얗게 질린 채 고함을 지르더니 구겨진 지폐 두 장을 모래 위에 던졌다.

"이게 바로 마술이올시다."

그러면서 그는 지폐를 발로 마구 짓밟았다.

"자, 이게 바로 당신네들의 돈이지요! 당신네들의 돈!"

그는 그 말과 함께 뒤도 돌아보지 않고 달려가버렸다. 아니, 딱 한 번 뒤를 돌아보며 이렇게 외쳤다.

"우리들이 겪은 치욕의 대가로 이 돈을 받으면 내가 내 아들에게 무슨 이야기를 할 수 있을까요!"

알료샤는 천천히 모래 속에 파묻혀 있던 돈을 헤집어 꺼냈다. 돈은 예상외로 멀쩡했다. 그는 돈을 반듯하게 펴서 호주머니에 넣었다. 정말로 모든 것이 파열되고 찢긴 하루였다.

제 5 부   대심문관
— 받아들일 것인가, 거부할 것인가

제1장

알료샤는 카테리나에게 결과를 보고하기 위해 다시 호흘라코바 부인 집으로 갔다. 알료샤를 맞은 호흘라코바 부인은 카테리나가 히스테리에 빠졌다가 지금은 혼수상태에서 헛소리까지 한다고 말했다. 그녀는 카테리나를 돌보기 위해 이모들을 불렀고, 그 이모들이 지금 와 있다고 덧붙였다. 알료샤는 스네기료프의 집에서 있었던 일을 그녀에게 말해주려 했다. 그런 후 곧바로 그 집을 떠날 생각이었다. 그런데 그녀가 말했다.

"지금 난 바빠서 그 이야기를 들을 시간이 없어요. 대신 리자를 만나보고 가세요. 리자가 당신을 기다리고 있어요."

그녀는 알료샤를 리자의 방문 앞으로 데려간 뒤, 문 앞에서 소리쳤다.

"리자, 자, 네가 그렇게 창피를 준 알렉세이 표도로비치가 찾아왔다!"

"엄마, 고마워요. 들어와요, 알렉세이 표도로비치!"

알료샤는 방으로 들어갔다. 리자는 그를 당혹스러운 표정으로 바라보았다. 그녀의 얼굴은 붉게 상기되다 못해 귀밑까지 새빨개져 있었다. 이런 상황에서 젊은 여자라면 으레 그렇듯이 그녀는 이런저런 딴 이야기를 한참 늘어놓았다. 그녀는 잠시 이야기를 멈추더니 알료샤에게 낮은 목소리로 말했다. 왠지 목소리에 짜증과 다급함이 뒤섞여 있었다.

"저기, 혹시 엄마가 엿듣는 건 아닌지 봐줄래요?"

알료샤는 문을 살짝 열어본 뒤 아무도 없다고 말했다.

"그럼, 이리 가까이 오세요."

그녀의 얼굴이 더 새빨개졌다.

"제게 손을 주세요. 그래요, 그렇게. 당신께 고백할 게 있어요. 어제 제가 쓴 편지는 장난이 아니라 진심이었어요."

그녀는 두 손으로 얼굴을 가리더니 다시 알료샤의 손을 잡고 세 번 입을 맞추었다.

"아, 리자!"

알료샤가 기쁜 표정으로 소리쳤다.

"나는 진심인 줄 알고 있었어요."

그러자 리자가 얼굴을 더 붉히며 말했다.

"아니, 알고 있었다고요? 정말 뻔뻔해!"

"당신이 한 말을 믿는 게 나쁘다는 말인가요?"

알료샤는 웃음을 터뜨리며 말했다.

"오, 알료샤, 아니에요! 아주 좋은 일이에요."

알료샤는 갑자기 몸을 숙이더니, 그녀의 입술에다 입을 맞추었다.

"아니, 이게 뭐예요? 도대체 무슨 짓이에요?"

리자가 소리쳤다. 알료샤는 너무 당황했다.

"아, 내가 바보 같은 짓을 저질렀나보군요. 당신이…… 당신이…… 나를 냉정하다고 하기에…… 나는 그냥 솔직해지고 싶어서……."

리자는 웃으면서 손으로 얼굴을 가렸다.

"알료샤, 아직 입맞춤은…… 좀 더 있다가……. 그보다는 당신보다 신중하고 똑똑한 사람이 왜 나처럼 바보 같고 병든 여자를 택하려는지, 그걸 이야기해주세요."

"리자, 나는 곧 수도원을 떠납니다. 속세로 돌아와서 결혼을 해야 합니다. 스승님이 명령하셨거든요. 그런데 어떻게 당신보다 더 나은 사람을 구할 수 있겠습니까? 당신이 아니라면 누가 나를 좋다고 할까요? 우선 우리는 어린 시절부터 알던 사이고, 당신은 내가 지니지 못한 장점들을 많이 갖고 있어요. 당신은 나보다 더 명랑하고, 더 순수하고…… 나는 이미 많은 걸 겪어서 알게 된 사람이거든요……. 아, 당신 알고 있지요. 나도 카라마조프 집안사람이란 걸! 당신이 나를 놀리고 비웃는 게 나는 좋아요. 그럴 때 당신은 정말 매력적인 소녀가 되니까요."

"아, 알료샤, 제게 손을 주세요. 전 너무 행복해요. 그런데 당신에게 하나 물어볼 게 있어요. 어제도, 오늘도 왜 그렇게 슬픈 표정이에요? 무슨 슬픈 일이 있는 게 분명해요. 아마 비밀스러운 일이겠지요?"

"그래요, 비밀스러운 일이랍니다."

알료샤의 얼굴이 어두워졌다.

"그걸 눈치챈 걸 보면 당신은 나를 사랑하는 겁니다."

"무슨 일이에요? 제게 말해줄 수 없나요?"

"나중에 말해줄게요. 지금은 말해줘도 이해할 수 없을 거예요. 아니, 나 자신도 어떻게 말을 해야 할지 모르겠어요. 게다가 제가 이 세상에서 제일 소중하게 여기고 있는 분이 세상을 떠나려 하고 있어요. 오, 내가 정신적으로 얼마나 그분과 굳게 맺어져 있는지 당신이 아신다면……. 이제 그분이 떠나시면 저는 혼자 남게 되는 겁니다……. 그러면 당신을 찾아오겠습니다……. 그러면 우리는…… 우리는…… 영원히 함께하게 될 겁니다."

"네, 그래요, 지금부터 영원히……. 키스해주세요. 허락하겠어요."

알료샤는 그녀에게 키스했다.

"자, 이제 가보세요. 아직 그분이 살아 계실 때 얼른 가보세요. 오늘 당신과 그분을 위해 기도하겠어요. 우린 행복할 거예요. 그렇지요?"

"그럴 거예요, 리자."

그는 리자의 방에서 나왔다.

알료샤는 방에서 나와 곧장 밖으로 나가려 했다. 그런데 문가까이에서 호흘라코바 부인이 홀연 나타났다. 알료샤는 그녀의 첫마디만 듣고도 그녀가 모든 대화를 엿들었음을 알 수 있었다. 그녀가 소리쳤다.

"알렉세이 표도로비치! 무슨 유치하고 미친 짓을! 정말 진심으로 한 이야기는 아니겠지요! 오, 무슨 바보 같은 짓을!"

"제발 그녀에게 그런 소리는 하지 말아주세요. 그녀가 흥분할 것이고 건강에 안 좋을 테니까요."

"그렇다면 당신이 그 애에게 그런 말을 한 건 그 애 건강을 생각해서라고 봐도 돼요?"

"오, 아닙니다. 절대 아닙니다. 저는 제 진심을 말한 겁니다."

말을 마친 알료샤는 곧장 현관으로 가서 급히 계단을 뛰어 내려갔다.

그는 마음이 급했다. 리자와 작별 인사를 하면서도 그는 몸을 숨기고 있는 게 틀림없는 미챠 형을 찾아야겠다는 생각에 사로잡혀 있었다. 한시라도 빨리 스승님 곁으로 가고 싶었지만 형을 구해주는 게 급선무인 것 같았다.

그는 나름대로 속셈이 있어, 전에 미챠가 몸을 숨기고 있던 정원의 정자로 갔다. 그곳으로 가면 미챠를 직접 만나지는 못 하더라도 어쩌면 그루셴카를 만날 수도 있을 것 같았다. 그런 데 그는 그곳에서 뜻밖에도 스메르쟈코프를 만났다. 그곳에서 스메르쟈코프가 그 집 주인의 딸과 밀회를 나누고 있다가 뜻밖에 알료샤와 마주치게 된 것이다. 알료샤는 스메르쟈코프에게 미챠 형이 어디 있는지 아느냐고 물어보았다. 그러자 그가 대답했다.

"저도 모릅니다. 다만 이반 표도로비치께서 저를 드미트리 표도로비치 나리에게 심부름 보냈던 것은 말씀드리지요. 광장에 있는 술집으로 꼭 와달라는 전갈을 해달라는 것이었습니다. 드미트리 나리 댁으로 갔지만 안 계셨고 하인들도 모른다는 말만 했습니다. 아마 미리 입을 맞춰놓은 것 같았습니다. 저는 이반 나리의 말만 전하고 왔으니 어쩌면 지금 두 분이 그 술집에 앉아 있을지도 모르지요."

알료샤는 그 말을 듣고 한걸음에 스메르쟈코프가 일러준 술집으로 달려갔다.

제2장

잠시 후 알료샤는 형 이반과 마주 앉아 있었다. 이반은 혼자 식사를 하고 있었던 것이다. 그는 별실은 아니더라도 병풍으로 가려져 남들 눈에 띄지 않는 자리에 앉아 있었다.

알료샤를 본 이반은 어떻게 왔느냐고 묻지도 않고 뭔가 시켜 먹으라고 말했다. 그는 이미 식사를 끝내고 차를 마시고 있었다. 알료샤가 배고프다고 하자 이반은 종업원을 불러 생선 수프와 차, 체리 잼을 주문했다.

"알료샤, 내가 이곳에 온 지 그럭저럭 넉달이 되어가는데 너하고 한마디도 나누지 못했구나. 네가 열한 살, 내가 열다섯 살일 때까지는 함께 살았지만 그 후로는 네가 모스크바에 왔을 때 딱 한 번 마주친 게 전부인데……. 나, 내일이면 떠나. 너와 어떻게 작별 인사를 나눌 수 있을까 생각하고 있었는데 마침 잘됐다."

"형, 나를 많이 보고 싶어 했구나."

"물론이지. 너를 알고 싶고 너와 친해지고 싶어. 그렇게 된 다음에 헤어지고 싶어. 내가 보기에는 헤어지기 직전에 친해지는 게 제일 좋을 것 같아. 네가 줄곧 나를 살펴왔다는 걸 잘 알아. 네가 언제나 나를 주목한다는 걸 네 눈이 다 드러내 보여주었거든. 난 그런 게 싫어. 그래서 너를 멀리하게 된 거야. 하지만 나는 너를 제대로 평가하고 있단다. '녀석, 의지가 굳은 놈이야'라고 생각했지. 나, 지금 웃고 있지만 진지하게 말하는 거야. 너, 의지 굳은 애 맞지? 난 그런 게 좋아. 그 목표가 무엇이든, 또 너처럼 애송이라 할지라도 의지가 굳은 친구들이 좋아. 너, 나를 좋아하는 것 같은데……. 왜 그런지는 모르겠지만."

"물론 좋아하지, 형. 미챠 형은 형이 무덤이라고 말하지만 내게는 수수께끼 같아. 하지만 오늘 아침에 형에게서 뭔가 읽어냈어."

알료샤는 웃으며 말했다.

"그게 뭔데?"

"화 안 낼 거지?"

알료샤는 여전히 웃으며 말했다.

"어서 말해 봐."

"좋아. 난 형이 스물세 살의 다른 젊은이들과 마찬가지로 젊은 애라는 걸 발견한 거야. 어리고 싱싱한 풋내기. 내가 말이 좀 심했나?"

"아니! 오히려 나는 우연의 일치에 놀라고 있는데……."

이반이 즐거운 듯 힘차게 말했다.

"우리가 카테리나의 집에서 만난 후로 내가 줄곧 나의 새파란 젊음, 나의 스물세 살에 대해 생각해왔다는 걸 믿을 수 있겠니? 그런데 네가 그 이야기를 하다니! 여기 혼자 앉아서 나는 이런 생각을 했어. 내가 내 삶에 대한 믿음을 갖지 못하게 되더라도, 사랑하던 여인의 배신으로 절망에 빠지더라도, 이 세상이 온통 무질서하게만 보이더라도, 우리는 모두 지옥 같은 혼돈 속에 있는 것처럼 여겨지더라도 나는 자살하지 않으리라는 생각, 그럼에도 불구하고 살아야겠다는 생각을 한 거야. 나는 삶이라는 잔에 입술을 댄 이상, 바닥을 보기 전까지는 입을 떼지 않을 거야. 내가 서른 살이 되기 전까지는, 내가 아직 풋풋한 젊음을 간직하고 있을 때까지는, 나의 젊음이 삶에 대한 모든 환멸, 혐오감을 이겨낼 거야. 자, 수프가 나왔구나. 어서 먹어. 나는 봄날의 나뭇잎, 파란 하늘이 정말 좋아. 이건 머리나 논리가 아니야. 그건 마음으로, 그리고 몸으로 사랑하는 거야. 나는 그 젊음을 사랑하는 거야. 내가 쓸데없는 말을 늘어놓았구나. 알료샤, 너 이해하겠니?"

"그럼, 이해하고말고. 형 스스로 마음과 몸으로 사랑해야 한다고 말했잖아. 형이 그렇게 살고 싶다고 말하는 걸 보니 정말로 기뻐! 나는 그 무엇보다 삶을 사랑해야 한다고 보거든."

"삶의 의미보다는 삶을 사랑해야 한다?"

"맞아! 형 말대로, 깊이 생각하기도 전에, 논리 없이도 삶을 사랑하는 거야. 그 의미는 그다음에 관심을 두어도 돼. 나는 오래전부터 그렇게 생각해왔어. 형은 이제 삶을 사랑하니까 절반은 이룬 거야. 이제 나머지 절반만 이루려고 애를 쓰면 돼. 그러면 형은 구원받을 거야."

"아니, 네가 벌써 내 구원 이야기를 하고 있다니! 내가 지금 파멸의 길을 걷고 있다는 거야? 그런데 그 나머지 절반이라는 건 뭘 말하는 거니?"

"형 속에서 죽은 사람들을 부활시키는 거야. 아직 안 죽었을 수도 있고……. 형, 차를 좀 줄래? 형하고 이렇게 이야기하니까 참 좋다."

"너, 좀 지나치게 흥분한 것 같구나. 너 같은 신참 수도사에게 이런 신앙고백 같은 걸 듣는 게 나는 좋아. 그래, 네겐 의지가 있어. 그런데, 너 수도원을 떠나려 한다는 게 사실이니?"

"맞아, 장로님이 나를 속세로 보내려 해."

"그래, 그렇다면 내가 잔에서 입을 떼기 전에 우리 다시 볼 수 있겠구나. 아버지 같은 사람은 일흔이 되어도 그 잔을 입에서 떼낼 줄 모르지……. 그런데 오늘 미챠 못 만났니?"

"아니, 못 봤어. 그런데 형, 정말 떠나는 거야? 미챠 형하고 아버지는 어떻게 하고? 도대체 어떻게 끝이 날까?"

"아니, 그게 나랑 무슨 상관이 있다는 거니? 내가 뭐, 미챠를 지키는 사람이라도 된다는 거야?"

이반이 갑자기 화를 내며 말했다. 하지만 그는 곧 씁쓸한 미소를 띠었다.

"하느님이 카인에게 동생에 대해 묻자 카인이 한 대답이로군! 너도 그 생각했지? 어쨌든 내가 여기서 할 수 있는 일은 없어. 볼일을 다 봤으니 가겠다는 거야. 너도 직접 봤지?"

"카테리나 이바노브나의 집에서 있었던 일?"

"맞아. 단번에 모든 게 끝난 거야. 나는 미챠에게는 아무 볼일도 없어. 난 오로지 카테리나에게만 볼일이 있었던 거야. 어허, 거의 반년이나 매여 있다가 그걸 단번에 던져버린 거야. 내가 그러려고만 하면 그렇게 쉽게 끝낼 수 있다는 걸, 어제까지만 해도 짐작도 못 했어."

"형, 지금 형의 사랑 얘기를 하고 있는 거야?"

"뭐, 네가 원한다면 그렇다고 해두지. 하지만 내가 그녀를 사랑하지 않는다는 걸 나는 왜 그렇게 몰랐던 걸까? 그래, 그게 진실이야. 그냥 그녀가 내 마음에 들었던 것이고, 지금도 마음에 들어! 그래서 이렇게 홀가분하게 떠날 수 있는 거야. 너, 내가 허세를 부린다고 생각하지?"

"아니, 맞아. 사실 그건 사랑이 아니었는지도 몰라."

"알료샤, 사랑에 대해 이러쿵저러쿵하지 마. 그건 네게 안 어울려."

이반은 유쾌한 듯 웃음을 터뜨렸다.

"암튼 그녀는 내가 자기를 사랑한다는 걸 알고 있었어. 그녀가 사랑한 건 미챠가 아니라 바로 나야, 하, 하, 하! 하지만 자기가 미챠를 사랑하지 않는다는 걸, 실은 자기가 그토록 괴롭힌 나를 사랑한다는 걸 깨달으려면 15년이나 20년은 걸릴걸. 어쩌면 결코 깨닫지 못할 수도 있어. 그게 더 나아. 암튼 나는 내일 떠난다. 그래, 내가 떠난 다음에 어떻게 됐어?"

알료샤는 그녀가 정신이 혼미한 가운데 헛소리를 하고 있다고 말했다.

"그래? 하지만 걱정할 거 없어. 사람이 히스테리로 죽는 일은 없으니까. 우리 이제 그런 이야기는 그만하자. 자, 우리에게 정말 관심 있는 이야기를 할 시간은 충분히 있어. 자, 말해봐. 우리가 왜 이렇게 만난 거지? 카테리나니, 미챠니, 영감이니, 뭐, 이런 이야기하러 만난 건 아니잖아."

"맞아."

"그럼 너도 우리가 왜 만났는지 알고 있다는 말이네. 다른 사람들은 다 자기 나름대로 문제가 있겠지. 우리들의 문제는 그들과 달라. 우리들은 영원히 계속될 질문, 우리들의 궁극적 질문을 해결해야 해. 너, 석 달 동안 왜 나를 유심히 살펴본 거니? 내가 믿는지, 아니면 믿지 않는지 캐내려던 거 아니야? 댁의 눈을 보면 다 알 수 있소이다. 그렇지 않소, 알렉세이 표도로비치 선생?"

"그럴지도 모르지."

알료샤가 미소를 지었다.

"그런데, 형, 지금 나를 비웃는 거야?"

"내가? 무슨 그런 소리를! 석 달 동안 그렇게 초조하게 나를 바라보던 어린 동생을 비웃을 리가 있나! 알료샤, 네가 수도사라는 것만 빼놓으면 우리는 둘 다 비슷한 애송이에 불과해. 그런 러시아의 애송이들이 지금 뭘 하고 있을까? 그런 애송이들이 술집 구석에서 제법 진지한 얼굴로 무엇에 대해 이야기를 나누고 있을까? 아주 보편적인 문제에 대해 이야기를 나누고 있는 거야. 신은 과연 존재하는가? 영혼은 과연 불멸인가? 이런 문제……. 신을 믿지 않는 자들은 사회주의니, 무정부주의니, 사회 체제 개혁이니 하는 문제에 대해 이야기를 나누겠지만, 어찌 보면 모두 같은 질문을 하고 있는 셈이야. 얼마나 많은 러시아 젊은이들이 이 심각한 질문에 사로잡혀 있는지!"

"맞아. 진정한 러시아인에게는 그런 질문들이 가장 가슴 뛰게 만드는 질문들이야. 그리고 그건 좋은 거고."

알료샤가 부드러우면서 마음에 파고드는 듯한 미소를 띠고 말했다.

"그렇다고 러시아 젊은이들이 모두 똑똑한 건 아니야. 어찌 보면 그런 영원한 질문에 사로잡혀 있다는 것 자체가 어리석은 짓일 수 있어. 물론 한 사람은 빼놓고. 바로 너 말이야. 자, 이 문제부터 시작하자. 신은 과연 존재할까?"

"형 좋을 대로. 아니면 다른 쪽에서 시작해도 돼. 형은 어제

신은 존재하지 않는다고 이미 말했잖아."

"그래, 어제 너를 놀려주려고 일부러 그랬던 거야. 네 눈이 얼마나 이글거리던지! 하지만 지금 나는 아주 진지하게 말하고 있는 거야. 알료샤, 난 너랑 정말 친해지고 싶어. 내겐 친구가 없거든. 알료샤, 내가 신을 받아들인다고 상상해봐. 네겐 정말 뜻밖이겠지?"

"물론이지. 형이 지금 농담하고 있는 게 아니라면."

"농담 아니야. 18세기에 어떤 늙은 죄인이 이런 말을 했어. 볼테르라는 프랑스 철학자를 말하는 거야. '신이 존재하지 않는다면 신을 발명해야 한다'라고 했지? 그리고 실제로 인간은 신을 발명해냈어. 그건 별로 놀라운 일이 아니야. 내가 놀라운 건, 인간처럼 잔혹하고 사악한 동물의 머리에 어떻게 신이 필요하다는 생각이 떠오를 수 있었을까, 하는 거야. 정말 위대하고 감동적이고 현명하고 영광스러운 생각이지.

나는 오래전부터 과연 신이 인간을 창조했느냐, 아니면 인간이 신을 창조했느냐 하는 질문은 하지 않기로 했어. 그리고 러시아의 애송이들이 유럽의 가설들에서 끌어온 공리(公理)에 대해서도 말하지 않겠어. 거기서는 가설에 불과한 것이 여기서는 자명한 공리가 되어버렸으니까. 애들에게만 그런 게 아니야. 대학 선생들도 마찬가지야. 나는 그런 문제는 다 집어치우고 나라는 존재의 가장 본질적인 질문을 가능한 한 빨리 네게 설명해주고 싶어. '나는 과연 누구인가? 나는 무엇을 믿고, 무엇을 원하는가?' 그래서 네게 나는 신을 받아들인다고 말한 거야. 하지만 전제가 있어. 나는, 아니 나뿐 아니라 인간이라는 존재는 삼차원적인 사유만 할 수 있을 뿐이야. 특히 나는 삼차원적인 인간이고 지상적인 인간이야. 그래서 이 세상 밖의 문제에 대해서는 해결할 능력이 전혀 없음을 겸손하게 인정하고 출발하는 거야. 신은 존재하는가, 아닌가 하는 문제는 삼차원적인 개념만 갖도록 창조된 인간의 머리로는 답할 수 없는 질문이야. 그건 증명할 수도 없어. 내 결론은 이거야. 나는 신이 존재한다는 것을 알아. 하지만 인정할 수 없어. 신을 인정할 수 없다는 말이 아니야. 신이 창조한 세상을 인정할 수 없다는 말이야. 그걸 도저히 받아들일 수 없어. 알료샤, 이게 내 본질이야. 우리가 농담처럼 얘기를 시작했지만 정말 진지하게 내 모습을 고백하게 된 거지. 네가 원한 것도 그런 것 아니었니? 네가 관심이 있던 건 신에 관한 문제가 아니었지? 네가 좋아하는 형이 무슨 정신적 양식(糧食)으로 살아가느냐 하는 것 아니었어?"

"형, 그렇다면 무엇 때문에 세상을 받아들이지 않는 건지 말해줄 수 있어?"

"물론 설명해주지. 그게 무슨 비밀도 아니고. 결국 그 얘기를 하려던 거니까. 하지만 뭐, 너를 끌어 내리던가 네 믿음을 흔들어버리겠다는 생각은 전혀 없어. 반대로 너와 만나서 나 스스로를 치유하려는 것인지도 모르지."

이반은 어린애처럼 순진한 미소를 띠며 말했다. 알료샤가 이전에 이반에게서 한 번도 본 적이 없는 미소였다.

제3장

"나는 사람들이 서로 사랑하지 못하는 게 원래 그렇게 태어나서 그런 건지 아니면 나중에 고약한 성격을 갖게 돼서 그런 건지 궁금해."

이반이 말을 계속했다.

"내 생각에 인간들을 향한 그리스도의 사랑은 이 지상에서는 존재하기 어려운 일종의 기적이야. 사실 그리스도는 신이었잖아. 하지만 우리는 신이 아니야! 예를 들어 내가 극심한 고통에 빠져 있다고 치자. 다른 사람은 내가 어느 정도 고통을 겪고 있는지 알 수 없어. 왜? 그 사람은 내가 아니니까. 게다가 가깝게 지내는 이웃 사람끼리 서로의 고통을 인정하는 경우는 거의 없어. 마치 고통에 무슨 위엄이라도 있다고 생각하나봐.

물론 내가 배고픔 같은 고통에 시달리고 있다면 내 은인 같은 사람들은 내 고통을 인정해주겠지. 하지만 내가 무슨 이념 같은 것으로 고통받고 있다면 그 고통을 거의 인정해주지 않아. 실제 내 얼굴이 그가 환상 속에서 키워온, 그런 고통받는 인물의 얼굴과 다르기 때문이야. 그가 나쁜 사람이라서가 아니야. 품위 있게 생긴 거지에게 동냥을 주지 않는 것과 같은 이치야. 하지만 그런 이야기는 그만하자. 나는 단지 네가 내 입장이 되어 생각할 수 있게 되길 바랄 뿐이야. 나는 인류가 일반적으로 겪고 있는 고통에 대해 네게 이야기해주고 싶었어. 하지만 이야기가 너무 길어질 수 있으니까 어린애들이 겪을 수 있는 고통으로 한정하자. 우선 우리는 가까이 있는 아이를, 그 아이가 아무리 더럽고 추하더라도(하긴 추한 아이라는 건 있지도 않아) 사랑할 수 있기 때문이야. 그런데 아이들이 성장해서 어른이 되어가면 점점 혐오스러워지지. 그들은 선악과(善惡果)를 따 먹고 신처럼 돼! 그러고는 계속 선악과를 먹고 있어. 하지만 아이들은 순결해. 알료샤, 너도 아이들을 좋아하지? 난 네가 아이들을 좋아하는 걸 알고 있어. 그래서 아이들에 관해 이야기하려는 거야.

물론 아이들도 무척 고통받고 있어. 아이들은 아버지들 때문에, 선악과를 먹은 아버지들 때문에 벌을 받고 있는 거야. 아이들처럼 죄 없는 존재가 왜 고통을 받아야 하는 거지? 알료샤, 나도 아이들을 무척 좋아한단다. 잔악한 놈, 음탕한 놈, 식탐이 강한 놈들, 심지어 카라마조프 집안사람들도 아이들을 좋아할 수 있다는 것, 때로는 미칠 듯이 좋아할 수도 있다는 게 사실이야. 일곱 살이 될 때까지 아이들에게는 어른들의 모습이 전혀 들어 있지 않아. 전혀 다른 본성을 지닌 존재 같아. 내가 과장하는 것 같아? 아니야. 우리가 신문에서 보는 어른들의 이루 말할 수 없이 잔혹한 범죄들에 대해 생각해봐. 멀쩡한 집에 불을 지르고, 사람을 찔러 죽이고, 여자들과 아이들을 폭행하고, 심지어 산모의 배를 가르고 태아를 꺼내는 짓까지 하잖아. 그런 놈들을 두고 '짐승 같은 놈!'이라고 욕하지만 짐승 편에서 보자면 너무 부당하고 모욕적인 말이야. 짐승들은 절대로 그렇게 기교를 부려서, 거의 예술적으로 잔인하지 않아. 호랑이는 그저 물어뜯으면서 울부짖을 뿐이야. 내 생각에 인간은 자신의 모습을 본떠서 악마를 만든 것 같아."

"그렇다면 인간은 신도 자신의 모습을 본떠서 만들었겠네." 알료샤가 대꾸했다.

"너, 둘러치는 솜씨가 제법이구나. 그래, 네 말대로 인간이 자신의 모습을 본떠서 신을 만들었다면 네 신은 아름다울 거야! 하지만 그 신을 내가 받아들이느냐 아니냐는 별개의 문제이지. 자, 아이들이 받고 있는 고통에 대해 계속 이야기할게. 나는 그런 예들을 무수히 수집해서 수첩에 적어왔어. 그중 대표적인 것만 몇 가지 이야기해줄게.

교육도 받은 어느 신사가 자기의 다섯 살짜리 어린 딸을 심하게 매질한 사건이 있었어. 하도 추악한 사건이 되어서 재판까지 받게 된 사건이야. 그 신사는 아이를 매질하면서 점점 흥분했고 심지어는 성적 쾌락 같은 것을 느꼈지. 아이는 이유도 모르는 채 매를 맞으면서 숨넘어갈 지경이 되어 '아빠, 아빠, 아빠'라고 헐떡였어. 재판 결과가 어떻게 되었을까? 무죄 판결을 받았어. '아버지가 딸을 때린 평범한 가정사가 재판정까지 넘어오면 되겠습니까? 이거야말로 우리 시대의 수치가 아니겠습니까!'라는 변호사의 멋진 변론 덕분이었지. 방청객들은 환호했어. 내 단언하지만 인간에게는 아이들, 오직 아이들만 괴롭히는 것을 좋아하는 이상한 특질이 있어. 뭐, 아이들 자체를 좋아하는 것이라고 할 수 있을지도 모르지.

그 이야기 더 해줄게. 이 신사 양반은 이 불쌍한 다섯 살짜리 아이를 온갖 방법으로 고문했다는 거야. 심하게 때리고 발길질

하고 몽둥이찜질을 하고……. 급기야는 혹한의 날씨에 아이를 헛간에 가둬놓았지. 밤에 뒷간에 가겠다는 말을 안 하고 이부자리에 큰일을 치렀다는 이유에서였어. 부모는 그 벌로 아이의 얼굴에 대변을 처바르고, 그걸 억지로 먹였어. 그리고 헛간에 가두었지. 그 어머니라는 여자는 아이의 신음 소리가 들려오는데도 편히 잠을 잤다는 거야. 너는 이게 이해가 되니? 자기에게 무슨 일이 일어나는지 짐작도 못 한 채, 그 어둡고 춥고 더러운 곳에서 하느님 아버지를 찾으면서 자기를 보호해달라고 덜덜 떨고 있는 아이를 생각해봐! 아무도 원망하지 않으면서 그저 피눈물만 흘리고 있을 아이를 생각해봐! 이 말도 안 되는 이야기를 너는 이해하겠니? 선량한 하느님의 사도인 알료샤! 도대체 이 말도 안 되는 이야기가 왜 이 세상에 필요한 것인지 이해할 수 있겠어? 인간의 정신 속에 선과 악을 구분할 수 있는 능력을 부여하기 위해 그런 악행이 필요하다고 말하는 사람도 있겠지. 하지만 왜 그토록 비싼 값을 치르면서까지 그 악마 같은 구분을 해야 한다는 거야? 이 세상의 모든 학문은 그 아이가 흘린 눈물만큼의 가치도 없는 것 아니니? 난 어른들이 겪는 고통에 대해서는 말하지 않겠어. 그들은 선악과를 먹었으니까, 빌어먹을 악마가 잡아가든 말든 나는 알 바 아니야. 하지만 아이들, 아이들은! 알료샤, 내가 너를 괴롭히고 있구나. 불편해 보여. 그만할까?"

"아니야, 나도 고통받고 싶어."

알료샤가 중얼거렸다.

"좋아. 한 가지 풍경을 더 소개하마. 농노제가 아직 시행되고 있을 때 일이야. 행랑채에 살고 있던 여덟 살 난 소년이 돌을 갖고 놀다가 그만 잘못해서 주인이 애지중지하는 사냥개의 다리에 상처를 입혔어. 주인은 현역 장군이었어. 아이는 장군에게 불려갔지. 장군은 아이를 밤새 창고에 가둬두었어. 이윽고 다음 날 장군은 사냥 나갈 채비를 하고 말에 올랐어. 과장이 아니라 사냥개가 거의 백 마리 가까이 동원될 정도로 어마어마한 행차였지. 사냥개 조련사들, 몰이꾼들도 모두 모여 있었지. 그런데 그 장군은 따끔한 본보기를 보여준다며 소년을 창고에서 끌어냈어. 맨 앞에는 죄를 지은 소년의 어머니가 서 있었지. 추운 가을날이었어. 장군은 소년의 옷을 벗기라고 명령했어. 소년은 추위와 공포에 벌벌 떨고 있었지. 이윽고 장군이 명령했어. '저놈을 달아나게 하라!' 그러자 사냥개 조련사들이 소년에게 '달려라! 달려!'라고 소리쳤어. 소년은 달리기 시작했어. 그러자 장군은 '물어라!'라고 개들에게 소리쳤고 개들은 일제히 소년에게 달려들었어. 개들은 소년의 어머니가 보는 앞에서 소년을 갈기 갈기 찢어버렸어. 장군에게는 영지관리권을 박탈한다는 형벌 정도가 떨어졌지. 자, 그런 놈은 어떻게 해야 할까? 총살시켜야 할까? 알료샤, 말해 봐."

"총살시켜야 해!"

알료샤가 창백해진 얼굴로 뒤틀어진 미소를 띤 채 나지막이 말했다.

"브라보! 네가 그런 말을 하다니……! 거참, 대단한 수도승 나셨네! 그러니 네 마음속에도 악마가 들어 있는 거로구나!"

"바보 같은 소리를 했네. 하지만……."

"알았어, 알았어, 이 수도사 양반아! 하지만 이 세상에는 그 바보 같은 게 너무 많다는 걸 알라고. 이 세상은 그런 소리를 토대로 서 있는 거야. 그것 없이는 어떤 것도 불가능해. 우리는 우리가 알고 있는 것을 알고 있을 뿐이야."

"형이 아는 건 뭔데?"

"나는 아무것도 이해할 수 있는 게 없어."

이반이 마치 꿈에 잠긴 듯한 표정으로 말했다.

"지금은 아무것도 이해하고 싶지 않아. 나는 사실에만 머물고 싶어. 이해는 포기했어……. 그 무언가 이해하려 하면 즉시 사실을 배반하게 될 테니까."

"형, 왜 나를 이런 시험에 들게 하는 거야? 말해줄 거지?"

"물론이지. 너는 내 소중한 동생이니까. 너를 조시마의 영향 속에 버려둘 수 없어."

이반은 잠시 입을 다물었다. 그의 얼굴이 어두워졌다.

그가 다시 입을 열었다.

"내 말을 들어봐. 나는 좀 더 명료하게 말하려고 애들 예만 들었던 거야. 인간은 죄인이야. 그들에게 천국을 주었는데 불행해질 것을 뻔히 알면서도 자유를 원한다며 하늘에서 불을 훔쳤어. 인간은 그 어떤 동정도 해줄 가치가 없어. 인간은 자신이 저지른 죄에 대해 벌을 받아야 해. 저 멀리, 미래의 삶에서 형벌을 받는 게 아니라 바로 여기 내 눈앞에서 벌을 받아야 해. 나는 내 눈으로 사슴이 사자 곁에서 두려움 없이 잠자는 모습을, 희생자가 자기를 죽인 자에게 입 맞추는 모습을 보고 싶어. 모든 종교는 바로 그런 소망을 바탕으로 생긴 거야. 나도 신앙이 있어. 하지만 아이들을 어찌할까? 나는 그걸 절대로 해결할 수 없어. 만일 영원한 조화에 도달하기 위해 고통을 필연적으로 겪어야만 한다고 치자. 그렇다고 왜 아이들이 고통을 겪어야 하는 거지? 그토록 순수한 존재들에게 왜 고통이 필요하지?

왜 애들이 그런 조화의 재료가 되어야 하고 누군가 누릴 조화의 밑거름이 돼야 한다는 거지? 사람들 사이에서 벌어지는 죄와 벌이 연대 관계에 있다는 것은 나도 이해해. 하지만 순진한 아이들에게 그런 것은 존재하지 않아. 아비들이 지은 죄의 벌을 받는 거라고? 원죄라고? 그래서 연대 관계가 있다고? 그런 건 이 세상의 것이 아니라서 나는 이해할 수 없어. 아이도 자라면 죄를 지을 거라고 농담처럼 말하는 자도 있겠지. 하지만 개에게 물려 죽은 저 여덟 살짜리 소년은? 오, 알료샤, 나는 신성모독을 행하고 있는 게 아니야. 나는 그 소년과 어머니와 살인자가 '우리 모두 주님 앞에서 하나이옵니다!'라고 찬미하는 날, 전 우주가 전율하고 요동치리라는 것을 알고 있어. 그때 모든 것이 해명되고 모든 것이 밝혀질 거야. 하지만 내가 거부하는 게 바로 그거야! 모두 '주님이 옳습니다'라고 외칠 때도 나는 그들과 함께하지 않을 거야. 그런 영원한 조화라면 나는 거부할 거야. 그런 조화는 악취 나는 헛간에서 눈물을 흘리며 하느님 아버지에게 기도했던 어린 소녀의 눈물 한 방울만 한 가치도 없어. 그 눈물이 보상을 받지 않고, 이 세상에서 지워지지 않는 한, 그 눈물은 그 조화를 파괴할 거야. 그 눈물을 어떻게 보상해주지? 불가능해! 박해한 놈을 지옥에서 고통받게 한다?

그게 무슨 소용이 있어? 아이들에게도 지옥이 있는데……. 게다가 그런 지옥이 포함된 조화란 게 도대체 조화라고 할 수 있는 건가? 나는 그 아이의 어머니가 그 잔인한 장군을 포옹하는 그런 조화는 원하지 않아. 그 아이의 어머니가 용서할 수 있는 건 자신이 받았던 고통에 대해서일 뿐이야. 어머니는 아이가 받은 고통을 용서할 수 없어. 도대체 이 세상에 용서할 수 있는 권한을 누가 갖고 있다는 거야? 그런 권한이 아무에게도 없는데 무슨 조화가 있다는 거야? 나는 인류에 대한 나의 사랑 때문에 그런 조화 따위는 원하지 않아. 내가 틀렸는지는 모르지만 나는 차라리 보상받지 못한 그 고통을 고스란히 간직하고 싶어. 그 조화에 이르려면 너무 비싼 입장료를 치러야 하기 때문에 내 얇은 지갑으로는 감당할 수 없어. 나는 그 입장권을 반납하는 거야. 내가 정직한 만큼 더 빨리 반납하려는 거야. 그게 지금 내가 하고 있는 일이야. 나는 신을 인정하지 않겠다는 것이 아니야. 정중하게 신에게 입장권을 반납하겠다는 거야."

"그건 반역이야."

알료샤가 조용한 목소리로 말했다.

"반역? 네게서 그런 말이 나올 줄은 몰랐다. 반역자로서 어떻게 살아갈 수 있겠니? 너, 내게 솔직히 대답해봐. 만일 인류의 미래가 네 의지에 달려 있다고 상상해보자. 인간들에게 행복과 빵과 평화를 갖다주기 위해서는 한 어린애의 고통이, 작은 손으로 자기 가슴을 쾅쾅 두드리며 울고 있는 어린애의 희생이 필요하다면, 그 아이의 눈물 위에 행복한 미래를 건설할 수밖에 없다면, 넌 그런 행복의 건설가가 되는 데 동의할 수 있겠니? 솔직하게 대답해봐."

"아니, 난 동의하지 않겠어. 그런데 형, 형은 이 세상에 용서할 수 있는 권한을 누가 갖고 있느냐고 말했지? 그런 존재는 있어. 그는 모든 것을 용서할 수 있어. 그 존재 자체가 모두를 위해서, 모든 것을 위해서 자신의 무고한 피를 흘렸으니까. 형은 그분을 잊었어. 이 세상이라는 건물은 바로 그분 위에 건설된 거야. 바로 그분을 향해 '주님, 당신이 옳았습니다. 당신의 진리의 길이 우리에게 열렸기 때문입니다'라고 소리쳐야 하는 거야."

"맞아! 그분만이 오로지 죄가 없고 결백하지. 아니, 난 그분을 잊은 게 아니야. 나는 네가 내게 그분을 이제까지 내세우지 않은 게 이상할 정도였어. 너 같은 사람들은 대개 그분을 앞에 내세우고 이야기를 시작하잖아. 웃지 마. 내가 그분에 대한 서사시를 하나 쓴 게 있는데 시간을 좀 할애해줄래? 네게 이야기해줄게.”

“형이 서사시를 썼어?”

“아니, 쓴 게 아니야. 난 평생 단 두 줄의 시도 써본 적이 없어. 단지 머릿속에 구상해놓은 거야. 네가 첫 번째 독자 겸 청자가 되는 거야.”

“들을게.”

“내 서사시의 제목은 ‘대심문관’이야. 좀 터무니없는 작품이야. 하지만 네게는 들려주고 싶어.”

제4장

"내 서사시의 무대는 16세기 스페인이야. 너도 학교에서 배워서 알겠지만 당시의 극시(劇詩)에서는 천상의 힘을 지상으로 끌어내리는 것이 유행이었지. 프랑스의 성직자와 수도승들은 연극을 공연하면서 마돈나와 천사들, 성자들과 그리스도, 심지어 신까지도 무대 위에 등장시켰어. 내 서사시도 그와 비슷하다고 보면 돼. 예수그리스도가 등장하는 거야. 하지만 한 마디 말도 없이 그냥 나타났다가 바로 사라지는 거야. 그가 예언자의 입을 통해 '나는 곧 돌아오리라. 그날과 시간은 아무도, 심지어 하느님의 아들조차 모른다'라고 말한 지 꼭 15세기가 흐른 거야. 인류는 변함없는 신앙으로 그를 기다렸어. 아니, 더 열렬한 믿음으로 기다렸다고 보는 게 옳아. 15세기 동안 하늘로부터는 그 어떤 신호도 없었으니 기다림은 더 간절해질 수밖에 없지.

하지만 그동안 악마는 잠만 자고 있던 게 아니었어. 기적에 대한 의혹이 인류를 좀먹기 시작하고 스며들기 시작한 거야. 하지만 그럴수록 믿음을 여전히 간직하고 있던 사람들은 그리스도의 재림을 더욱더 열렬히 갈망하고 기도하게 된 거지. 수세기 동안 인류가 믿음의 불꽃을 잃지 않은 채 '주여, 우리에게 임하옵소서!'라고 기도하면서 호소했기에 마침내 그는 그지없는 연민을 느끼고 믿는 자들 곁으로 내려가고 싶어졌어. 그저 잠깐이라도 그의 백성들 앞에, 괴로워하고 고통받고 있는 백성, 더러운 죄악에 시달리면서도 어린애처럼 그를 사랑하는 이 백성들 앞에 나타나고 싶어졌던 거야.

다시 말하지만 내 서사시의 무대는 스페인의 세비야야. 종교 재판이 성행하던 시대로서, 매일 하느님 영광의 이름으로 '웅장한 화형대 위에서 사악한 이단들을 불태우던' 때야. 물론 그의 출현이 그 자신이 약속했던 것 같은 천상의 영광에 휩싸여 '동쪽에서부터 서쪽까지 섬광이 번득이는' 찬란한 강림은 아니었어. 그는 단지 그의 아이들을 잠깐 방문하고 싶어서 이단자들의 장작더미가 불타오르는 곳을 택한 거야.

그런데 바로 그날은 왕과 궁전의 대신, 기사, 추기경, 귀부인들이 참석한 가운데, 그리고 세비야의 수많은 주민이 지켜보는 가운데, 대심문관인 추기경이 백 명의 이단자들을 처형한 바로 다음 날이었어. 그는 주의를 끌지 않으려고 아주 조용히 걸었어. 그런데 모두들 그를 알아본 거야.

사람들이 그를 어떻게 알아보게 되었는지 제대로 이해시킬 수 있다면 이 장면이 이 서사시에서 가장 아름다운 부분이 될 거야. 사람들은 억누를 수 없는 그 어떤 열정에 휩싸여 그를 에워싸고 뒤따랐어. 그는 연민이 가득 담긴 미소를 지으며 말없이 백성들 사이를 지나갔어. 그의 영혼을 사랑의 불꽃이 감싸고 있었고, 빛줄기와 권능이 그의 눈에서 찬연히 뿜어져 나와 사람들 사이에서 사랑을 일깨웠어. 그는 사람들에게 팔을 내밀었어. 그는 사람들을 축복했어. 그런데 그의 몸은 물론이고 심지어 그의 옷자락을 스치기만 해도 치유의 힘이 나오는 거야. 태어나면서부터 장님이었던 한 노인이 군중들 사이에서 나와 외쳤어.

'주님, 주님을 뵐 수 있도록 저를 치료해주옵소서!' 그러자 그의 눈에서 비늘 같은 것이 떨어져 나오고 그는 볼 수 있게 되었어. 모두들 기쁨의 눈물을 흘리며 '오, 주님! 주님이 맞아! 주님이 오신 거야!'라고 외치며, 그가 지나간 땅에 입을 맞추고 아이들을 그에게 꽃을 던졌어.

그런데 그때 사람들이 일곱 살짜리 소녀가 누워 있는 하얀 관을 사원 안으로 옮기고 있었어. 사람들이 그 소녀의 어머니에게 외쳤지.

'저분이 당신 아이를 부활시킬 겁니다!'

관을 맞으러 나온 신부는 미심쩍은 눈초리로 양미간을 찌푸린 채 그걸 바라보고 있었어. 그러자 소녀의 어머니가 그에게 외쳤어.

'오, 당신이 정말 그분이시라면, 부디 제 아이를 부활시켜주시옵소서!'

장례 행렬이 멈추고 사람들은 관을 길에 내려놓았어. 그는 연민에 가득 찬 눈길로 관을 바라보더니 입을 열어 조용히 '소녀야, 일어나라'라고 말했어. 소녀가 일어나 앉더니 미소를 띤 채 놀란 눈으로 주변을 둘러보았어. 놀란 군중들은 외마디 비명을 지르며 눈물을 흘렸어.

바로 그 순간 성당 옆 광장을 대심문관인 추기경이 지나가고 있었어. 아흔 살이나 된 노인이었지만 큰 키에 아직 꼿꼿한 몸을 자랑하고 있었으며 움푹 파인 눈에서는 광채가 뿜어져 나오고 있었지. 그는 그 모든 것을 보았어. 그의 눈에서 불꽃이 일어나더니 손가락을 뻗어 근위병들에게 그를 체포하라고 명령했어. 그리고 병사들이 그를 끌고 갔어. 군중들은 일제히 침묵했어. 그들은 대심문관 앞에서 머리가 땅에 닿도록 절을 했고, 대심문관은 말없이 군중에게 축복을 내리며 그 곁을 지나갔어. 병사들은 그를 종교 재판소 건물 안의 감방에 가두었어.

밤이 되었어. 짙은 암흑이 깔린 가운데 갑자기 감방의 철문이 열리더니 대심문관이 그가 갇혀 있는 감방 안으로 들어섰어. 그는 약 2분 정도 그를 바라보더니 이윽고 조용히 그 곁으로 다가가 횃불을 탁자 위에 올려놓은 후 말했어.

'네가 *그자*냐? 바로 *그자*냐?'

그는 대답도 기다리지 않고 서둘러 말을 계속했어.

'대답하지 말고 입 다물고 있어. 게다가 네가 무슨 할 말이 있을 것인가? 나는 네가 무슨 말을 할 것인지 잘 알고 있다. 하지만 너는 네가 전에 한 말에 덧붙일 것이 하나도 없다. 왜 우리를 방해하러 온 것이냐? 나는 네가 누구인지 알고 싶지도 않다. 네가 *그자*이건 아니건 나는 너를 내일 화형에 처할 것이다. 네 발에 입을 맞추었던 저 군중들이 내가 손만 까딱해도 너를 태울 장작불에 석탄을 던져 넣을 것이다. 너도 그건 알고 있지?' 그가 죄수에게서 한순간도 눈을 떼지 않은 채 말했어."

이제까지 잠자코 듣고 있던 알료샤가 갑자기 웃으며 말했다.

"형, 그게 도대체 무슨 뜻인지 모르겠어. 노인의 망상인 거야, 아니면 잘못이거나 무슨 착각 같은 거야?"

이반이 웃음을 터뜨렸다.

"뭐, 마지막 정도라고 해두렴. 네가 현대 리얼리즘에 물이 들어 초자연적인 것을 인정할 수 없게 되었다면……. 착각? 좋아. 잘못 알아본 거라고 하고 싶으면 그렇게 해. 그게 사실이니까."

그는 다시 웃음을 터뜨리며 말했다.

"노인은 아흔 살이야. 자기 이념에 몰두해 오래전부터 정신이 나가 있을 수도 있지. 혹은 죄수의 특이한 모습에 충격을 받았을 수도 있어. 혹은 말년에 이른 노인이 헛것을 봤을 수도 있어. 어제 백 명의 이단자들을 처형한 뒤이니 아직 흥분이 가시지 않았을 수도 있으니까. 하지만 환상이건, 착각이건, 꿈이건 그게 무슨 상관있어? 중요한 건 대심문관이 생전 처음으로 자기 마음속에 90년 동안 담아두었던 것을 다 털어놓는다는 사실이야."

"그럼 죄수는 아무 말도 않는 거야?"

"그래야 하지 않겠어? 대심문관도 이전에 그가 한 말에 단

한 마디도 덧붙일 게 없다고 말했잖아. 내가 보기에는 바로 그 말에 로마 가톨릭의 기본적인 특성이 압축되어 있을 거야. '그 대는 모든 것을 교황에게 넘겨주었다. 따라서 이제부터는 모든 것이 교황의 손에 달려 있다. 그러니 그대는 더 이상 올 이유가 없다. 우리는 그대의 것만 행하노니, 와서 방해하지 말라', 바로 이런 뜻이야. 이건 내가 멋대로 추측한 게 아니야. 로마 가톨릭 쪽 신학자들의 글에서 직접 읽은 것이고 그게 바로 예수회 교 도들의 교리이기도 해. 자, 조금 더 설명해볼게.

대심문관은 그에게 물어. '그대가 속해 있던 그 세계의 비밀 중 단 한 가지라도 우리에게 밝혀줄 권리가 그대에게 있는가?' 그러고는 자기가 대신 대답하지. '아니, 그럴 권리가 없어. 그것 은 그대가 이전에 보여준 계시(啓示)들에 무언가를 덧붙이는 짓 이기 때문이야. 그리고 그것은 그대 자신이 설파했던 자유를 훼손하는 짓이기 때문이야. 그대가 행할 모든 새로운 계시들 은 사람들의 신앙의 자유를 훼손하게 될 거야. 그 계시는 사람 들 눈에 모두 기적으로 보일 테니까. 그런데 그대는 15세기 전 에 바로 그 신앙의 자유를 그 무엇보다 우선으로 권하지 않았 는가? 그대는 '내 너희들을 자유롭게 하리라'라고 자주 말하지 않았는가? 그런 후 노인이 갑자기 덧붙여 말하지.

'그대가 지금 본 자들이 바로 *그대가* 자유롭게 해준 자들이다.' 그리고 준엄하게 덧붙이는 거야. '비록 비싼 값을 치르긴 했지만 우리는 *그대의* 이름으로 그 과업을 완수했다. 그 무거운 과업을 완수하기 위해 15세기라는 기간이 필요했지만 이제 우리는 그것을 이루어냈다. 완전히 이루어냈다. 믿지 못하겠는가? 어찌 그리 유순한 눈으로 나를 바라보는 거냐? 어찌 분노할 가치도 없는 사람 취급을 하는 거냐? 하지만 이것만을 알아라. 사람들은 우리의 발밑에 그들의 자유를 맡겨놓음으로써 이전 그 어느 때보다 자신이 완벽하게 자유롭다고 생각하고 있다는 것을……. 그것이 바로 우리가 이룩한 과업이다. 그대가 꿈꾸었던 것도 그런 자유가 아니었는가?'"

"그것도 무슨 말인지 모르겠어."

알료샤가 다시 끼어들었다.

"비꼬는 건가? 농담하는 건가?"

"절대로 아니야! 인간을 행복하게 해주기 위해 자신들과 교회가 인간들에게서 자유를 빼앗아버린 것을 자찬하고 있는 거야. 노인이 그에게 말하는 건 이런 거야.

'오늘날에 이르러서야 우리는 겨우 인간의 행복에 대해 처음으로 생각할 수 있게 되었다. (물론 노인은 종교재판을 염두에 두고 말하는 거야.) 인간은 반항하게끔 창조되었다. 반항하는 자가 행복할 수 있겠는가? 그대는 경고를 받았고 무수히 충고도 들었다. 하지만 그대는 그것들을 경청하지 않았다. 그대는 인간을 행복하게 만들 수 있는 유일한 현실적인 방법을 거부했다. 그런데 다행히 그대는 이곳을 떠나며 우리에게 힘든 과업을 떠맡겼다. 그대는 우리에게 약속했으며, 우리에게 묶고 풀어줄 권리를 주었다. 그대는 그 권리를 다시 우리로부터 빼앗겠다는 건 아니겠지? 그런 게 아니라면 무엇 때문에 이렇게 우리를 방해하러 온 것이냐?'"

"무수히 경고를 받고 충고를 들었다는 건 무슨 뜻이야?"

알료샤가 물었다.

"그게 바로 노인이 말하고자 하는 바의 핵심이야. 노인의 말을 계속 들어봐. 무섭고도 영리한 정신, 자기 파괴와 무(無)의 정신이 그대와 사막에서 이야기를 나누었다. 성서에는 그가 그대를 유혹했다고 증언하고 있다. 그 정신이 세 개의 질문을 통해 그대에게 보여주었고 그대가 거부한 것, 성서에서 이른바 '유혹'이라고 했던 것 이상의 더 참된 말이 있을 수 있을까? 이 지상에서 진정으로 엄청난 기적이 있었다면 그 기적은 바로 그날 일어났던 것이다. 그 세 질문이 행해졌다는 것 자체가 이미 기적인 것이다. 지상의 지혜를 다 짜내어도 그 강력하고 위대한 정신이 *그대*에게 던진 질문만큼 힘 있고 깊이 있는 질문은 만들어낼 수 없을 것이다. 단 세 단어 속에 미래 인류의 전 역사가 예언되고 압축되어 있다. 인류 역사의 모든 모순이 세 가지 형태로 구체화되어 있다. 그 질문이 나온 지 15세기가 지난 지금, 그 이후의 모든 역사가 그 삼중 질문 속에 예언되어 있고 그대로 실현되었다는 것, 거기 더 덧붙일 것은 아무것도 없다는 것을 우리는 알 수 있다.

자, 그러니 *그대*가 결정하라. *그대*와 *그대*에게 질문했던 자 중에서 누가 옳은가? 기억해보라, 첫 번째 질문을. 그 질문은 문자 그대로는 아니더라도 이런 의미를 지니고 있었다.

'*너*는 인간들에게 자유만을 약속한 채 빈손으로 세상에 나아가려 한다. 하지만 인간은 너무 어리석고 사악하게 창조되었기에 자유가 무엇인지 도무지 이해할 수 없다. 게다가 인간들은 자유를 무서워하기도 한다. 인간에게, 그리고 인간 사회에 자유보다 더 두려운 것은 결코 없었다. 자, 저 불모의 사막에, 돌덩어리들이 보이느냐? 그것들을 빵으로 바꾸어라. 그러면 인간들이 벌 떼처럼 몰려와 그대에게 감사하고 복종하며 그대 뒤를 따르리니! 그들은 오로지 그대가 손을 거둬들여 빵이 돌로 바

뀔 것만을 두려워할 뿐이니!'

그런데 *그대*는 인간에게서 자유를 빼앗고 싶지 않아 첫 번째 유혹을 물리쳤다. *그대*는 빵으로 복종을 산다는 것은 가치가 없다고 생각했다. *그대*는 인간은 빵만으로는 살 수 없다고 대답했다. 하지만 *그대*는 몰랐다. 지상의 정신이, 지상의 빵의 이름으로 *그대*에게 우뚝 서서 맞설 것임을! *그대*와 싸움을 벌이고 *그대*를 물리칠 것임을! 모두들 그를 뒤따르며 '이 야수와 같은 자에 그 누구를 비견하리오! 그가 우리에게 천상의 불을 가져다주었도다!'라고 외칠 것임을! 몇 세기가 지난 후 인류는 학자들과 현자들의 입을 통해 이제 이 세상에 더 이상 범죄는 없다고, 따라서 죄도 없다고, 있는 것은 오로지 기아(飢餓)뿐이라고 소리 높여 외치게 될 것임을. 그들은 '인간에게 선행을 요구하려면 일단 먹여 살려라!'라는 깃발을 *그대* 앞에 높이 쳐들었다. 이어서 *그대*의 왕국은 무너지게 될 것이고, *그대*의 사원이 있던 자리에 새로운 건물, 새로운 바벨탑이 세워질 것이다. 물론 이전의 바벨탑만큼 완성되지는 못하겠지만 어쨌든 *그대*는 1,000년에 이르는 인간의 이 고통을 얼마든지 줄일 수 있었으리라. 그들은 그 탑을 세우느라 1,000년을 고생하다가 결국 우리에게 올 것이니! 그들은 우리가 숨어 있는 지하의 카타콤을

뒤져 우리를 찾아내고 우리에게 외쳤다.

'빵을 주십시오! 천상의 불을 우리에게 주겠다고 약속한 자는 아직 우리에게 그것을 주지 않았습니다!'

그러면 우리는 그 바벨탑을 완성할 것이다. 그들에게는 오로지 빵이 필요할 뿐이고 우리는 그것을 그들에게 줄 것이니……. 그리고 우리는 *그대*의 이름으로 그들에게 빵을 줄 것이다. 그것이 거짓인 줄 알면서도 *그대*의 이름으로 빵을 줄 것이다. 우리가 없다면 그들은 굶어 죽을 것이 아니겠는가! 그들의 학문이 그들을 먹여 살릴 것인가? 그들에게 자유가 있는 한 빵은 없다! 그들은 결국 우리들 발아래 그들의 자유를 갖다 바치면서 '족쇄를! 그리고 빵을!'이라고 외칠 것이다. 그들은 살아 있는 모든 사람에게 빵을 공정히 분배하는 것과 자유는 양립이 불가능하다는 것을 깨닫게 될 것이다. 왜냐? 인간이란 결코 빵을 공정하게 분배할 줄 모르는 족속이니까! 또한 인간들은 자신들이 자유를 누릴 자격이 없다는 것도 깨닫게 될 것이다. 인간은 약하며 사악하고 어리석으며 반항적이기 때문이다.

*그대*는 인간들에게 천상의 빵을 약속했다. 오, 맙소사! 사악한 인간이, 도저히 어떻게 해볼 도리가 없는 인간이 그 빵을 지상의 빵과 비교할 줄 알까? *그대*는 그 천상의 빵으로 수천의,

더 나아가 수만의 영혼을 이끌고 사로잡을 수 있으리라. 하지만 그대의 천상의 빵보다 지상의 빵을 더 좋아하는 수십억의 인간들은 어찌할 것인가? 그대는 소수의 위대하고 강인한 자들의 하느님만 되겠다는 것인가? 그렇다면 나머지 약한 자들, 그러면서도 그대를 사랑하는, 바닷가 모래알만큼 무수한 자들은 어찌할 것인가? 그대의 눈에 그들은 위대한 자, 강한 자의 손아귀에 놓인 도구에 불과하단 말인가?

하지만 우리들에게는 그자들, 그 약한 자들도 소중하다. 그들이 비록 사악하고 반역적이라 할지라도 결국은 길들여지게 될 것이다. 그들은 우리를 찬양할 것이며 우리는 그들의 신이 될 것이다. 우리는 자유라는 무거운 짐을 그들 대신 질 것이며 그들을 지배할 것이다. 그들은 결국 자유에 대해 두려움을 느끼게 될 것이므로! 우리는 우리들을 '예수그리스도의 제자들'이라 부르며 그대의 이름으로 그들을 지배할 것이다. 그리고 그대를 결코 우리 곁으로 오지 못하게 할 것이다. 그리고 이러한 우리의 과업은 우리에게는 고통스러운 일이다. 우리는 거짓말을 해야만 하기 때문이다.

이것이 그대를 시험한 세 가지 질문 중 첫 번째 질문의 의미다. 그대가 자유의 이름으로 거부한 첫 번째 유혹에는 이 세상의 비밀이 들어 있다. 그대는 그 유혹을 거부하고 그 어떤 것들보다 '자유'를 우선적으로 내세웠다. 그대가 빵을 받아들였더라면 인류 전체의 영원한, 그리고 한결같은 욕망을 채워줄 수 있었을 것이다. '우리에게 경배할 주인을!', 이것이 바로 그 영원하고 한결같은 욕망이며 두 번째 유혹은 바로 그 경배를 받아들이라는 유혹이다.

자유로운 인간에게 그 앞에서 경배할 대상이나 존재를 찾는 것 이상으로 영원하면서 강렬한 욕망은 없다. 하지만 인간은 '모든 인간'을 그 앞에서 경배하게 만드는 가장 확실한 힘만을 원한다. 인간 개개인이 요구하는 것은 어느 특정인들이 경배하는 존재가 아니다. 그것은 범지구적인 경배여야 하고 공통의 종교여야 한다! 수 세기 동안 개별적 인간뿐 아니라 인류 전체를 고통스럽게 만든 것은 바로 이 공통의 대상을 향해 경배해야 한다는 요구였다. 이 헛된 꿈을 실현하기 위해 인간들은 검을 들고 서로를 죽여왔다. 모든 민족이 자신의 신을 만든 후 이웃에게 '너희들의 신을 버려라! 우리의 신을 경배하라! 아니면 죽음만이 있을지니!'라고 외쳤다. 이 세상이 끝날 때까지 그러할 것이며 결국 신들이 사라지게 될 것이고 인간들은 자신들이 만든 우상을 신이라고 섬기게 될 것이다.

그대는 인간의 이 본질적인 특질을 몰랐을 리가 없다. 그런데도 그대는 그대 손에 쥐여준 그 유일한 깃발을, 모든 인간이 그대를 경배하게 만들었을 그 깃발을 거부했다. 그대는 천상의 빵의 이름으로, 자유의 이름으로 그 깃발을 거부했다. 다시 반복하지만 인간이라는 존재는 자신이 세상에 태어나면서 불행하게도 갖게 된 이 자유를 넘겨줄 대상을 어떻게 하면 빨리 찾을 수 있을까 하는 문제로 그 무엇보다 골머리를 앓아왔다. 그대에게는 빵과 함께 깃발이 주어진 셈이다.

'빵을 주어라. 그러면 인간들은 그대를 경배할 것이다. 빵보다 확실한 것은 없으니까.'

그런데 어떻게 되었는가? 그대는 인간에게서 자유를 넘겨받는 대신 그들에게 더 많은 자유를 주지 않았는가? 그대는 인간이 선과 악을 선택할 자유보다는 설사 죽음의 평화라 할지라도 평화를 더 선호한다는 것을 잊었단 말인가? 물론 자유만큼 인간을 매혹시키는 것도 없지만 그만큼 그를 고통스럽게 만드는 것도 없다. 그대는 인간의 양심을 영원히 평화롭게 만드는 확고한 원칙 대신에 비범하고 모호하며 추측에 불과한, 인간의 힘으로는 감당할 수 없는 원칙을 선택했고, '그들을 위해 그대 자신의 목숨을 버린' 그들을 전혀 사랑하지 않는 꼴이 되지 않았는가? 그대는 인간의 자유를 증대함으로써 인간의 영혼에 도저히 극복 불가능한 새로운 고통을 안긴 것이다.

그대는 인간들의 자유로운 사랑을 원했고, 자유롭게 그들이 그대를 뒤따르게 했다. 그로 인해 인간은 저 고대의 엄격한 법 대신 자신의 자유로운 영혼으로, 그대의 이미지 외에는 아무런 인도자도 없이, 선과 악을 택해야만 하게 되었다. 하지만 인간이 자유로운 선택이라는 그 무시무시한 짐의 무게 때문에 종국에는 그대의 이미지와 진리를 거부하리라는 것을 몰랐단 말이냐? 그들은 진리는 그대 안에 있지 않다고 소리칠 것이다. '만일 그대가 진리를 지니고 있다면 어찌 그대의 아이들에게 도저히 풀 수 없는 문제를 남겨 그들을 혼란과 고통에 빠지게 만들었단 말입니까?'라고 외치면서 말이다. 결국 그대가 자신의 왕국을 파괴할 길을 마련한 것이니 모든 책임은 그대에게 있다.

이 지상에는 이 영원한 반역자들의 양심을 잠재울 것이 딱 세 가지 있다. 기적과 신비와 권위다. 그런데 그대는 그 모든 것을 거부했다. 무섭고도 현명한 정신이 그대를 사원 꼭대기에 세워놓고 그대에게 말했다.

'그대가 하느님의 아들인 것을 알고 싶은가? 저 아래로 뛰어내려라. 천사들이 그를 날개로 받아 데려갈 것이라 쓰여 있지 않은가? 그러면 *그대가* 하느님의 아들임이 입증되리라. 그리고 아버지를 향한 *그대의* 믿음이 입증되리라.'

그대는 그 제안을 거부하고 사원 아래로 뛰어내리지 않았다. 그리고 그 유혹을 거부함으로써 오히려 *그대가* 하느님의 아들임을 증명했으며 그것을 자랑스러워했다. 하지만 인간들은, 그토록 나약하고 무능한 인간들은 결코 신이 아니다! *그대는*, *그대가* 아래로 뛰어내리는 순간 아버지를 향한 *그대의* 믿음이 사라지리라는 것을, *그대가* 구원하러 온 이 땅 위에서 *그대의* 몸이 산산조각이 나리라는 것을 그리고 유혹자가 기뻐 날뛰리라는 것을 알고 있었다. 하지만 다시 반복한다. *그대와* 같은 자들의 숫자가 도대체 얼마나 되는가? *그대는* 인간들이 이 유혹을 거부할 수 있다고 단 한순간이라도 인정할 수 있는가? 인간이란 존재는, 생사가 걸린 중요한 문제가 주어진 그런 무시무시한 순간에 기적을 거부하고 기꺼이 자유로운 마음의 선택을 하게끔 창조된 존재가 아니다!

오, *그대는* *그대의* 영웅적인 침묵이 성서에 보존될 것임을, 아무리 시간이 흘러도 저 땅 구석구석까지 울릴 것임을 알고 있었다! 오, *그대는* 인간이 *그대를* 닮기를, 신처럼 기적 없이도 지낼 수 있기를 희망했다! 하지만 인간은 기적 없이는 살 수 없기에 기적을 발명했고, 마법사와 마녀의 주술 앞에 고개를 숙였다. 그대는 인간을 기적의 노예로 만들고 싶지 않아서 십자가에서 내려와 그대가 하느님의 아들임을 증명해보라는 외침도 거부했다. 그대에게 필요했던 것은 공포에 휩싸여 노예처럼 굴종하는 인간이 아니라 자유로운 사랑이었던 것이다. 하지만 그대는 인간을 너무 높이 평가했다. 인간은 반역자로 창조되었지만, 동시에 노예이기도 한 것이다!

자, 그대가 떠난 지 15세기가 지난 이 세상을 보라! 그대의 위치로 올려놓은 인간이 단 한 명이라도 있는가? 인간은 그대가 생각한 것보다 훨씬 나약하고 사악한 존재인 것이다. 그대는 인간들을 너무 높이 평가했고 일말의 동정심도 갖지 않았으며 너무 많은 것을 요구했다. 그들을 자기 자신보다 더 사랑한 그대가 말이다! 그들은 더 낮게 평가해야 하며 최소한의 의무만 부여해야 한다. 인간은 약하면서 비겁하기 때문이다. 그대는 인간들에게 자유를 주기 위해 다른 모든 것을 희생한 결과 결국 불안, 혼돈, 불행만을 남겨주었다.

물론 그대의 부활을 직접 목격한 자들도 있다. 하지만 그들의 숫자가 아무리 많다 해도 그들은 인간이 아니라 신이었다. 그리고 실은 몇천 명에 불과했다. 그렇다면 나머지들은? 그토록 무서운 선물을 감당하지 못하는 것이 바로 그 나약한 영혼의 잘못이란 말인가? *그대는* 오로지 선택받은 소수만을 위해서 온 것인가? 만일 그렇다면 그건 일종의 신비(神祕)에 해당되고 우리는 그걸 이해할 도리가 없다. 그리고 만일 그것이 신비라면 우리에게도 신비를 설교할 권리, 중요한 것은 자유로운 판단과 사랑이 아니라고, 설혹 그들의 양심에 어긋나더라도 맹목적으로 신비를 뒤따르는 게 중요하다고 가르칠 권리가 있다. 그리고 우리가 한 것이 바로 그것이다.

우리는 *그대의* 위업을 수정했다. 우리는 기적과 신비와 권위를 *그대의* 위업의 토대로 삼았다. 그러자 인간들은 마치 양 떼처럼, 자신들의 인도자를 다시 만났다고, 그들에게 그토록 많은 고통을 안겨주었던 선물을 거두어주었다고 기뻐했다.

자, 말해보라. 우리가 잘못한 것인가? 우리가 인류를 사랑하지 않는다고 우리를 비난할 것인가? 인간이 허약하다는 것을 알고, 우리의 허락만 받는다면 심지어 죄를 지어도 용서해준 것이 잘못이란 말인가? 그런 마당에 도대체 왜 우리를 방해하러 온 것인가?

자, 우리의 비밀을 말해주마. 우리는 *그대의* 편이 아니다. 우리는 *그대를* 유혹했던 그의 편이다. 우리는 이미 오래전부터 그와 함께 했다. 우리는 지상의 왕국을 택했다. 우리는 로마와 카이사르의 검을 취했으며 우리만이 지상의 유일한 황제라고 선포했다. 우리의 과업이 아직 완수되지는 못했지만 어쨌든 시작되긴 한 것이다. 오랜 시간이 걸릴 것이고 수많은 고통이 뒤따르겠지만 우리는 과업을 완수하고 카이사르가 될 것이다. 그리고 전 인류의 행복에 대해 생각할 것이다.

그대도 그때 이미 카이사르의 검을 손에 쥘 수 있었다. 왜 그것을 거부한 것이냐? 그것을 받아들임으로써 *그대는* 인간들에게 그들이 지상에서 추구하는 것을 모두 줄 수 있었을 텐데. 경배할 주인, 양심을 맡겨놓을 사람, 개미집에서 조화롭게 지내는 삶, 이 모든 것을 제공할 수 있었을 텐데.

인류는 언제나 세계를 하나의 총체로서 묶기 위해 노력해왔다. 위대하고 영광스러운 민족들이 많았다. 그들은 위대해지면 위대해질수록, 영광스러워지면 영광스러워질수록 더욱 고통을 받았다. 지구의 통합을 원하는 다른 민족들의 열망을 느낄 수 있었기 때문이다. 저 위대한 정복자들이 느끼고 행한 것들이 바로 그것이다.

우리는 카이사르의 검을 거머쥐고 *그대를* 거부한 채 그의 길로 나아갔다. 오, 자유사상과 과학과 식인주의의 혼란이 얼마간

지속되리라. 그들이 우리 없이 바벨탑을 쌓기 시작했기 때문이며 그 탑은 결국 식인주의로 끝날 것이기 때문이다. 하지만 그 짐승들은 결국 우리 발밑으로 기어와 우리의 발을 핥으며 피눈물을 흘릴 것이다. 그러면 우리는 그 짐승의 등에 올라타 신비라는 단어가 새겨진 금잔을 높이 쳐들리라. 그때라야, 오로지 그때라야, 인간들에게 평화와 행복의 시대가 오리라. *그대는 그대가 선택한 자들을 자랑스러워하겠지만 그들은 선택받은 소수일 뿐이다.* 우리는 모든 사람에게 평화를 줄 것이다. 그때는 반역도 사라질 것이며 서로를 죽이는 일도 없어질 것이다. 인간은 우리에게 자유를 맡김으로써 그들이 비로소 자유롭게 되었음을 알고 기뻐할 것이다. 그들은 우리의 발아래로 기어와 '그렇습니다. 당신이 옳습니다. 당신만이 그분의 비밀을 지니고 있습니다. 우리 이렇게 당신에게 다시 왔으니, 저희를 저희로부터 구원해주십시오!'라고 외칠 것이다. 그들은 우리에게 복종함으로써 돌덩어리를 빵으로 만드는 기적이 이루어지는 것을 보게 될 것이다. 그러면 우리는 그들에게 알맞은 행복을 줄 것이다.

우리는 *그대가* 잔뜩 오만해지도록 가르친 그들이 더 이상 오만해지지 않게 만들 것이다. 우리는 허약하기 그지없는 인간에게, 그 애처로운 어린애들에게, 바로 그 어린애의 행복이 그 무엇보다 소중하다는 것을 가르칠 것이다. 그들은 우리가 손가락만 까딱해도 행복에 겨워, 기쁨에 젖어 눈물을 흘릴 것이다. 우리는 그들에게 노동을 시키겠지만 노동을 하지 않을 때는 어린애처럼 즐겁게 놀 수 있게 해줄 것이다. 우리는 그들의 죄도 용서해줄 것이다. 그들이 짓는 죄는 어린애의 잘못과 비슷한 것이기 때문이며 우리가 그들을 사랑하기 때문이다.

그들은 우리의 모든 결정을 그대로 따를 것이다. 그들 스스로 그 무언가를 결정한다는 것이 얼마나 고통스러운 일인지 그들은 잘 알고 있기 때문이다. 비밀을 간직한 채 그들을 통치하는 소수를 제외하면 모든 사람이 행복해질 것이다. 왜 그들만 행복한가? 그들을 통치하는 우리는 불행할 것이기 때문이다.

사람들은 *그대가* 그대의 선택을 받은 자들, 그대의 영웅들과 함께 다시 올 것이며 *그대가* 승리할 것이라고 예언하기도 하고 말하기도 한다. 그러면 우리는 말하리라. *그대의* 영웅들은 자기 자신들만 구원할 수 있지만 우리는 이 세상 전체를 구원했노라고. 나는 *그대에게* 죄라는 것은 모르는, 어린애 같은 수많은 사람을 손가락으로 가리키리라. 그리고 그들의 행복을 위해 그들의 과오를 떠맡은 우리는 당당하게 일어나서 말하리라.

'감히 그럴 수 있다면 우리를 심판해보라!'

그리고 말하리라.

'나는 그대가 두렵지 않다. 나도 그대처럼 광야에 갔었다. 그곳에서 메뚜기와 풀뿌리로 연명했다. 나도 그대가 인간들에게 준 자유를 축복했고 그대의 선택을 받은 강한 자들의 대열에 끼려 했다. 그러나 나는 곧 그 미망에서 깨어났다. 나는 그대의 미친 짓과 결별하고 그대의 과업을 수정한 자들의 그룹에 합류했다. 나는 오만한 자들을 떠나 겸손한 자들의 행복 쪽으로 돌아왔다.'

내가 말한 것은 실현되리라. 우리의 제국이 흥기(興起)하리라. 다시 말하지만 내일 그대는 나의 손끝이 까딱하는 순간, 저 온순한 양 떼들이 그대를 태워 죽일 장작불에 석탄을 붓기 위해 달려오는 모습을 보게 되리라. 그대는 우리를 방해하러 왔다. 장작불에 불태워야 할 자가 그대가 아니면 대체 누구란 말인가? 내일 나는 그대를 화형에 처할 것이다. Dixi(내 말은 끝났다)."

이반의 서사시는 그렇게 끝났다. 이야기하는 동안 그는 매우 흥분해 있었다. 하지만 이야기를 끝내자 갑자기 웃음을 터뜨렸다. 알료샤는 진지하게, 그리고 열정적으로 이반의 이야기를 들었다. 그는 이야기 도중에 여러 번 끼어들고 싶었지만 꾹 참았다. 이윽고 이야기가 끝나자 그는 참았던 이야기를 터뜨리듯 급히 입을 열었다.

"형…… 터무니없어! 형 이야기는 예수님에 대한 비난이 아니라 찬양이잖아. 자유에 관한 형의 이야기를 누가 믿겠어? 자유를 꼭 그렇게 이해해야 돼? 그게 러시아 정교의 교리란 말이야? 아니야! 로마가톨릭적인 해석일 뿐이야. 아니야, 그것도 아닐 거야. 가톨릭에서 가장 나쁜 자들, 심문관들, 특히 예수회의 해석일 뿐이야……. 게다가 형 작품 속의 대심문관은 또 뭐야? 순전히 환상적인 인물이잖아. 그런 인물이 어디 있어? 사람들의 행복을 위해 죄를 떠맡은 사람? 예수회 사람들이 그렇다는 거야? 아니야. 그들은 교황의 명령으로 세계를 정복하려는 로마의 군대일 뿐이야……. 그게 그들의 이상이야……. 거기엔 그 어떤 신비도 없고, 그 어떤 드높은 희생이나 슬픔은 없어. 지배하고자 하는 단순한 욕망, 지상의 행복을 향한 가장 저열한 목마름밖에 없어. 그게 전부라고!"

"잠깐, 잠깐!"

이반이 웃으며 말했다.

"너, 정말 흥분했구나. 환상이라고 했니? 맞아, 틀림없이 그럴 거야. 하지만 너는 지난 수 세기 동안의 모든 가톨릭 운동에 그저 지상의 행복을 누리려는 권력욕만 들어 있다고 생각하니? 그들 중 단 한 명이라도 고뇌하는 자가 없었을까? 위대한 고통에 시달리며 인류를 향한 사랑에 넘치던 자가 없었을까? 오로지 그런 권력욕만을 위해 뭉친 종교 집단이 가능하다는 생각이 오히려 환상이 아닐까? 자, 딱 한 사람이라도 내 작품 속의 대심문관 같은 사람이 있었다고 가정해봐. 광야에서 풀뿌리로 연명해가면서 스스로를 자유롭게 만들기 위해, 정신의 완성을 위해 몸부림쳤던 인물 말이야. 그러면서 인류를 향한 사랑은 늘 간직했던 인물 말이야. 그런데 그가 갑자기 깨달은 거야.

'나는 천상의 행복에 도달할 수도 있으리라. 하지만 수많은 다른 인간들은? 자유를 어떻게 처리할 줄 모를 정도로 나약하고 미련해서, 영원히 고통받을 수밖에 없는 그 인간들은? 언제고 반역의 길에 들어서겠지만 결코 바벨탑을 완성할 수는 없는 그들은?'

그는 위대한 이상주의자들이 꿈꾸었던 조화는 결코 그런 거위 같은 존재들을 위한 게 아니었음을 깨달은 거야. 그런 깨달음으로 그는 광야에서 돌아온 거야. 그리고 똑똑한 사람들과 합류한 거지. 정말 그런 일이 없었을까?"

"누구하고 합류한다고? 영리한 사람들? 그들에게는 지혜도 없고 신비도 없어. 무신론! 그게 바로 그들의 비밀이야! 형이 등장시킨 대심문관은 하느님을 믿지 않아!"

"결국 거기까지 왔구나. 무신론! 그래, 거기에 그의 비밀이 있어. 하지만 얼마나 고통스러웠을까? 하늘의 위업을 이루기 위해 평생을 황야에서 보낸 후, 끝끝내 인류를 향한 사랑을 놓지 못했기에 결국 유혹자의 유혹에 넘어가는 것이 그나마 저 미완성의 존재들을 어느 정도 질서 속에 살게 해주는 길이라는 확신에 이르렀을 때, 그것을 위해서는 기만과 거짓이 필요하다는 사실을 알았을 때 고통스럽지 않았을까? 그가 과연 지상의 행복을 위해 그 길을 간 것일까? 그는 그 누구보다 불행한 존재가 아니었을까? 자신이 기만과 거짓을 저질러야 한다는 것을 알면서도 과연 행복할 수 있을까? 난 그런 사람들의 흐름이 끊겨온 적이 없다고 믿어. 사람들을 행복하게 해주기 위해 비밀결사 단체를 조직한 사람들이 있을지도 모르지. 자, 이제 그만하자."

"형은 하느님을 믿지 않아."

알료샤가 슬픈 어조로 말했다. 그는 이반이 자신을 약간 빈정거리는 시선으로 바라보는 것을 느꼈다. 그는 바닥을 바라보며 물었다.

"형의 서사시는 어떻게 끝나? 그냥 그렇게 끝나는 거야?"

"난 이렇게 끝내고 싶었어. 대심문관은 침묵에 잠긴 채 죄수가 자신에게 뭔가 대답해주기를 기다렸어. 그 침묵이 그에게는 고통스러웠지. 죄수는 대심문관을 부드러운 시선으로 똑바로 응시하며 아무 대답도 하지 않겠다는 듯 내내 귀를 기울이고 있었어. 노인은 죄수에게서 한 마디만이라도, 비록 쓰디쓴 말, 무시무시한 말이라도 단 한 마디만이라도 듣고 싶었어. 그런데 죄수가 조용히 노인에게 다가가더니 아흔 살 먹은 그 노인의 핏기 없는 입술에 조용히 입을 맞춘 거야. 그게 그의 대답의 전부였지. 노인은 몸을 부르르 떨었고 그의 양 입술도 파르르 떨렸어. 노인은 문 쪽으로 걸어가 문을 열더니 그에게 말해. '가라! 그리고 더 이상 오지 마라……. 결코 다시는…… 다시는…….' 노인은 그를 도시의 어둠 속으로 풀어주는 거야. 그리고 죄수는 가버렸지."

"그럼 노인은?"

"그의 입맞춤이 그의 가슴에 불을 질렀지. 하지만 신념은 여전히 간직하는 거야."

"그렇다면 형도, 형도 그 대심문관 편에 서 있겠다는 거지!"

알료샤가 쓰디쓰게 외쳤다.

이반이 웃으며 말했다.

"알료샤, 이건 전부 말도 안 되는 이야기들이야. 풋내기가 쓴 아무 의미 없는 시일 뿐이야. 내가 뭐, 당장 예수회로 달려갈 것 같니? 그런 건 나랑 아무 상관없어. 너한테 이미 말했잖아. 서른 살까지 잔을 입에 대고 있다가 마셔버릴 거라고."

"그러면 봄철의 잎사귀는? 저 거룩한 무덤들은? 푸른 하늘과 사랑하는 여인은? 형, 대체 어떻게 살아가겠다는 거야? 이런 것들을 어떻게 사랑할 수 있겠어? 마음과 머리에 그런 지옥을 간직한 채 어떻게 살아갈 수 있다는 거야? 그래…… 형은 그들과 합류하러 갈 거야……. 안 그러면 자살할 거야."

"아니, 내게는 아직 견뎌낼 힘이 있어."

이반이 차가운 미소를 띠며 말했다.

"그게 뭔데?"

"카라마조프의 힘……. 카라마조프의 저열함이 지니고 있는 바로 그 힘."

"말하자면 부패, 진흙탕 속에서 영혼을 질식시키는 것, 뭐, 그런 걸 말하는 거야?"

"좋아, 그렇다고 치자. 아마 서른 살까지는 피할 수 있을 거야. 하지만 그다음에는……."

"대체 어떻게 피한다는 거야! 형과 같은 생각을 갖고서는 불가능해!"

"여전히 카라마조프식으로!"

"그게 뭔데? 모든 게 허용된다, 이거야?"

이반은 얼굴을 찌푸렸다. 그의 안색이 갑자기 창백해졌다.

"그래, 어쩌면 그럴지도 몰라. 좋아, '모든 것이 허용된다'라……. 부정하지는 않으마. 미챠가 옳을지도 몰라."

이어서 이반이 그윽한 목소리로 말을 이었다.

"알료샤, 나는 떠날 준비를 하면서 이 세상에 너밖에 없다고 생각했어. 그런데 이제 보니 네 마음속에 내 자리는 없는 것 같구나. 나는 모든 것이 허용된다는 미챠를 부정하지 않아. 그렇다고 네가 그런 나를 부정하지는 않겠지?"

그러자 알료샤가 이반에게 다가와 그의 입술에 조용히 입을 맞추었다.

"너, 내 서사시에서 표절했구나. 암튼 고맙다. 자, 이제 그만 가자."

둘은 술집에서 나왔다. 이반이 알료샤에게 말했다.

"내게 아직 봄철의 잎들을 사랑할 힘이 있다면 너를 생각하면서 그것들을 사랑할게. 네가 이곳 어딘가에 있다는 생각만으로도 세상을 살아가기에는 충분해. 원한다면 애정 고백으로 알아두렴. 자, 이제 너는 오른쪽으로, 나는 왼쪽으로 가는 거야. 서른 살쯤 되어 내가 술잔을 바닥에 내동댕이치고 싶어질 때 네가 어디에 있든 다시 한번 이야기를 나누러 찾아가마. 자, 이제 네 사부에게 가봐. 내가 너를 너무 오래 붙잡아두었다고 내게 화를 낼지도 모르겠다."

알료샤는 수도원으로 향했다. 그는 수도원을 향하면서 이반과 함께 있는 동안 어떻게 미챠 생각을 전혀 하지 않을 수 있었는지 의아해했다. 이날 밤에 수도원으로 못 돌아가더라도 무슨 수를 쓰건 미챠 형을 만나봐야 한다고 결심하지 않았던가?

제5장

알료샤와 헤어진 이반은 집으로, 즉 아버지 표도르 파블로비치의 집으로 향했다. 그런데 집이 가까워질수록 알지 못할 일종의 우울이 그를 사로잡았다. 그가 놀란 것은 그 우울한 감정 자체가 아니었다. 스스로도 그것이 어떤 종류의 우울인지 알 수 없어서 그는 놀라고 있었다. 불확실한 미래 때문도 아니었고, 알료샤와 유례없이 긴 이야기를 나누었기 때문도 분명히 아니었다.

그는 그런 찜찜한 기분으로 집에 도착했다. 그리고 대문 안을 흘낏 들여다본 후 그는 자신이 왜 그렇게 불안해했는지 단번에 알 수 있었다. 대문 옆 벤치에 하인 스메르쟈코프가 신선한 공기를 쐬며 앉아 있었다. 이반은 자신의 영혼 속에 자리 잡고 있던 것이 바로 스메르쟈코프임을 당장 알아차렸다.

'아니, 저따위 놈 때문에 내가 이토록 불안해하다니!'

그는 스스로에게 화를 냈다. 실제로 그는 최근 들어 스메르쟈코프에 대해 극심한 혐오감을 느꼈다. 처음에는 그가 스메르쟈코프를 향해 일종의 동정심을 느꼈기에 그 혐오감이 더욱 날카로워졌는지도 모른다.

그를 처음 보았을 때 이반은 그가 독특한 인간으로 여겨졌다. 그가 보기에 스메르쟈코프는 끊임없이 불안에 시달리는 인물이었다. 하지만 그는 그가 왜 그렇게 불안해하는지 알 수 없었다. 처음에 스메르쟈코프는 태양, 달, 별들은 왜 창세기 넷째 날에야 만들어졌는지 궁금해했고, 그의 그런 질문들이 이반을 즐겁게 했다. 하지만 얼마 지나지 않아 이반은 그의 그런 궁금증은 그에게 별로 중요하지 않다는 것을 알게 되었다. 이반은 그가 자존심, 그것도 상처받은 자존심에 가득 차 있음을 알게 되었다. 그것을 알게 되면서 이반은 그와 거리를 두었다.

이반이 그에게 혐오감을 느끼게 한 결정적인 요인은 이반을 향한 그의 허물없는 태도였다. 물론 버릇이 없다는 뜻은 아니었다. 그는 이반에게 언제나 공손했다. 하지만 언제부터인가 마치 둘 사이에 깊은 연루라도 있는 양, 다른 사람들은 알지 못하는 비밀을 둘이 공유하고 있는 양 행동했고 이반은 그것을 참을 수 없었다. 하지만 그가 그에게 혐오감을 느끼는 진짜 원인은 그게 아니었다. 이반은 그게 무엇인지 오랫동안 깨닫지 못하다가 최근에 알아차리게 됐다.

이반은 그를 못 본 척 지나치려 했다. 그런데 스메르쟈코프가 무슨 할 말이 있다는 듯 벤치에서 일어났다. 이반은 멈춰 섰다. 속으로는 '저리 비키지 못해!'라고 외치고 싶었지만 입에서는 예기치 못하게 전혀 딴말이 아주 부드럽게 튀어나왔다.

"그래, 아버지는 아직 주무시고 계신가?"

그 말을 하면서 그는 자신도 모르게 벤치에 앉았다. 그는 그 순간 자신이 왠지 모를 두려움에 떨고 있었음을 훗날 뚜렷이 기억할 수 있었다. 스메르쟈코프는 그의 앞에 등짐을 진 채 확신에 찬 시선으로 그를 바라보고 있었다.

"아직 주무시고 계십니다."

이어서 스메르쟈코프가 느닷없이 이반에게 물었다.

"도련님, 체르마쉬냐에 가실 거지요? 꼭 가세요."

"갑자기 체르마쉬냐 이야기는 왜 꺼내는 거냐? 내가 거기를 왜 가?"

"주인 나리께서 도련님께 간곡히 부탁하셨고……. 뭐, 다른 이유도 있지만…… 그냥 도련님과…….”

그는 갑자기 입을 다물었고 약 1분 정도 둘 다 아무 말이 없었다. 이반은 이제 화를 내며 벌떡 일어나야 한다는 것을 잘 알고 있었다. 하지만 스메르쟈코프의 침묵이 꼭 ‘어디 두고 보라지? 당신이 화를 낼지 안 낼지’라는 메시지를 전하는 것 같아 잠시 가만히 있었다. 이윽고 이반이 일어서려고 몸을 움직이자 스메르쟈코프가 입을 열었다.

“제가 정말 곤란한 처지에 빠졌습니다, 이반 도련님. 어찌할 바를 모르겠습니다.”

이반은 다시 자리에 앉았다.

“두 분 다 어린애 같아요. 아버님과 형님 말씀입니다. 나리께서는 눈만 뜨면 ‘그녀가 안 왔냐? 안 왔느냔 말이다’라고 저를 닦달하십니다. 자정이 될 때까지 내내 들볶으시지요. 그러고는 ‘왜 안 왔느냐? 언제 올 거냐?’라고 물으시니, 그게 어디 제 잘못입니까? 밤이면 형님이 무기를 들고 나타나십니다. 그러고는 ‘잘 살펴봐! 내게 알리지도 않고 그녀가 안으로 들어가면 네 놈 숨통부터 끊어놓을 거다’라고 말합니다. 매일 이런 꼴이니 그냥 콱 죽어버리고 싶은 심정입니다요. 도련님, 아무래도 저는 내일 오랫동안 간질 발작을 일으킬 것 같습니다요.”

"오랫동안 발작을 일으키다니? 그게 무슨 말이야?"

"말 그대로 오래 계속되는 발작이지요. 몇 시간일 수도 있고 하루나 이틀일 수도 있지요. 한번은 사흘간 의식을 잃었던 적도 있었습니다……. 아버님이 의사를 불러와서 머리에 얼음찜질을 해주었지요. 하마터면 죽을 뻔했습니다."

"하지만 발작은 느닷없이 찾아오는 거 아니냐? 그런데 어떻게 내일 발작이 올 거라고 말하는 거지?"

이반은 호기심 반, 분노 반이 뒤섞인 목소리로 물었다.

"맞는 말씀입니다. 하지만 내일 지하 창고에서 넘어질 것만 같아서……."

"허튼소리 하지 마라. 그러니까 사흘간 발작이 일어난 척하겠다는 거냐?"

"제 목숨 하나 살리겠다고 그런 꾀를 부리는 게 뭐 그리 잘못이겠습니까. 제가 병에 걸려 누워 있으면 드미트리 나리도 저를 죽이려 들지는 않겠지요."

"제길! 또 그놈의 목숨 타령이로군! 미챠 형이 그런 말을 한 건 그냥 홧김에 그랬을 뿐이야. 형은 너 같은 놈 따위는 죽이지 않아!"

"아닙니다! 저 같은 놈은 파리처럼 죽여버릴걸요. 혹은 그 전에 다른 사람을……. 그분이 아버님께…… 이상한 짓이라도 하시면 저를 공범으로 몰까봐 겁이 납니다."

"뭐, 공범? 네가 왜 공범이라는 거냐?"

"그분이 제게 비밀 신호를 알려주셨거든요."

"무슨 신호? 이런 빌어먹을 놈! 어서 똑바로 말해봐!"

"다 말씀드리지요."

스메르쟈코프는 점잔을 빼면서 나지막이 말했다.

"저와 아버님 사이에는 비밀 약속이 있습니다. 요즘 아버님은 저녁만 되면 늘 문을 잠그십니다. 그리고 그 방에는 저 혼자만 드나들고 있습지요. 그리고 만일 그 여자가 오면 문을 처음에는 약하게 두 번, 다음에는 강하게 세 번 두드리라고 제게 명령하셨습니다. 그 외에 다른 신호도 있습니다. 뭔가 급히 알릴일이 있으면 처음 두 번은 짧고 급하게, 이어서 조금 기다린 뒤한 번 강하게 두드리는 거지요. 한 가지 더 있습니다요. 드미트리 나리가 나타났을 때는 톡, 톡, 톡 연달아 세 번 두드리게 되어 있지요. 이건 이 세상에서 나리와 저만 아는 비밀인데, 그만드미트리 나리도 그 신호를 알게 되었습니다요."

"뭐야? 네가 알려준 거지? 어떻게 감히?"

"너무 무서워서 그랬지요. 그분이 언제나 제게 '네 이놈, 내게 뭔가 속이는 게 있지!'라고 다그치시는데, 제가 아무것도 감추는 게 없다는 걸 보여드리려고 다 털어놓았지요."

"만일 형이 그 신호를 이용해서 들어가려고 하면 절대로 들여보내지 마."

"그래야지요. 하지만 제가 발작이 일어나서 누워 있다면 도리가 없지 않겠습니까?"

"제길, 빌어먹을 놈! 그래, 너는 네가 간질 발작을 일으키리라는 걸 확신한다는 거냐? 나를 놀리는 거냐?"

"아니, 제가 어떻게 도련님을! 그냥 그런 예감이 든다 이 말씀입니다. 그리고리에게 이 비밀을 알려줄 수도 없고. 게다가 그리고리는 지금 몸져누워 있습니다."

"아니, 이거 뭐, 작당이라도 한 것 같군! 도대체 헛소리 말아라. 드미트리 형이 도대체 뭣 때문에 형의 방에 몰래 들어간단 말이냐? 그것부터 말도 안 되는 소리야!"

"글쎄요, 그냥 화가 나서 들어가실 수도 있고…… 혹은 그게 아니라면 돈 봉투 때문에…… 드미트리 나리도 아버님께서 3,000루블이 들어있는 돈 봉투를 준비하고 계신 걸 잘 알고 있고요……."

"무슨 헛소리를! 형은 돈을 훔치려고 아버지를 죽일 사람이 아니야!"

"글쎄요, 제가 보기에는 형님이 돈이 필요하신 것 같던 데…… 아버님이 아직 형님께 3,000루블을 빚지고 있다고 제 게 분명히 말씀하셨거든요. 게다가 아버님이 그루셴카와 결혼 이라도 하게 되면…… 도련님 삼 형제에게 각각 4만 루블씩 갈 수 있는 유산이 그녀에게로 갈 수도 있으니……."

"아니, 상황이 그렇다면 왜 나를 보고 체르마쉬냐에 가라고 권하는 거냐?"

"바로 그 말씀입니다요. 도련님이 불쌍해서…… 이런 일을 곁에서 지켜보느니 좀 멀리 가 계시는 게……."

"이런 추잡한 놈!" 이반은 소리치면 벤치에서 일어났다. "이 놈아! 나는 내일 모스크바로 간다. 그것도 내일 아침 일찍!" 이 반은 성큼성큼 안으로 집 안으로 들어갔다.

다음 날 아침 이반은 짐을 챙기기 시작했다. 사실 그는 어제 카테리나와 알료샤에게 자신이 다음 날 모스크바를 향해 떠날 것이라고 말할 때까지만 해도 정말로 떠날 생각은 없었다. 그 런데 아침에 눈을 뜨자 정말 느닷없이 진짜로 이 집을 떠나고 싶다는 생각이 간절하게 들었다. 그러자 그는 상쾌한 기분으로 재빠르게 옷을 입고 트렁크를 챙기기 시작한 것이다.

9시가 되자 그는 아버지에게 다정하게 인사한 후 한 시간 뒤에 모스크바를 향해 떠날 것이라고 말했다. 그런데 표도르는 조금도 놀라거나 서운한 기색이 아니었다. 그리고 마치 아무 일도 없다는 듯 아들에게 말했다.

"그래? 내일이나 모레 떠나면 안 되겠니? 오늘은 체르마쉬냐에 좀 갔다 올 수 없어? 아비 소원 좀 들어줄 수 없니? 아주 중요한 일인데, 너도 알다시피 내가 짬을 낼 겨를이 없어서…… 너도 알다시피 그쪽에 내 소유의 숲이 있는데, 벌채권을 1만 1,000루블에 사겠다는 작자가 나섰어. 네가 가서 흥정 좀 해줘야겠다. 정말 그 가격에 사겠다는 건지 아닌지 정확히 알아보고……"

"글쎄요. 주소나 적어주세요. 갈지 안 갈지 역으로 가면서 결정하겠어요."

그는 마차에 올랐다. 역까지는 80킬로미터 남짓이어서 저녁 일곱 시 출발 예정인 열차 시각에 맞추기도 빠듯했다. 애당초 그에게 아버지 심부름을 할 생각은 없었다. 그는 겨우 제시간에 모스크바행 열차에 몸을 실을 수 있었다.

그는 열차 안에서 생각했다.

'과거여, 안녕! 지난 세상과는 영원히 작별이다. 그곳으로부터는 아무런 소식도, 아무런 응답도 없기를! 새로운 삶, 새로운 장소를 향하여, 뒤도 돌아보지 않고!'

하지만 환희 대신 비애가 그의 마음을 사로잡았다. 그는 밤새 곰곰이 생각에 잠겼다. 기차는 날아가듯 달렸고 날이 밝을 때쯤 모스크바로 들어섰다. 그제야 이반은 정신이 번쩍 든 것 같았다.

'나는 비참한 놈이야.'

그는 생각했다.

아들을 보내놓고 표도르는 기분 좋게 코냑을 홀짝이고 있었다. 그런데 그의 기분을 잡치게 만드는 사건이 하나 벌어졌다. 스메르쟈코프가 지하 창고에 갔다가 무슨 일 때문인지 층계에서 굴러떨어진 것이다. 한 가지 다행인 것은 마르파가 마당에 있다가 때맞춰 그의 비명을 들었다는 것이었다. 이전에 그가 간질 발작을 일으킬 때 내는 비명이었다. 마르파는 소리만 들었지, 그가 굴러떨어지는 것을 직접 보지는 못했다. 그녀가 창고로 뛰어 들어가니 스메프쟈코프는 입에 게거품을 물고 온몸을 비비 꼬면서 몸부림치고 있었다. 의사가 왔고, 그를 진찰한

의사는 목숨이 위험할 수도 있었다고 말했다. 그들은 환자를 그리고리와 마르파의 거처 바로 옆방에 눕혔다.

그런데 이번에는 또 다른 좋지 않은 소식이 들렸다. 사흘째 앓고 있던 그리고리가 마침내 허리가 마비된 상태로 꼼짝 못 하고 몸져누웠다는 것이었다.

표도르는 가능한 한 일찍 차를 마신 후 자기 방에 틀어박혔다. 그는 무섭고 불안한 가운데 기대감에 차 있었다. 스메르쟈코프가 "오늘 그루센카가 꼭 오기로 약속을 했습니다요"라고 그에게 자신 있게 말했던 것이다. 그는 오늘 밤에 그녀가 분명히 오리라는 확신에 차서 신경을 곤두세운 채 기다리고 있었다.

제
6
부

알
료
샤

제1장

알료샤는 조시마 장로의 승방으로 들어가다가 깜짝 놀라 걸음을 멈추었다. 그는 조시마 장로가 죽어가고 있거나, 이미 세상을 떠났을까봐 두려웠다. 그런데 그는 몹시 피곤한 모습이었지만 밝고 단아한 표정으로 안락의자에 앉아 있었다. 그는 방문객들과 이야기를 나누고 있었다. 그의 곁에 있는 사람들은 모두 네 명으로서 오랜 세월 그에게 헌신해온 벗들이었다. 조시마 장로는 눈을 감기 전에 자신이 사랑하는 사람들과 한껏 담소를 나누며 마음속 이야기를 전해주고 싶었던 것이다.

알료샤가 머뭇거리며 문 앞에 서 있는 것을 보자 조시마 장로는 그에게 반가운 미소를 지으며 손을 내밀었다.

"어서 오너라. 네가 올 줄 알고 있었단다."

알료샤는 그의 앞으로 다가가 머리를 땅에 조아리며 절을 했다. 울음이 나오는 것을 참을 수 없었다.

"애야, 우는 건 좀 미뤄도 된단다. 그래, 형은 만나보았느냐?"

"한 명밖에 못 만났습니다. 큰형은 못 만났습니다."

"서둘러 찾아보도록 해라. 만사 제쳐두고 서둘러야 한다. 뭔가 끔찍한 일이 일어나는 걸 막아야 해."

"스승님, 대체 무슨 일이?"

"너무 궁금해할 것 없다. 어제 그의 눈을 보니 그런 생각이 들더구나. 내가 너를 그에게 보낸 건 네 눈길이 그에게 도움이 될 것 같아서란다. 알렉세이, '밀알 하나가 땅에 떨어져 죽지 않으면 한 알 그대로 남고 죽으면 많은 열매를 맺으리라(『요한복음』 12장 24절)'라는 말을 기억하려무나. 너는 이 담벼락을 나가더라도 수도승처럼 살 거야. 적들이 생기겠지만 적들도 너를 사랑하게 될 거야. 불행한 일도 많이 겪겠지만 너는 그 덕분에 행복해질 수 있을 것이다."

이어서 조시마 장로는 사람들에게 마지막으로 자신의 생애에 대해 그의 건강에 비해 제법 길게 이야기했다. 그것이 신부가 알료샤에게 약속한 마지막 말이었으며 그의 생애는 그가 알료샤에게 주는 선물이었다. 그의 표정은 온화했으며 생기에 넘치고 있었다. 사람들은 그의 최후가 가까웠다는 것을 알고 있었지만 저렇게 밝고 생기 있는 모습을 보고 갑자기 그가 최후를 맞이하리라고는 아무도 생각하지 않았다. 그들은 그의 병세가 호전되거나 최소한 얼마간 건강을 유지하길 바랐다. 그가 작고하기 5분 전까지도 사람들은 아무런 낌새도 눈치채지 못했다.

그는 미소를 띤 채 승방에 모여 있던 사람들을 바라보면서 조용히 안락의자에서 일어나 마룻바닥으로 내려왔다. 그는 무릎을 꿇고 얼굴을 마룻바닥에 기울인 채 두 팔을 활짝 폈다. 그러고는 기쁨에 찬 황홀경에서 바닥에 입을 맞추고 기도하면서 조용히 하느님께 영혼을 바쳤다.

그의 부음은 날이 새기 전에 이미 도시 전체에 알려졌고 많은 시민이 수도원으로 몰려들었다. 그런데 하루가 채 지나기도 전에 모든 사람이 예기치 못했던 이상한 일이 벌어져 수도원의 사람들과 도시 사람들에게 충격을 주고 당황하게 만들었다. 그 충격이 얼마나 컸는지 사람들은 그날 벌어진 일을 오랜 세월이 지난 오늘날까지 생생하게 기억하고 있다.

날이 밝자 몇몇 사람들이 환자들, 특히 어린 환자들을 데리고 수도원으로 몰려들었다. 마치 이 순간을 기다리고 있었던 것 같았다. 사람들은 조시마 장로의 사체에 병을 치유하는 힘이 있다고 믿었다. 그가 살아 있는 동안 그들은 그를 그만큼 위대한 성인으로 섬기고 있었던 것이다.

시간은 흘러갔다. 정해진 절차에 따라 장례식이 거행되었다. 파이시 신부는 관 옆에 앉아 복음서를 낭독했다. 그런데 오후 3시 무렵, 우리들이 예상했던 것 혹은 많은 사람이 원했던 것과는 전혀 다른 일이 벌어졌다. 다시 하는 말이지만 그 일은 사람들에게 큰 충격을 주었기에 오늘날까지도 사람들 사이에 이야깃거리가 되고 있다. 그러나 독자에게 특히 전하고 싶은 말은 따로 있다. 그 사건은 우리의 주인공 알료샤의 마음과 영혼에 커다란 영향을 미쳤다는 사실이다. 그 사건은 그의 정신의 전개 과정에서 위기이자 전환점이 되었으며 그의 지성에 충격을 주었다. 그 결과 그의 정신과 지성은 더욱 강하게 단련이 되었으며 결정적인 삶의 목표를 가질 수 있게 되었다.

해가 질 무렵, 사람들은 조시마 장로의 사체를 관에 안치한 후 사람들이 모여 있는 거실로 옮겼다. 관 주변에 앉아 있던 사람들은 사체 썩는 냄새에 코를 막았다. 이어서 그 냄새가 거실 전체로 퍼져나가자 사람들은 아연한 가운데 실망할 수밖에 없었다. 그들은 조시마 장로 같은 성자의 몸은 자연의 법칙을 넘어서서, 훨씬 오래 싱싱하게 남아 있어야 한다고 믿었고 기대했다. 그런데 이렇게 일찍 부패하다니! 심지어 보통 사체들보다 더 빨리 부패하다니! 그를 성자로서 섬겨왔던 사람들의 실망이 이만저만이 아니었다. 사람들은 장로의 가르침이 그릇된 것이기에 하늘이 응징한 것이라고 수군거리기 시작했고, 그는 성자인 척했지만 실은 평범한 인간에 불과하다고 빈정거리는 사람도 있었으며 심지어 성호를 그으며 '사탄아 물러가라!'라고 속삭이는 사람도 있었다. 물론 사람들 중에는 '그는 성스러운 분이다!'라고 여전히 믿음을 잃지 않은 사람들도 있었지만 어쨌든 소란은 그치지 않았다.

그러나 그 사건으로 가장 큰 충격을 받은 것은 바로 알료샤였다. 하지만 그가 받은 충격은 다른 사람들과 달랐다. 그는 다른 사람들처럼 초자연적인 기적을 기다린 것이 아니었다. 그가 기다린 것은 그가 그토록 경배했던 존재의 위대한 승리였다. 그는 스승의 죽음이 스승을 더욱 위대하게 해주리라 생각했다. 그랬기에 그는 사람들이 그의 스승에 대해 험담을 하는 것을 견딜 수 없었다. 젊은이로서의 순수한 그의 마음은 단 한 존재를 향해 온통 집중되어 있었다. 그는 그 이상적인 존재에게서

보다 드높은 정의가 실현되기를 원했던 것이지 기적이 일어나기를 원했던 것이 아니었다. 그의 번뇌는 다음의 한마디로 요약할 수 있다.

'어찌하여 이 세상 모두에게 그 누구보다 숭앙받던 사람이 그에 어울리는 영광을 받지 못하고 갑자기 실추되어 그 위대함을 잃게 될 수 있단 말인가!'

그는 거룩한 스승의 몸이, 스승이 굽어보면서 지배하던 사람들 앞에서 조롱거리가 되고 모욕을 받는 것을 견딜 수 없었다. 그는 일찌감치 거실에서 나와 숲으로 가서 나무 밑에 앉았다.

'기적이 일어나지 않아도 좋다! 희망이 이루어지지 않아도 좋다! 하지만 어찌하여 이런 불명예가 있을 수 있으며 어찌하여 스승의 몸이 자연의 법칙보다 일찍 부패할 수 있단 말인가! 그렇다면 신의 섭리는 대체 어디에 있단 말인가!'

알료샤는 속으로 피눈물을 흘렸다. 그는 그 인자한 스승에 대한 그의 사랑에 상처를 입은 것이다. 그리고 그런 일은 젊은 이에게 언제나 일어날 수 있는 일이 아닌가!

하지만 하느님을 향한 그의 믿음이 흔들린 것은 결코 아니었다. 그는 여전히 하느님을 사랑했고 하느님을 향한 굳은 믿음을 간직하고 있었다. 하지만 일종의 분노가 서서히 그를 사로잡았으며 어제 이반 형과 나눈 대화가 생생하게 되살아났다.

날은 어느새 어둑어둑해지고 있었다. 알료샤의 동료 수사(修士)이자 신학생인 라키틴이 승방에서 나와 수도원으로 향하다가 알료샤의 모습을 발견하고 다가와 말했다.

"알료샤, 너 어떻게 여기 나와 앉아 있을 수 있는 거니? 대체 무슨 일이야?"

그는 처음에는 놀란 표정이었다. 그러나 차츰차츰 그의 입가에 비웃는 듯한 미소가 떠올랐다.

"너를 두 시간 전부터 찾고 있었어. 여기서 뭐 하고 있는 거야? 어서 고개를 들어봐!"

알료샤가 고개를 들었다. 그는 울고 있지는 않았지만 그의 얼굴에 고통과 분노가 고스란히 드러나 있었다.

"너, 표정이 왜 그러니? 누가 모욕이라도 한 거니?"

"날 좀 내버려둬."

알료샤는 먼 곳을 멍하니 바라보며 말했다.

"아, 알겠다. 우리 같은 처지에 다른 사람들처럼 울부짖을 수 없다 이거지? 천사께서 강림하셨군! 정말 놀랐는데! 난 너를 교양 있는 사람으로 알았는데……. 진심이다."

알료샤는 라키틴을 바라보았다. 하지만 그의 말을 알아듣지 못한 듯 여전히 멍한 표정이었다.

"너, 저 노인의 주검에서 악취가 난다고 이러는 거야? 그가 기적이라도 일으키길 기대한 거야?"

"나는 그분을 믿었고, 지금도 믿고 있어. 믿고 싶고, 믿을 거야. 그 이상 무슨 대답을 원하는 거야?"

"이봐, 난 아무것도 원치 않아. 제길! 열세 살짜리 초등학생도 믿지 않을 텐데……. 그러니까…… 너 지금 네 하느님께 화가 난 거로구나. 하느님께 반역하고 있는 거로구나. 그 노인이 합당한 대우를 받게 해주지 않아서……."

알료샤는 분노의 불꽃이 이는 눈으로 라키틴을 바라보았다. 하지만 그는 라키틴을 향해 화내는 것이 아니었다.

"나는 하느님께 거역하지 않아. 다만 그분의 세계를 받아들일 수 없을 뿐……."

알료샤는 갑자기 쓰디쓴 미소를 띠며 말했다.

"뭐야? 이 세상을 받아들일 수 없다고?" 라키틴은 잠시 생각에 잠겼다가 말했다. "무슨 엉뚱한 말이야?"

알료샤는 대답하지 않았다.

"그런 말도 안 되는 소리는 그만하자. 현실로 돌아오자고. 너, 오늘 뭐가 먹긴 먹은 거야?"

"글쎄…… 기억이 나지 않아. 뭔가 먹은 것 같기도 하고."

"네 몰골을 보니 기운을 좀 차려야겠다. 너, 밤새 잠도 안 잤다는 이야기도 들었어. 네 집에서 무슨 모임이 있었던 거니? 그런 후 여기서 이런 일이 벌어졌으니까……. 풀뿌리건 메뚜기건 뭔가 먹긴 먹어야지. 참, 내게 소시지가 약간 있어. 먹지 않을래?"

"조금만 줘."

"헤, 헤, 이거야말로 완전히 혁명이로군! 바리케이드도 칠까? 좋아! 우리 집에 가보지 않을래? 난 보드카도 몇 모금씩 마시거든. 물론 너는 보드카까지 받아들이지는 않겠지. 하지만 알게 뭐야."

"보드카도 좀 줘."

"야, 정말 놀랐는걸! 그래, 소시지건 보드카건 멀리할 필요는 없지!"

알료샤는 말없이 일어나서 라키틴의 뒤를 따랐다.

"네 이반 형이 보면 놀라겠군! 한데, 그가 오늘 모스크바로 떠난 거, 알고 있니?"

"알고 있어."

알료샤가 무심한 듯 대답했다.

"참, 호흘라코바 부인 집에 들러야 해. 내가 이곳 소식을 전했거든. 그랬더니 즉시 답을 보내왔어. 그런 일이 벌어질 줄은 전혀 예상도 못 했다는 거야. 그녀도 너처럼 흥분해 있어."

라키틴은 잠시 멈춰 서더니 은밀하게 알료샤에게 말했다.

"그런데 알료샤, 우리가 그 전에 가보는 게 좋은 곳이 있는데…… 어때, 한번 가볼래?"

"상관없어……. 너 좋을 대로."

"그루셴카에게 가자. 어때, 괜찮아?"

라키틴은 조심스레 알료샤의 눈치를 살폈다.

"좋아."

알료샤가 낮은 목소리로 말했다.

너무 예상치 않던 대답이었기에 라키틴은 깜짝 놀랐다. 그는 알료샤의 손을 잡더니 마치 그의 결심이 바뀌는 걸 두려워하듯, 그를 잡아끌었다. 그는 계산이 빠른 자여서 자신에게 이익이 되지 않는 일은 하지 않는 위인이었다. 지금 그는 두 가지를 염두에 두고 있었다. 자신이 늘 질시하던 알료샤, 언제나 올바르고 경건하던 그가 그 길에서 벗어나 타락하는 모습을 지켜보고 싶은 것이 그중 하나였다. 게다가 물질적으로도 얻는 게 있었다. 그루셴카가 그에게 알료샤를 데려오기만 하면 돈을 주겠

다고 약속한 것이었다. 그는 악의에 찬 미소를 지으며 속으로
생각했다.

　'그래, 결정적 순간이 온 거야. 단번에 그걸 붙잡아야 해.'

제2장

그루셴카는 도시에서 가장 번잡한 곳에 있는 작은 목조 건물에 살고 있었다. 그 집의 주인은 모로조브라는 과부였다. 그루셴카가 이곳에 4년 동안 사는 동안 사람들은 이 수수께끼 같은 미인에 대해 궁금해했다. 그런 가운데 그녀가 열일곱 살 때 관료였던 한 사내에게 버림을 받았다는 소문이 돌았다. 그 사내는 멀리 도망가서 결혼했고 그루셴카는 아무것도 지니지 못한 채 내팽개쳐졌다는 것이었다. 이후 그녀는 삼소노프라는 노인의 도움으로 궁핍에서 벗어나 살아가게 되었다는 것과 비록 그녀의 처지가 그렇기는 해도, 엄연히 성직자 집안의 딸이라는 소문도 돌았다. 게다가 그녀는 돈을 불리는 수완도 좋은 데다 절약을 해서 상당한 재산을 모았다는 소문도 곁들여졌다. 사람들은 카라마조프 부자(父子)가 그녀를 사이에 두고 연적 관계가 되었다는 사실도 알고 있었다. 하지만 정작 그녀의 마음이 어디로 기울고 있는지는 아무도 몰랐다.

알료샤와 라키틴이 그녀의 방으로 들어섰을 때는 이미 밤이 깊었을 때였다. 불을 밝혀놓지 않은 방 안은 어두웠다. 그루셴카는 커다란 소파에 두 손을 머리 뒤에 받친 채 등을 기대고 앉아 있었다. 그녀는 비단옷을 입고 있었으며 어깨에는 화려한 숄을 걸치고 있었고 반짝이는 황금 브로치를 달고 있었다. 누군가 기다리고 있던가, 외출 준비를 하고 있었음이 틀림없었다.

사실 그들은 그루셴카의 방 안으로 들어서면서 이미 그 사실을 알고 있었다. 그녀가 하녀에게 겁먹은 목소리로 묻는 것을 옆방에서 들었던 것이다.

"누구야? 누가 왔어?"

"그분이 아니에요. 다른 분들이 왔어요."

"대체 무슨 일이신가?"

라키틴이 알료샤를 방으로 안내하면서 말했다. 그루셴카는 소파에서 일어났다. 얼굴은 여전히 겁에 질려 있었다. 숄에 덮여 있던 머리카락이 그녀의 어깨로 흘러내렸다. 그녀는 방문객들이 들어서자 소리쳤다.

"아, 라키틴이네! 놀랐잖아. 그런데 누구랑 온 거야? 아니, 이게 누구야? 맙소사! 그를 데려왔구나!"

그녀는 알료샤임을 알아보고 크게 놀라 소리를 질렀다.

"그런데 이렇게 어두워서야. 불 좀 밝혀줘."

라키틴은 아주 친근한 목소리로 말했다.

"그래, 맞아. 페냐, 촛불 좀 가져와!"

그녀가 하녀에게 소리쳤다.

"참, 알맞을 때 데려왔네."

그녀는 라키틴에게 눈을 흘기더니 거울 앞으로 가서 두 손으로 머리를 매만졌다. 뭔가 언짢은 기색이었다.

"이거 잘못 찾아온 모양이로군."

라키틴이 기분이 상한 듯 말했다.

"좀 놀란 것뿐이야."

그녀는 미소를 띠고 알료샤 쪽으로 고개를 돌리며 말했다.

"알료샤, 만나서 정말 반가워요. 난 미챠가 온 줄 알고…….
내가 방금 그 사람을 속였거든. 나를 믿으라고 해놓고는 거짓말을 한 거야. 계산을 맞출 게 있어서 오늘 밤 내내 삼소노프 노인과 있어야 한다고 말했거든. 하지만 나는 집으로 곧장 돌아와서 소식을 기다리고 있었어. 페냐! 미챠가 어디 숨어 있지나 않은지 잘 살펴봐! 그 사람이 너무 무서워!"

"아무도 없어요. 내가 잘 살펴보았어요. 저도 무서워요."

페냐가 대답했다.

"덧창을 닫았겠지? 커튼도 내리는 게 낫겠어."

그녀는 직접 커튼을 내렸다.

"불빛을 보면 당장 달려올 거야. 알료샤, 당신 형이 너무 무서워요."

그루셴카는 불안한 듯 말했지만 어딘가 행복한 기색을 감추지 못했다.

"아니, 오늘 왜 이렇게 미챠가 무섭다는 거지?"

라키틴이 물었다.

"평소에는 그렇게 겁내지 않잖아. 얼마든지 쉽게 돌려보낼 수 있잖아."

"아주 소중한 소식을 기다리고 있거든. 그리고 그건 미챠가 알면 안 돼."

"그런데, 왜 그렇게 예쁘게 차려입은 거야?"

"라키틴, 무슨 호기심이 그렇게 많아! 소식을 기다린다고 했잖아. 소식이 오면 곧바로 날아갈 거야. 아주 멀리 날아가버릴 거야. 그러면 나를 더 이상 볼 수 없을걸. 그래서 이렇게 차려입은 거야."

"누가 당신을 데려가는데?"

"너무 많은 것을 알면 빨리 늙는 법이야."

"정말 즐거워 보이네……. 이런 모습은 본 적이 없어. 마치 무도회에 가는 것처럼 차려입었잖아."

"무도회에 대해 뭘 안다고……. 아니, 내가 왜 이렇게 당신하고 쓸데없는 말을 하고 있는 거지? 왕자님이 오셨는데……. 정말 어려운 걸음 했네요, 알료샤. 이렇게 눈앞에 두고도 믿을 수 없어요. 사실, 당신이 오리라고는 꿈에도 생각 못 했어요. 지금은 적절한 때가 아니지만 아무튼 만나서 너무 반가워요. 자, 젊은 수도자님, 어서 앉으세요."

알료샤는 자리에 앉았고 그녀도 그 옆에 앉아 기쁜 얼굴로 그를 바라보았다. 그녀는 거짓말한 것이 아니었다. 그녀는 알료샤를 보고 정말로 너무 기뻐하고 있었다.

"맙소사! 하루 사이에 정말 이상한 일들이 많이 벌어지네. 정말 당신을 만나니 왜 이렇게 기분이 좋은지 나도 모르겠어요."

"아니, 그걸 모르겠다고?"

라키틴이 이를 드러내고 웃으며 말했다.

"노상 알료샤를 데려오라고 성화였으면서……. 뭔가 속셈이 있는 것 같은데…….”

 “뭐, 생각이 있었던 건 사실이야. 하지만 이제는 끝난 일이야. 지금은 때가 아니야. 라키틴, 너도 앉아. 난 오늘 정말 기분이 좋아. 그런데 알료샤, 왜 그렇게 슬픈 얼굴이에요? 내가 무서운 가요?”

 “그는 지금 슬퍼. 그의 스승에게서 악취가 났거든.”

 “뭐야? 악취? 무슨 말도 안 되는 소리를! 바보 같은 소리 작작 하고 입 다물어. 알료샤, 이렇게 당신 무릎에 앉아도 돼요?”

 그 말과 함께 그녀는 웃으며 새끼 고양이처럼 그의 무릎 위로 폴짝 뛰어오르더니 오른팔을 그의 목에 감았다.

 “자, 이 경건한 아기님! 내가 기분 풀어드리지요. 정말, 당신 무릎 위에 앉아도 되는 거지요? 화내지 않을 거지요? 싫다면 바로 일어날게요.”

 알료샤는 아무 말도 없었다. 몸을 꼼짝할 수도 없었다. 그는 온몸이 마비된 듯 대답조차 할 수 없었다. 하지만 그 감정은 사람들이 예상할 수 있는 것이거나 그 모습을 보고 있는 라키틴이 상상할 수 있는 것과는 달랐다. 그를 사로잡고 있던 커다란 슬픔이 그에게 일어날 수도 있었을 모든 감정을 삼켜버렸다. 만일 자신이 어떤 정신 상태에 있는지 그 자신이 이해하고 있었더라면 그는 당시 그 어떤 관능적 유혹도 그를 사로잡지 못하리라는 것을 알았을 것이다. 하지만 그러한 상태에서도 그는 자기 마음에 이상한 새로운 감정이 이는 것을 보고 스스로 의아할 수밖에 없었다. 이 여자, 이 무서운 여자가 그는 조금도 겁나지 않았다. 이제까지는 여자 생각만 해도 공포를 느꼈던 그였건만 이 여자, 그 누구보다 무서운 이 여자가, 그의 무릎에 앉아 그의 목에 팔을 두르고 있는 이 여자가 전혀 예상치도 못했던 이상한 감정을 불러일으킨 것이다. 그것은 바로 가장 강렬하고 순수한 호기심 바로 그것이었고, 그는 본능적으로 놀라고 있었다.

"자, 이제 말도 안 되는 소리 집어치우고 샴페인이나 내놔."

라키틴이 소리쳤다.

"내게 샴페인 빚이 있잖아."

"맞아. 알료샤, 라키틴이 당신을 데려오면 보너스로 샴페인을 내놓기로 약속했어요. 페냐, 미챠가 놓고 간 샴페인 가져와. 어서! 난 헤픈 사람은 아니지만 샴페인 한 병쯤은 내놓을 수 있어. 라키틴, 널 위해서가 아니야. 넌 독버섯 같은 사람이야. 이 사람을 위해 내놓은 거야. 지금 내 머릿속에 다른 생각이 가득 차 있지만 상관없어. 당신들과 마실 거야."

"그런데, 기다린다는 소식은 뭐야? 비밀인가?"

"비밀은 무슨……. 아마 너도 알고 있을걸. 그이가 왔어. 그이가 왔다고."

그녀는 여전히 알료샤의 무릎에 앉은 자세 그대로 라키틴에게 고개를 돌리며 말했다.

"듣긴 했지. 그런데 벌써 근처에 온 거야?"

"지금 모크로예에 있어. 심부름꾼을 보낸다고 했어. 오늘 편지를 받았거든. 그래서 기다리고 있는 거야."

"모크로예? 왜 거기 있는 거지?"

"이야기하자면 길어. 게다가 너도 다 알 만한 이야기야."

"그럼 미챠는? 미챠가 알고 있나?"

"미챠가! 절대로 모르지. 알면 나를 죽이려 들걸. 하지만 이제 그 사람 무섭지 않아. 라키틴, 그 사람 이야기하지 마. 기분만 상하니까. 난 지금, 알료샤랑 있어. 알료샤, 어디 한번 웃어 봐요. 야, 웃었네! 어머, 나를 다정하게 바라보고 있어. 알료샤, 어제 그 여자 집에서 내가 한 짓 때문에 당신이 화가 나 있는 줄 알았어요. 정말 막돼먹은 짓을 했죠? 사실이에요. 하지만 후회하지 않아요. 추잡한 짓이지만 좋은 점도 있었거든요."

그녀는 꿈꾸는 듯한 표정으로 말을 이었다. 하지만 그녀의 입술에는 어딘가 냉혹한 웃음이 떠올라 있었다.

"그래, 그녀를 지독하게 모욕했지. 나를 유혹하고 눌러버리려고 초콜릿도 내놓고 그랬는데……. 하지만 그렇게 끝난 게 잘된 거야. 알료샤, 나는 당신이 화가 나 있을까봐 겁이 나요."

그러자 라키틴이 약간 놀란 듯 알료샤에게 말했다.

"알료샤, 사실이야. 저 여자는 햇병아리를 무서워하거든."

"햇병아리를!"

그루센카가 소리쳤다.

"너라면 그럴지도 모르지. 너는 양심이 없는 인간이니까! 나는 진심으로 이 사람을 사랑해! 그게 다야! 알료샤, 내가 당신을 진심으로 사랑한다는 걸 믿어요?"

"이런 뻔뻔한 여자 같으니! 알료샤, 저 여자는 지금 네게 고백을 하고 있는 거야!"

"그래, 난 이 사람을 사랑해!"

"그렇다면 모크로예에 있는 남자는? 거기서 소식 오길 기다린다며?"

"그건 별개의 문제야."

"정말 헤픈 여자로군!"

"화낼 거 없어, 라키틴. 별개의 문제라고 말했잖아. 나는 전혀 다른 식으로 알료샤를 사랑하는 거야. 알료샤, 내가 당신에게 흑심을 품었던 게 사실이야. 나는 나쁜 여자거든. 하지만 가끔 당신을 내 양심처럼 올려다보았어. 그리고 당신 같은 사람은 나같이 추잡한 여자라도 멸시하지 않으리라 생각했어. 어제 그 여자 집에서 돌아오면서도 그런 생각을 했어. 미챠도 알고 있어. 내가 말해주었거든."

바로 그때 페냐가 샴페인 병과 잔이 담긴 쟁반을 갖고 들어왔다. 세 개의 잔에는 이미 샴페인이 그득 따라져 있었다. 라키틴은 "샴페인이다!"라고 소리친 후 한 잔을 단숨에 들이켠 후 한 잔을 또 따랐다. 그루셴카와 알료샤도 잔을 들었다. 하지만 알료샤는 입술을 약간 적신 후 잔을 곧 내려놓았다.

"마시지 않는 게 좋겠어."

그는 부드럽게 미소를 지었다.

"허풍 떨지 마!"

라키틴이 소리쳤다.

"알료샤가 마시지 않으면 나도 안 마실래."

그루셴카도 잔을 내려놓으며 말했다.

"라키틴, 당신이나 마셔."

"어이쿠, 정말 감동적이로군! 그런데 알료샤, 갑자기 어떻게 된 거야? 하느님께 반역했잖아. 이미 소시지도 먹었잖아."

"아니, 무슨 일이 있었는데?"

그루셴카가 물었다.

"조시마 장로가 오늘 세상을 떠났거든. 그 성자가!"

라키틴이 약간 빈정거리듯 말했다.

"어머나, 장로님이 돌아가셨어?"

그루셴카가 소리쳤다.

"난, 몰랐어."

그녀는 성호를 그으면서 말을 이었다.

"맙소사! 그런데도 내가 이렇게 이 사람 무릎 위에 앉아 있었다니!"

그녀는 얼른 일어나 소파에 앉았다. 알료샤는 약간 놀란 표정을 짓더니 다시 조용히 그녀를 바라보았다. 그리고 단호한 목소리로 크게 말했다.

"라키틴, 내가 하느님을 저버렸다는 말 함부로 하지 마! 나는 오늘 너는 한 번도 가져본 적도 없는 보물을 잃었어. 너는 나를 이해할 수 없어. 그러니 나에 대해 이러쿵저러쿵하지 말고 차라리 그녀를 봐. 나를 진심으로 동정하는 모습이 보여? 나는 이곳에 오면서 사악한 영혼을 만날 줄 알았어. 나 자신도 바로 그런 상태에서 이곳에 온 거니까……. 나 자신이 사악했어. 그런데 나는 여기서 진정한 나의 누이를 발견했어. 보물처럼 사랑스러운 영혼을……."

알료샤의 입술이 떨렸다. 그는 숨이 막혀 입을 열 수 없었다.

"오, 그녀가 너를 구원했군그래!"

라키틴이 빈정거리듯 말했다.

"하지만 그녀는 너를 잡아먹으려던 건데. 그걸 모르겠어?"

"그만해, 라키틴!"

그루셴카가 펄쩍 뛰며 소리쳤다.

"알료샤, 당신도 입 다물어요. 당신 말을 들으면 부끄러워지니까. 당신은 나를 잘못 알고 있어요. 나는 나쁜 여자예요. 라키틴, 너도 입 다물어. 거짓말이니까……. 난, 저 사람을 잡아먹겠다는 생각을 했었어. 하지만 다 지난 일이야. 그런 이야길 또 하면 참지 않겠어."

그녀는 매우 흥분해 있었다.

"미쳤군!"

라키틴은 둘을 번갈아 쳐다보며 중얼거렸다.

"이거 뭐, 성자의 집에 와 있는 것 같군. 맙소사, 잠시 후면 둘 다 감격의 눈물을 흘리겠네!"

"그래, 눈물 흘릴 거야! 울 거야!"

그루셴카가 말했다.

"저 사람이 나를 누이라고 말했어. 평생 잊지 못할 거야."

이어서 그녀는 알료샤를 향해 말했다.

"알료샤, 난 정말 좋은 여자가 아니에요. 난 나쁜 여자예요. 당신에게 고백할 게 있어요. 난 당신을 손아귀에 넣고 싶어서 라키틴에게 당신을 데려오면 25루블을 주겠다고 약속했어요. 라키틴, 기다려."

그녀는 책상으로 가서 서랍을 열더니 지갑을 꺼냈다. 그리고 지갑에서 25루블의 지폐를 꺼내어 라키틴 앞으로 집어 던졌다.

"자, 가져, 라키틴! 내가 네게 빚진 돈이야. 네 입으로 직접 달라고 했으니 거절하지 않겠지?"

"물론 거절하지 않지."

라키틴이 쉰 목소리로 당황한 듯 말했다. 그는 내심 당황하고 있는 자신의 모습을 감추려는 듯 짐짓 큰소리를 쳤다. 그러자 그를 보고 그루셴카가 말했다.

"자, 라키틴, 이제 입 다물고 구석에 얌전히 앉아 있어. 이제부터 하는 말은 너 들으라고 하는 말이 아니야. 너는 우리를 싫어하니까 절대로 끼어들지 마."

라키틴은 알료샤 앞에서 돈을 챙기는 게 부끄러운 듯 우물쭈물 눈치를 살피며 돈을 지갑에 넣더니 의자에 앉았다. 그루셴카는 라키틴으로부터 등을 돌리더니 알료샤에게 말했다.

"자, 알료샤, 모든 걸 말해줄게요. 내가 얼마나 뒤틀린 여자인지 제대로 볼 수 있을 거예요. 그래요, 내가 라키틴에게 당신을 데려오라고 했어요. 난 당신을 망치려고 했어요. 내가 왜 그랬는지 알아요? 알료샤, 당신은 아무것도 모르겠지만 당신이 나를 피했기 때문이에요. 당신은 내 곁을 지나갈 때도 눈길을 떨어뜨렸어요. 나는 아마 오늘까지 골백번도 더 당신을 쳐다봤을 거예요. 나는 사람들에게 당신에 대해 물어보았어요. 당신의 얼굴이 내 마음에 자꾸 떠올랐어요. 나는 당신이 나를 멸시한다고 생각했어요. 나는 화가 났고 앙심을 품은 거예요. 내게 오는 사람은 누구나 흑심을 품고 있다는 걸 당신은 믿을 수 있겠어요? 나는 완전히 혼자예요. 나는 오로지 쿠지마 삼소노프 노인과만 맺어져 있어요. 나는 그에게 묶여서 팔려 갔어요. 악마가 우리를 한데 묶은 거예요. 그 노인 외에는 모두 남남이에요. 나는 당신을 내 손아귀에 넣고 비웃어주려고 생각했어요. 당신이 누이라고 불러준 여자는 바로 그런 형편없는 여자예요.

그런데 나를 망친 남자가 돌아왔고 나는 지금 그를 기다리고 있어요. 5년 전에 쿠지마가 나를 이곳으로 데려왔을 때 나는 세상으로부터 도망쳤어요. 나는 슬픔에 잠긴 채 밤새 잠도 못 이루고 울면서 생각했어요. '나를 망친 그 남자는 지금 어디 있을까? 틀림없이 다른 여자와 함께 있으면서 나를 비웃고 있을 거야. 그를 다시 만나게 된다면 반드시 복수할 거야. 되갚아줄 거야!' 그러기 위해 나는 악착같이 돈을 모았고 냉혹한 여자, 억센 여자가 되었어요. 그사이 내가 좀 현명해졌으리라고 생각해요? 그렇지 않아요. 내가 밤이면 밤마다, 5년 전 그날처럼 여전히 '복수할 거야. 되갚아줄 거야'라는 말을 되풀이하고 있었을 줄은 아무도 모를 거예요.

그런데 4주 전에 편지를 한 통 받았어요. 그가 온다는 거예요. 홀아비가 되어서 나를 보러 온다는 거예요. 오, 숨이 막힐 것 같았어요. 그가 그냥 휘파람 한 번 분 것뿐인데 나는 길이 잘 든 개처럼 그에게 기어가려 한 거예요. 나는 자신을 믿을 수 없었어요. 나는 정말 그 정도로 형편없는 여자란 말인가! 가야 하나 말아야 하나? 그러고는 분노가…… 나는 지난 5년간의 분노보다 더한 분노에 사로잡혔어요. 알겠어요, 알료샤? 내가 얼마나 구제 불능 인간인지? 나는 그 사람에게 달려가지 않으려고 미챠와 놀아난 거예요. 그리고 당신들이 이곳으로 들어오기 전에 나는 내 미래에 대해 생각하고 있었어요. 당신들은 내 마음이 얼마나 무거웠는지 짐작도 못 할 거예요. 아마 가슴에 칼을 품은 채 그에게 가야 하겠지요. 하지만 아직 결심이……."

그루셴카는 두 손으로 얼굴을 가린 채 소파에 얼굴을 묻고 흐느꼈다. 알료샤는 자리에서 일어나 라키틴에게로 다가가서 말했다.

"이봐, 네가 화를 낼 일은 없어. 그녀가 자네에게 모욕을 주었지만 화내지 말게! 그녀가 하는 말을 들었지? 그녀의 영혼에 너무 많은 것을 요구하면 안 돼. 그녀에게 자비를 가져야 해."

알료샤의 말은 마치 자신도 모르는 새 그의 마음에서 우러나오는 것 같았다. 만일 그 자리에 라키틴이 없었다 할지라도 그는 그렇게 말했을 것이다. 하지만 라키틴은 비웃는 표정으로 그를 바라보았다.

"네 장로의 가르침을 내게 안기려 하는군! 이 거룩한 친구!"

라키틴의 얼굴에는 가증스럽다는 듯 미소가 떠올라 있었다.

"라키틴, 비웃지 마. 고인에 대해 이러쿵저러쿵하지 마!"

알료샤가 눈물이 글썽인 채 소리쳤다.

"그분은 이 세상 그 누구보다 고매한 분이야! 내가 지금 그분을 심판하고 있는 게 아니야. 죄인으로서 말하고 있는 거야. 그

너 앞에 서 있는 지금의 내가 누구지? 나는 스스로를 망치기 위해 이곳에 오면서 '그게 무슨 상관이야?'라는 비겁한 생각을 했어. 그런데 그녀는? 5년 동안이나 고통을 받아온 그녀는 진심에서 나온 단 한 마디 말을 듣고 모든 것을 용서하고 잊었어. 그리고 울고 있어. 그녀를 망친 사내가 돌아와서 그녀를 부르고 있어. 그녀는 그를 용서하고 기쁘게 달려가려 하고 있어. 절대로 칼을 품고 가지 않을 거야! 그녀가 우리에게 가르침을 준 거야…… 그녀는 우리보다 훨씬 위야…… 이 모든 것을 알게 된다면…… 그녀가 어제 모욕을 준 카테리나도 그녀를 용서할 거야."

그루셴카는 고개를 들고서 감동받은 눈길로 알료샤를 바라보았다.

"알료샤, 이리 와요."

그녀는 손을 내밀며 그를 바라보았다.

"내게 말해줘요. 내가 그 사람을 사랑하는 건가요, 아닌가요? 당신이 오기 전까지 나는 어둠 속에서 내가 과연 그 사람을 사랑하는지 내 마음에 묻고 있었어요. 알료샤, 나를 위해 결정해 줘요. 이제 그럴 시간이에요. 당신이 말해주는 게 진실일 거예요. 그를 용서해야 하나요?"

"이미 용서하지 않았나요?"

알료샤가 웃으며 말했다.

"그래요, 용서했어요."

그루셴카가 심각한 표정으로 말했다.

"난, 정말 한심한 여자야. 자, 비열한 여자를 위하여 건배!"

그녀는 술잔을 들어 단숨에 비우더니 잔을 바닥에 내동댕이 쳤다. 잔이 요란한 소리를 내며 깨졌다. 그녀의 얼굴에 어딘가 잔인한 미소가 떠올랐다.

"하지만 용서하지 않았는지도 몰라."

그녀는 위협이 담긴 목소리로 말했다.

"아마 내 마음만이 겨우 용서할 준비가 되어 있는 거겠지. 나는 내 마음과 싸울 거야. 알료샤, 나는 5년 동안 내 눈물을 사랑해왔어. 내가 사랑해온 것은 내 분노이지 그가 아닌지도⋯⋯."

"그런데 왜 그렇게 화려하게 차려입은 거지?"

라키틴이 갑자기 물었다.

"착각하지 마, 라키틴! 그에게 '이처럼 아름다운 내 모습을 본 적이 있어?'라고 묻기 위해 차려입은 거야. 그는 야위고 병에 걸려 울고 있는 열일곱 살짜리 소녀를 버리고 갔어. 나는 그의 곁에 앉아 그를 유혹할 거야. 그를 흥분시킬 거야. 나는 말할 거야……."

그러면서 그녀는 점점 흥분했다.

"아니야, 이따위 장식들 다 뜯어버릴 거야! 그에게도 쿠지마에게도 가지 않을 거야. 쿠지마가 내게 준 것들을 모두 돌려주고 거지처럼 지낼 거야. 라키틴, 내게 그럴 용기가 없을 것 같아? 그렇다면 잘못 생각한 거야……!"

그녀는 소파에 엎드려 흐느꼈다.

라키틴이 자리에서 일어나며 말했다.

"나갈 시간이 됐어. 수도원 문이 닫히겠어."

그루셴카가 황급히 일어나며 말했다.

"알료샤, 갈 거예요? 나를 이렇게 뒤집어놓고, 괴롭혀놓고 그냥 갈 거예요? 밤새 나 혼자 지내게 할 거예요?"

"아니, 저 친구가 당신과 하룻밤을! 하지만 저 친구가 원한다면 그러라지. 나 혼자 갈 테니."

라키틴이 빈정거리듯 말했다.

"입 닥치지 못해! 이런 못된 놈!"

그루셴카가 벌컥 화를 냈다.

"너는 결코 그가 오늘 내게 해준 이야기 같은 걸 해준 적이 없어!"

"무슨 특별한 이야기를 해줬다고?"

라키틴도 맞서서 화를 내며 말했다.

"말 못 하겠어. 나도 몰라. 나도 그가 무슨 말을 해줬는지 몰라. 그냥 내 마음에 와닿았을 뿐이야. 오, 나의 천사! 왜 일찍 내게 오지 않았어요?"

그녀는 알료샤 앞에 무릎을 꿇었다.

"나는 평생 동안 당신 같은 그 누군가가 오기를 기다렸어요. 당신 같은 누군가가 와서 나를 용서해주리라고 믿고 있었어요. 나처럼 보잘것없는 존재라도 누군가 진정으로 사랑해주리라고 믿고 있었어요. 부끄러운 사랑이 아닌 그런 사랑을!"

"내가 해준 게 뭐가 있단 말이지요?"

그는 부드러운 미소를 띠며 그녀의 손을 부드럽게 잡고 말했다. 그의 얼굴에 눈물이 흐르고 있었다.

그때였다. 방 안으로 누군가 헐레벌떡 뛰어 들어왔다. 페냐였다.

"아씨, 심부름꾼이 마차를 타고 왔어요. 모크로예에서 왔다는대요. 세 마리 말이 끄는 마차예요. 여기요…… 여기 편지가 있어요!"

그루셴카는 편지를 불빛에 비춰 읽었다. 단지 몇 마디뿐이었는지 그녀는 금세 읽었다.

"그가 보낸 거예요! 휘파람을 불었고, 나는 개처럼 기어가야 해요!"

그녀는 잠시 망설이는 듯 서 있었다. 그러다 갑자기 얼굴이 새빨갛게 달아오르더니 말했다.

"자, 나는 가요. 안녕, 5년의 세월이여! 안녕, 알료샤! 운명은 결정된 거예요! 자, 둘 다 어서 떠나요. 그리고 다시는 나를 보려 하지 말아요! 그루셴카는 새로운 삶을 향해 날아가는 거예요! 라키틴, 나에 대한 나쁜 기억은 지워버려요. 나는 죽으러 가는 건지도 모르니까……. 아, 술에 취한 것 같아!"

"어휴, 이제 우리는 안중에도 없군. 자, 가자고. 이런 짓거리 다 지긋지긋해."

라키틴이 알료샤에게 말했다.

알료샤는 라키틴에게 이끌려 밖으로 나왔다. 그들이 밖으로 나오자마자 그루셴카의 침실 창문이 열리더니 그녀의 외침이 들렸다.

"알료샤, 미챠에게 안부 전해줘요. 내가 그를 불행하게 해주었지만 나를 나쁜 년으로 기억하지 말아달라고 말해줘요. 그리고 이렇게 말해줘요. '그루셴카는 불한당에게 어울리지 당신 같은 고상한 사람에겐 안 어울려요'라고. 그리고 그루셴카는 단지 한 시간 동안, 오로지 한 시간 동안만 그를 사랑했다고 전해줘요. 그리고 그 시간을 영원히 기억해달라고 전해줘요. 그루셴카가 그걸 간절히 원한다고!"

그녀는 울먹이며 창문을 닫았고 라키틴은 조소의 웃음을 흘렸다.

"그것참, 네 형 미챠를 삼켜버려놓고 기억하라고! 정말 대단한 식욕이야."

둘은 거리로 나섰다. 하지만 수도원으로 발길을 향한 것은 알료샤뿐이었다. 라키틴은 그 길은 자기의 길이 아니라며 거리로 향하는 반대쪽 길을 택했다.

제7부

미챠

제1장

그루셴카를 쿠지마 삼소노프의 집에 데려다주면서 미챠는 자정에 그녀를 찾으러 오겠다고 약속했었다. 그는 생각했다.

'그녀가 거짓말한 게 아니라면 쿠지마의 집에 있을 거야. 아버지에게는 가지 않을 거야.'

그루셴카가 삼소노프의 집에 있으리라 믿고 그는 그날 동분서주했다. 그는 그녀와 진정으로 새로운 삶을 시작하고 싶었다. 그리고 그녀도 느닷없이 그에게 말하곤 했다.

"나를 데려가줘. 나는 영원히 당신 거야."

그는 실제로 그것이 실현되기를 꿈꾸었다. 그녀를 지구 끝은 아니더라도 러시아 끝까지 데려가리라. 그리고 결혼해서 신분을 숨긴 채 살아가리라! 그러면 새로운 삶이 시작되리라! 그렇게만 되면 마치 새로 태어난 것처럼 새로운 삶을 살아갈 수 있으리라!

하지만 그녀 말대로 그녀를 어디론가 데려가려면 돈이 있어야 할 것 아닌가? 그녀가 지닌 돈으로 살아갈 수는 없다. 그에 관한 한 그는 무서울 정도로 자존심을 내세웠다. 그는 새로운 삶을 자기 돈으로 시작하고 싶었다. 게다가 이미 카테리나의 돈을 슬쩍했는데 어찌 또 그루셴카의 신세를 진단 말인가! '한 여자에게 이미 야비한 놈이 되었지만 두 여자 모두에게 야비한 놈이 될 수는 없다.' 이것이 그의 생각이었다. 자, 어디서 돈을 구한단 말인가!

미리 하는 이야기지만 사실 그는 어디서 그 돈을 구할지 알고 있었고, 그 돈이 어디 있는지 알고 있었는지도 모른다. 하지만 나중에 모든 것이 자세히 밝혀질 것이므로 여기서는 이 정도로 그치기로 하자. 하지만 그 돈을 취해서 그루셴카와 새 삶을 시작하기 위해서는 먼저 카테리나에게 3,000루블을 갚아야만 했다. 그는 '만일 그러지 않는다면 나는 도둑놈이다! 도둑놈으로서 새 삶을 살 수는 없다'라고 생각했다.

그는 전날 알료샤와 헤어진 후 오로지 그 생각에 몰두해 있었다. 그리고 어처구니없게도 그는 삼소노프 노인을 찾아갔다.

그는 노인이 아버지 표도르보다는 자신의 편을 들어줄 것이며, 자신이 새 삶을 살 수 있도록 도와주리라고 믿었다. 그는 노인에게 체르마쉬냐 마을은 어머니 유산으로 소송을 제기하면 자기 소유가 될 수 있다고 설명한 후 관련된 서류들을 보여주었다. 그는 노인에게 그 재산을 담보로 3,000루블을 빌려달라고 했다. 그는 체르마쉬냐 마을의 가격이 2만 8,000루블은 족히 될 것이니, 아버지가 자신에게 1만 7,000루블을 빚진 셈이라고 말했다. 결론부터 말하자. 그는 보기 좋게 거절당했다. 바로 어제 있던 일이다.

그루셴카를 삼소노프의 집에 내려준 후 미챠는 서둘렀다. 그에게는 오늘 밤 할 일이 많았던 것이다!

'우선 스메르쟈코프에게 어제 무슨 일이 있었는지 빨리 알아내야 해. 만에 하나 그녀가 아버지에게 왔었다면! 오, 그렇다면!' 그는 아버지 표도르의 집 뒤쪽에 있는 정자에 도착하기도 전에 질투심에 사로잡혔다.

오, 질투! '오셀로(셰익스피어의 비극의 주인공)는 질투심이 강한 자가 아니었다. 오히려 그는 너무 깊이 믿은 사람이다'라고 푸시킨은 말했다. 그 말 한마디만으로도 우리는 이 위대한 시인의 정신의 깊이를 알 수 있다. 오셀로는 질투심에 괴로워한 것이 아니었다. 그는 자신의 이상(理想)을 잃었기에 괴로워했다. 그는 몸을 숨기지도 않았고, 엿보지도 않았으며, 문 앞에서 귀를 기울이지도 않았다. 그는 아내를 신뢰하고 있었다. 그를 의혹에 빠뜨리기 위해서는 중상모략을 해야 했고 공들여 그를 부추겨야만 했다.

진짜 질투심이 강한 사람은 그렇지 않다. 질투심이 강한 남자가 아무런 양심의 가책 없이 어느 정도까지 부끄러운 짓을 저지르고 도덕적으로 타락할 수 있는지는 상상하기 힘들 정도다. 하지만 질투심에 사로잡힌 남자가 반드시 사악하거나 비열한 사람이라는 말은 아니다. 마음이 고결하거나 순수한 사랑을 품고 있는 사람도 얼마든지 탁자 밑에 숨어 있을 수 있으며, 누군가를 매수해 사랑하는 사람을 엿듣고 염탐하게 만드는 추한 짓을 얼마든지 저지를 수 있다.

오셀로는 배반당했다는 생각 자체를 받아들일 수 없었다. 그에게 문제가 되는 것은 배반 행위를 용서하느냐 아니냐가 아니다. (그는 결코 그것을 용서할 수 없는 사람이다.) 오로지 그 생각을 받아들이느냐 아니냐가 문제일 뿐이다. 그런 그의 영혼은 어린애처럼 순결하다.

하지만 질투심이 강한 자의 경우는 전혀 다르다. 질투심에 사로잡힌 자에게는 언제나 타협이 가능하다. 가장 강한 질투심에 사로잡혀 있던 자가 가장 빨리 용서한다.

여인들은 그 사실을 잘 알고 있다. 그들은 훤하게 드러나 있는 배반을, 심지어 자기 눈앞에서 입맞춤과 불륜의 현장을 직접 목격하고서도 용서하고 만다. 그들은 '이게 마지막일 거야. 저 연적은 어디론가 멀리 가버릴 거야. 아니면 그녀를 어디론가 멀리 데려가야지'라고 생각하며 스스로 위안한다. 하지만 그런 위안은 채 한 시간도 가지 못한다. 설사 연적이 물러났다 할지라도 그의 질투심은 또 다른 연적을 만들어내어, 곧 새로운 질투에 사로잡히기 때문이다. 그렇다면 그렇게 끊임없이 감시하고 의심해야만 하는 그 사랑은 도대체 어떤 사랑이란 말인가! 하지만 질투심이 강한 남자 자신도 그 질문에 대답할 수는 없으리라.

그루셴카를 보는 순간이면 미챠의 질투심은 사라졌고 그는 한순간 신뢰에 젖었으며 너그러워졌다. 그것은 그녀를 향한 그의 사랑에 그가 스스로 생각하는 것보다 고결한 그 무엇이 들어있다는 것을 뜻했다. 하지만 그루셴카가 눈앞에서 보이지 않게 되면 그는 곧바로 질투심에 사로잡혔다. 지금의 미챠가 그러했다. 그러나 그는 서둘러야만 했다. 그러자면 마차 삯이 필요했다.

불행히도 수중에 지닌 것이라고는 그가 애지중지하는 권총밖에 없었다. 그는 오래전에 술집에서 알게 된 표트르 일리치라는 관리를 찾아가 권총을 맡기고 10루블의 돈을 받았다. 그는 무기라면 사족을 못 쓰고 좋아해서 수집하는 사람이었다. 그 친구는 권총을 아예 팔아버리라고 미챠를 설득했지만 미챠는 그의 설득에 넘어가지 않았다.

권총을 저당 잡힌 후 그는 아버지 집 쪽으로 향했다. 그는 아버지 집의 뒤쪽 집 여주인 마리야에게 스메르쟈코프가 병이 났다는 소식을 들었다. 그가 크게 충격받을 수밖에 없는 소식이었다. 그는 이반이 아침에 모스크바로 떠났다는 소식도 들었다.

'이제 어떻게 한다. 누가 감시를 하지? 누가 내게 정보를 흘려주지?' 미챠는 생각에 잠겼다. '오늘 그녀를 잘 감시해야 해. 하지만 어디에서? 여기서, 아니면 삼소노프의 집에서? 하지만 당장은, 당장은······.'

그에게는 미룰 수 없는 계획이 하나 있었다. 거의 한 시간 정도가 필요한 일이었다.

'한 시간 안에 모든 걸 얻어내야지. 모든 것을 해결한 후 삼소노프의 집으로 가는 거야. 그녀가 거기 있는지 알아보고 11시까지는 여기 있는 거야. 그런 후 다시 삼소노프의 집으로 가서 그루셴카를 그녀의 집으로 데려가야지.'

그는 자기 집으로 갔다. 그는 몸을 씻고 머리를 빗고 옷을 솔질해서 차려입은 후 호흘라코바 부인 집으로 갔다. 오, 그는 안타깝게도 그녀에게 기대를 걸고 있었던 것이니! 그는 그녀에게서 3,000루블을 빌리리라 작정하고 있었고 그녀가 거절하지 않으리라 확신하고 있었다.

그는 호흘라코바 부인이 자신을 싫어하며 카테리나와 이반이 맺어지길 원한다는 것을 잘 알고 있었다. 그는 생각했다.

'그녀는 내가 카테리나와 결혼하는 걸 원치 않아. 그러니 내가 3,000루블을 달라고 해도 거절하지 않을 거야. 그 돈만 있으면 내가 영원히 카테리나의 곁을 떠나게 될 테니까. 게다가 그녀는 엄청 부자잖아.'

호흘라코바 부인 집으로 향하면서 그는 이것이 그에게 남은 마지막 희망이라는 것, 만일 일이 틀어진다면 누군가를 죽이고서 3,000루블을 강탈하는 수밖에 없다는 것을 분명하게 깨닫고 있었다.

처음에는 일이 잘 돌아가는 것 같았다. 웬일인지 호흘라코바 부인이 그를 반갑게 맞아주었던 것이다. 하지만 결론부터 말하자. 호흘라코바 부인은 미챠를 한참 동안 거의 데리고 놀다시피 하다가 그가 체르마쉬냐 마을을 담보로 돈을 빌려달라고 하자 딱 잘라 말했다.

"어쩌나, 제게는 돈이 없어요. 최근에 관리인과 문제가 좀 있어서 미우소프에게서 500루블을 빌리기까지 했는데요. 그리고 혹시 돈이 있었더라도 당신에게는 안 빌려줬을 거예요. 당신을 사랑하는 마음에서 당신을 구해주고 싶어서예요. 지금이라도 금광을 개발하던지 해서 돈을 벌도록 해요."

'이런 빌어먹을!'

그는 탁자를 한 번 내리친 후 그녀의 집에서 나왔다. 거리에는 어둠이 짙게 깔려 있었다. 호흘라코바 부인의 집으로부터 불과 몇 걸음 떼놓기 무섭게 그는 어린애처럼 펑펑 눈물을 쏟았다. 그가! 겉보기에 그토록 강인해 보이는 그가! 오, 카테리나에게 갚아야 할 3,000루블을 구하지 못한다면, 자신의 양심을 이토록 짓누르는 치욕을 이 가슴에서 걷어내지 못한다면, 남는 건 파멸과 죽음뿐이리라!

주먹으로 눈물을 훔치면서 정신없이 걷다가 그는 누군가와 부딪쳤다. 이어서 노파의 째지는 듯한 비명 소리가 들렸다. 그와 부딪친 그녀가 넘어질 뻔했던 것이다.

"맙소사! 사람 잡겠네! 이놈아, 눈은 대체 어디에다 두고 걷는 거야!"

"아니, 할멈 아니요?"

미챠는 어둠 속에서 노파의 얼굴을 알아보고 외쳤다. 그녀는 삼소노프의 시중을 드는 노파였다. 그가 전날 삼소노프의 집에 갔을 때 눈여겨보았던 노파였던 것이다.

"한데, 댁은 누구슈? 누군지 모르겠는데……."

"저, 할멈! 그루센카가 아직 그 양반 댁에 있소? 삼소노프 노인 말이오. 아까 내가 바래다주었단 말이오."

"아, 왔었지요. 하지만 바로 떠났어요. 한 1분 앉아 있었나……. 쿠지마 그 양반에게 우스운 농담 하나 해주고 바로 떠났으니까요."

미챠는 "뭐야! 거짓말!"이라고 소리치고는 한걸음에 그루센카의 집으로 달려갔다. 그때는 그루센카가 모크로예를 향해 떠난 지 채 15분도 지나지 않았을 때였다.

그루센카의 집에는 페냐와 주방 일을 하는 할멈 둘이 부엌에 앉아 있었다. 두 사람은 미챠가 뛰어 들어오는 것을 보고 깜짝 놀랐다. 특히 페냐는 큰 소리로 비명을 질렀다.

"왜 비명을 지르는 거야?"

미챠가 고함쳤다.

"아씨 어디 있어?"

무서워서 벌벌 떨고 있는 페냐가 미처 대답도 하기 전에 미챠는 하녀의 발아래 몸을 던졌다.

"페냐! 제발, 그녀가 어디 있는지 말해줘!"

"나리, 전 아무것도 몰라요! 오, 정말 모른다고요! 때려 죽여도 몰라요! 나리와 함께 나갔잖아요."

"돌아왔어!"

"아녜요, 나리! 안 오셨어요. 하느님께 맹세코 안 오셨어요."

"거짓말 마!"

미챠가 으르렁거렸다.

"네년이 이렇게 벌벌 떨고 있는 것만 봐도 어디에 있는지 알겠다!"

그 말과 함께 그는 쏜살같이 밖으로 뛰쳐나갔다. 경을 칠 줄 알았던 페냐는 안도의 한숨을 내쉬었다. 그런데 미챠가 밖으로 나가면서 한 행동에 두 여인은 놀라고 말았다. 그는 탁자 위에 놓여 있던 절구에서 놋쇠 공이를 집어 들더니 주머니에 쑤셔 넣은 것이다.

"맙소사! 누굴 죽일 기세야!"

페냐가 두 손을 들어 올리며 외쳤다.

제2장

그는 어디로 달려간 것일까?

'영감 집이 아니라면 그년이 어디 갔겠어? 삼소노프 노인의 집에서 곧장 그리로 간 거야. 틀림없어! 모두들 짠 거야. 마리야도, 스메르쟈코프도, 다 매수당한 거야!'

그는 곧장 표도르의 집으로 달려가 가장 낮은 담장 위로 올라갔다. 담장 위에서 보니 불이 밝혀진 안채의 창문들이 훤하게 눈에 들어왔다.

'맞아! 영감 침실에 불이 켜진 걸 봐선 그년이 바로 저기 있는 거야!'

그는 담장에서 훌쩍 정원으로 뛰어내렸다. 스메르쟈코프가 앓아누워 있다고는 하지만 혹시 누가 들을지도 몰라 그는 본능

적으로 잠시 걸음을 멈추고 귀를 기울였다. 사방은 적막할 정
도로 고요했다. 그는 잠시 생각에 잠겼다.

그는 그렇게 잠시 머물러 있다가 정원을 가로지르기 시작했
다. 그는 나뭇가지를 피하며 발소리를 죽이고 불빛이 비치는
창가로 다가갔다. 심장이 무섭게 두근거렸고 숨이 막혀왔다. 이
윽고 창문 앞에 이르자 그는 까치발을 하고 방 안을 들여다보
았다.

방문 안이 훤히 보였다. 병풍으로 반이 나누어진 방이었다.
방에는 그루셴카의 모습은 보이지 않고 아버지만 있었다. 미챠
는 '저 병풍 뒤에 그루셴카가 있는 거다'라고 생각했다. 아버지
는 미챠가 이제까지 본 적이 없는 새 줄무늬 실크 잠옷을 입고
있었다.

표도르는 뭔가 생각에 잠긴 듯 창문 곁에 서서 밖을 내다보
고 귀를 기울였다. 그런 후 탁자 앞으로 가더니 코냑을 한 잔
마셨다. 이어서 그는 큰 숨을 한 번 몰아쉬더니 거울 앞으로 가
서 아직 채 멍이 가시지 않은 상처를 살펴보았다.

'아무리 봐도 혼자 있는 것 같아. 그러니 저렇게 밖을 살펴보
는 거지.'

그는 다시 아버지의 얼굴을 유심히 살펴보았다. 뭔가 기다리

는 듯했고, 우울하고 슬픈 표정이었다.

'그래, 분명히 혼자야. 만일 그루셴카가 이곳에 있다면 저런 표정일 리 없어. 하지만 확실하지 않아. 도대체 여기 있는 거야, 아닌 거야?'

그런 생각을 하면서 그는 한 손을 뻗어 창틀을 가만히 두드렸다. 스메르쟈코프와 표도르 사이에 약속된 신호를 보낸 것이다. 처음에는 조용히 두 번, 이어서 세 번은 좀 더 빠르게 톡, 톡, 톡 두드렸다. 그루셴카가 왔다는 신호였다.

노인은 몸을 부르르 떨면서 고개를 들더니 재빨리 창가로 다가왔다. 미챠는 냉큼 어둠 속으로 몸을 숨겼다. 표도르는 창문을 열고 고개를 밖으로 쑥 내밀었다.

"그루샤! 너로구나!"

그는 떨리는 목소리로 거의 속삭이듯 말했다.

"어디 있니, 내 아가? 내 귀여운 천사! 너 혼자니?"

어찌나 흥분했는지 노인은 거의 숨을 헐떡이고 있었다.

"도대체 어디 있는 거야?"

노인은 아예 고개를 쑥 내밀고 사방을 둘러보았다.

"자, 어서 오너라. 네게 주려고 선물도 준비해놨어. 자, 이리 와서 봐!"

'그래, 3,000루블이 들어 있는 돈 봉투 얘기야.'

미챠는 퍼뜩 생각했다.

노인은 그루셴카의 대답을 듣기도 전에 밖으로 뛰쳐나올 기세였다. 노인은 램프를 들었다. 혐오스러운 영감의 옆얼굴이 램프 불빛에 훤히 보였다. 축 늘어진 이중 턱, 마치 달콤한 기대감에 침이라도 금세 흘릴 것 같은 입술, 뾰족한 매부리코 등이 눈에 들어오자 미챠에게 갑자기 분노가 치솟았다.

'그래, 저놈이 바로 내 연적이야! 나를 괴롭히는 자! 내 삶을 학대하는 자!'

그가 나흘 전 알료샤에게 표출했던, 바로 그 맹렬하고 복수심에 가득 찬 그런 분노였다. 그때 알료샤는 "아버지를 죽인다고? 형, 어떻게 그런 말을 할 수 있어?"라고 그에게 물었고, 그는 "모르겠어. 나도 모르겠어. 죽이지 않을지도 몰라. 아니, 죽일지도 몰라. 그 순간 아버지의 얼굴을 더 이상 참아낼 수 없게 될지도 몰라. 그 이중 턱, 코, 눈, 무서운 웃음이 싫어! 아버지의 모든 게 싫어. 내가 두려운 건 바로 그거야. 내가 도저히 참아낼 수 없을까봐"라고 대답했었다.

지금 그의 마음속에는 그런 참아내기 어려운 혐오감이 치솟고 있었다. 그는 제정신이 아닌 상태인 채 주머니에서 놋쇠 공이를 꺼냈다.

"하느님께서 그때 나를 지켜보고 계셨다"라고 훗날 미챠가 말했다.

실제로 병으로 앓아누워 있던 그리고리가 그 순간 자리에서 일어난 것이다. 그는 민간요법으로 독한 즙이 들어간 보드카를 온몸에 바르고 마신 다음 잠자리에 들었다. 부인 마르파도 몸에 좋다기에 그 약을 얼마간 마셨고 술에 약한 그녀는 남편 곁에서 죽은 듯 잠들어 있었다.

그런데 그날 밤 그리고리는 갑자기 잠에서 깨어났고 무슨 생각이 들었는지 옷을 주섬주섬 챙겨 입었다. 이토록 위험한 시간에 집 지키는 사람도 없는데 편히 잠을 자고 있다는 생각에 가책을 느꼈는지 모른다. 간질 발작을 일으킨 스메르쟈코프는 제 방에서 꼼짝도 못 하고 누워 있었다.

그는 몸이 불편했음에도 불구하고 계단을 내려와 정원 쪽으로 향했다. 고개를 들어보니 주인 방 창문이 활짝 열려 있었다. 하지만 창문가에는 아무도 없었다. 아니, 이 계절에 창문은 왜 열어놓은 걸까? 그가 의아하게 생각하고 있을 때였다. 그로부터 40보쯤 떨어진 곳에서 누군가 어른거리는 모습이 보였다.

그는 "맙소사!"라고 소리친 후 아픈 몸에도 불구하고 수상한 자가 있는 쪽으로 달려갔다. 그는 지름길을 알고 있었기에 도망자가 담을 넘으려던 바로 그 순간에 담장 앞에 도달할 수 있었다. 그는 정신없이 고함을 지르면서 미챠의 한쪽 발을 꽉 잡았다.

순간 그리고리는 자신의 예감이 맞았음을 확인했다. 그는 미챠의 얼굴을, 그 괴물의 얼굴, '아비를 죽일 막된 놈'의 얼굴을 알아보았다.

"아비 죽일 놈이다!"

그는 온 힘을 다해 외쳤다. 하지만 더 이상 말을 잇지 못하고 땅바닥에 그대로 쓰러졌다. 미챠가 공이로 노인의 머리를 강하게 가격한 것이다.

미챠는 다시 정원으로 뛰어내려 노인을 살펴보았다. 미챠는 손에 들고 있던 공이를 기계적으로 땅에 내려놓았다. 그는 땅에 널브러져 있는 노인을 잠시 살펴보았다. 머리가 온통 피투성이였다. 미챠는 그의 머리를 더듬더듬 만져보았다. 노인의 머리가 완전히 박살 난 건가, 아니면 단순히 정신을 잃은 건가? 그는 주머니에서 손수건을 꺼내 노인 머리의 피를 닦아냈다. 손수건은 금세 피에 흠뻑 젖어버렸다.

'아니, 내가 무슨 짓을 하고 있는 거지? 머리가 박살 났다고 해도 이 어둠 속에서 확인도 할 수 없는 노릇인데……. 게다가 이제 와서 어쩌자고……. 죽었다면, 그래, 죽은 거지 뭐……. 당신이 잘못 걸려든 거지. 자, 그냥 누워 있으라고!'

그는 곧바로 담장을 뛰어넘어 줄행랑을 쳤다. 그는 달리면서 손에 들고 있던 피 묻은 손수건을 뒷주머니에 넣었다. 훗날 몇몇 사람들이 한밤중에 미친 듯 달려가는 남자의 모습을 보았다고 증언했다.

얼마 후 그는 그루셴카의 집에 도착했다. 문은 닫혀 있었다. 그는 문을 두드렸다. 수위 대신에 문을 지키고 있던 그의 조카가 문을 열어주었다. 수위는 주인인 모로조브의 심부름을 가고 없었다. 만일 수위가 있었다면 미챠는 쉽게 안으로 들어갈 수 없었을 것이다. 페냐가 그를 들여보내지 말라고 신신당부해놓았던 것이다.

청년은 그가 누구인지 금세 알아보았다. 그가 싱글싱글 웃으며 미챠에게 말했다.

"그런데 그루셴카는 집에 없는데요."

"어디 있는지 알아?"

"두 시간 전에 티모페이가 모는 마차를 타고 모크로예로 갔어요."

"모크로예에? 뭣 하러!"

미챠가 고함을 질렀다.

"저야 모르지요. 무슨 장교라고 하는 것 같던데요. 마차를 보내 그녀를 부른 것 같습니다."

미챠는 실성한 사람처럼 페냐에게로 달려갔다.

제3장

페냐는 주방 노파와 잠자리에 들 준비를 하고 있었다. 미챠는 페냐의 멱살을 움켜쥐었다.

"빨리 말해!"

그가 미친 듯 흥분해서 소리쳤다.

"그녀 어디 있어! 모크로예에 누구랑 있는 거야!"

"아이고, 말씀드릴게요! 다 말씀드릴게요!"

페냐가 겁에 질린 목소리로 말했다.

"아씨는 장교님을 만나러 가셨어요."

"장교? 무슨 장교?"

"옛날 그 장교님요. 5년 전에 아씨를 버리고 떠나버린 그 장교님……."

미챠는 잡았던 멱살을 놓았다. 단번에 모든 것을 이해했던 것이다. 페냐는 겁먹은 눈으로 미챠를 살펴보았다. 그러고 보니 그의 손이 온통 피투성이였다. 손뿐 아니라 이마도 뺨도 핏자국으로 더럽혀져 있었다. 이곳까지 달려오는 도중 땀을 닦아내느라 피 묻은 손으로 얼굴을 문질렀던 게 틀림없었다. 페냐는 발작이라도 일으킬 것 같았고 너무 놀란 노파는 정신 나간 표정으로 바라보고만 있을 뿐이었다.

미챠는 얼마간 정신을 놓고 서 있다가 갑자기 의자에 주저앉았다.

그는 생각에 잠겼다. 모든 것을 훤하게 알 수 있었다. 그루셴카는 자신의 과거에 대해 그에게 모두 말해주었었다. 그리고 그녀가 한 달 전에 편지를 받았다는 사실도 그는 알고 있었다. 그렇다면 그가 도착하기까지 이 한 달 사이 모든 일이 자신 모르게 극비리에 진행되었다는 것 아닌가? 그런데 자신은 어떻게 그 사람을 새까맣게 잊고 있었단 말인가? 그 질문이 마치 무서운 괴물처럼 그의 앞에 떡 버티고 섰다.

갑자기 그가 마치 어린애처럼 온순하고 상냥한 어조로 페냐에게 말을 걸었다. 그는 꼼꼼하게 이제까지 벌어졌던 일을 캐물었고 페냐는 하나도 숨김없이 다 이야기해주었다. 라키틴과 알료샤가 찾아왔던 일, 자신이 망을 본 일, 아씨가 떠난 일들에 대해 그녀는 마치 미챠의 마음을 편하게 해주려는 듯 자세하게 말해주었다. 그녀는 심지어 그루셴카가 창문에 서서 알료샤에게 "오로지 한 시간 동안만 그를 사랑했다고 전해줘요. 그리고 그 시간을 영원히 기억해 달라고 전해줘요"라고 했던 말도 들려주었다.

그 말을 듣고 미챠는 갑자기 웃음을 지었고, 창백했던 뺨이 발갛게 상기되었다. 이제 마음이 완전히 진정되었는지 페냐가 과감하게 미챠에게 말했다.

"그런데 나리의 손이 온통 피투성이네요."

"맞아."

미챠는 멍하니 자신의 손을 바라보며 말했다. 그의 표정이 묘했다.

"그래, 피야. 이건 사람의 피야. 맙소사! 어디서 흐른 거지? 하지만…… 페냐…… 담장이 하나 있어. (그는 마치 수수께끼라도 내는 듯 페냐를 바라보았다.) 너무 높아서 척 보기에는 아무도 뛰어넘을 수 없을 것 같은 담장이지. 하지만…… 내일 동이 트고 해가 떠오르면…… 미챠는 그 높은 담장을 뛰어넘을 거야……. 페냐, 너는 무슨 담장을 말하는 건지 모르겠지? 상관

없어. 내일 다 알게 될 거야. 자, 이제 안녕이다! 방해할 생각 없어. 나는 가버릴 거야. 잘 지내거라, 나의 기쁨이여! 나를 딱 한 시간 사랑했다고! 그대도 나를 영원히 기억해주라!"

그 말을 한 후 그는 밖으로 나갔다. 페냐는 그가 갑자기 떠나는 모습을 보고 그가 뛰어 들어올 때보다 더 놀랐다.

정확히 10분 뒤 미챠는 아까 돈을 빌리려고 총을 맡겨두었던 젊은 관리 표트르 일리치의 집으로 들어섰다. 상대방은 피범벅이 된 미챠의 얼굴을 보고 소리를 질렀다.

"아니, 이게 어찌 된 일입니까?"

"자, 권총을 찾으러 왔소. 여기 돈도 있소."

미챠는 서둘러 말했다.

"급하니 빨리 서둘러주시오."

표트르는 그의 손에 돈다발이 들려 있는 것을 보고 놀랐다. 그는 돈다발을 통째로 오른손에 들고 앞으로 쑥 내밀었다. 보자 하니 길거리에서도 그렇게 돈다발을 손에 든 채 걸어온 것 같았다. 지폐는 모두 100루블짜리였다. 어림짐작으로도 2,000에서 3,000루블은 되어 보였다.

미챠의 태도는 이상하기 그지없었다. 때로는 농담하는 것 같기도 했고 갑자기 진지해지기도 했다. 한마디로 말한다면 거의 정신이 나간 상태라고 보는 것이 옳았다. 그는 100루블짜리 지폐 한 장을 표트르에게 내밀며 말했다.

"자, 권총을…… 그게 정말 필요해서…… 게다가 일분일초가 급해서……."

"하지만 거스름돈이 없어서. 혹시 잔돈 없으세요?"

"없소."

"아니, 어떻게 이렇게 갑자기 부자가 되셨어요? 잠깐! 일하는 아이를 플로트니코프 상점으로 보내도록 하지요. 아직 문을 안 닫았을 겁니다. 거기서 잔돈으로 바꿔오라고 하지요. 어이, 미샤!"

관리는 현관 쪽을 향해 소리쳤다. 그러자 미샤가 언뜻 무슨 생각이라도 난 듯 큰 소리로 말했다.

"플로트니코프 상점? 거참, 잘된 일이로군. 아주 좋은 생각이야."

이어서 그는 주인이 부르는 소리를 듣고 달려온 아이에게 말했다.

"미샤, 그 가게에 가서 내가 안부 인사 전한다고 말하고 내가 금방 가겠다고 말해. 잠깐, 잠깐! 샴페인을 열두 병짜리 세

박스 준비해놓으라고 해. 전에 내가 모크로예에 갔을 때처럼. 전에는 네 박스였지. 미샤, 그리고 치즈와 스트라스부르 파이, 훈제 연어, 햄, 상어알…… 그리고 또, 그러니까 그 집에 있는 것 몽땅, 100루블이나 200루블어치쯤 준비하라고 전해. 그리고 사탕, 배, 수박 두세 통, 아니야, 수박은 하나면 충분하겠군. 그 밖에 초콜릿, 과일 드롭스, 캐러멜 등 이전에 거기 갈 때 챙겨 갔던 것 다 챙기라고 해. 샴페인값은 한 300루블어치쯤 될 거고……. 몽땅 잘 꾸린 후 마차를 불러 실어놓으라고 해. 자, 심부름을 잘하면 네게 10루블을 주지. 얼른 뛰어갔다 오너라……. 샴페인, 무엇보다 샴페인을 잊지 말아야 해."

미샤가 밖으로 나가자 표트르가 진지한 목소리로 "자, 이제 좀 씻으러 갑시다"라고 말했다. 마치 명령하는 것 같았다. 미챠는 순순히 그의 말을 따랐다. 표트르는 직접 그의 코트와 옷소매에 묻은 핏자국을 닦아주며 물었다.

"자, 이제 무슨 일이 있었는지 말해주시죠. 그때처럼 또 술집에서 한판 한 겁니까? 또 대위를 질질 끌고 다닌 겁니까? 누굴 때린 거지요? 혹시…… 죽이기라도?"

"말도 안 돼!"

미챠가 말했다.

"말도 안 된다니요?"

"걱정 말아요."

미챠가 웃으며 말했다.

"방금 광장에서 노파 한 명을 납작하게 만들었지."

"납작하게 만들었다고요? 노파를……?"

"아니, 영감탱이를!"

"아니, 노파건 영감이건 누구를 죽였단 말입니까?"

"화해했어요. 싸우긴 했지만 곧 화해했지. 바보 같으니……. 친구가 돼서 헤어졌다니까……. 나를 용서했어……. 분명 용서했을 거야."

그는 눈을 찡끗했다.

"하지만 일어나면…… 나를 용서하지 않을 거야……. 젠장……! 다 소용없어……! 자, 이제 그만합시다……."

"정말 이상하군요. 아침에는 10루블이 없어서 권총을 맡기더니…… 지금은 몇천 루블이나 되는 거금을…… 무슨 금광이라도 찾은 겁니까?"

"금광? 헤헤, 그 여자랑 같은 이야기를 하는군. 어쨌든 권총이나 줘요."

"자, 여기 있어요."

권총을 받은 미챠는 화약통을 열어 장전했다. 그걸 보고 표트르가 말했다.

"당신 모크로예로 간다고 했지요? 아무래도 못 가게 말려야 겠습니다. 거긴 왜 가려는 겁니까?"

"거기 여자가 있어! 여자가 있다고! 그만하면 됐잖아. 이제 그만하시지."

그때 미샤가 들어와 제대로 전했다며 상점에서는 지금 주문한 물건을 마차에 부리느라 법석이라고 말했다. 미챠는 10루블 짜리 지폐를 집어서 미샤에게 주었다. 그런 후 그는 밖으로 나 갔다.

그곳에서 상점까지는 겨우 한 집 건너 가까운 거리였다. 상점에 이르니 마차와 마부 안드레이가 대기 중이었고 다른 짐마차에는 미챠가 주문한 물건들이 실려 있었다. 미챠는 상점 주인이 달라는 대로 돈을 주고는 마차에 올랐다. 마차는 곧 나는 듯 출발했고 짐마차가 천천히 뒤따랐다.

제4장

　마차는 모크로예를 향해 날 듯이 달려갔다. 모크로예까지의 거리는 20킬로미터 정도였지만 안드레이가 워낙 마차를 빨리 몰아서 한 시간 십오 분 정도 후에 도착할 수 있었다.

　마차가 쌩쌩 달리자 미챠의 기분이 조금 상쾌해졌다. 여기서 여러분이 믿을 수 없는 사실을 한 가지 밝혀야겠다. 그 순간 미챠는, 갑자기 땅 위에서 솟은 것처럼 나타난 새로운 연적을 향해 조금도 질투심을 느끼지 않았다. 만일 상대방이 다른 자였다면 그는 그를 죽이고 싶었을 것이다. 하지만 그 사람, '그녀의 첫 남자'에 대해서는 질투에서 비롯한 증오는커녕 적대감조차 느끼지 않았다.

　'두말할 필요가 없는 거야. 이건 그녀와 그의 권리야. 그는 그녀의 첫사랑이야. 그녀는 그를 5년간 사랑해왔어. 내가 끼어들 자리는 없어. 그들에게 길을 내주어야 해. 게다가 이 일이 아니더라도 모든 게 이미 끝장났는데…….'

그가 무슨 판단을 내릴 만한 상태에 있었다면 그는 자신의 생각을 대충 이렇게 정리할 수 있었을 것이다. 하지만 그는 이미 판단 정지 상태였다. 다만 아까 페냐에게서 이야기를 듣는 순간, 순식간에 그런 느낌이 들었던 것이다.

그의 주머니에는 그가 자신에게 내린 선고문이 들어 있었다. 그는 '나는 스스로를 벌하노라'라고 종이에 적은 뒤 그 종이를 주머니에 넣었다. 하지만 그렇게 단호한 결단을 내린 후에도 그의 마음은 여전히 혼란스러웠다.

모크로예로 가는 도중 마차를 세운 후 마차에서 내려 새벽을 기다릴 것도 없이 권총으로 모든 것을 끝내버리고 싶은 순간이 있었다. 하지만 마차가 질주하면서 '그녀'가 있는 곳에 가까워질수록 오로지 그녀에 대한 생각만이 그를 사로잡았다.

'오, 최소한 한순간만이라도 그녀를 볼 수 있다면! 그녀는 지금 그와 함께 있다. 그래! 그녀가 행복해하는 모습을 보고 싶다. 그것만으로 충분하다.'

그는 이 운명적인 여인을 그 순간만큼 강렬하게 사랑해본 적이 없었다. 그것은 이제까지 느껴보지 못한 감정이었으며, 거의 종교적이라고 할 만큼 부드럽고 경건한 감정이었다.

'그래, 나는 사라지는 거야.'

이어서 그는 혼잣말처럼 속삭였다.

"주여! 온갖 불법을 저지른 저를 받아주시옵고 심판하지 말아 주시옵소서. 저 스스로 저를 심판했사오니, 주님의 심판을 받지 않게 해주시옵소서. 주님을 사랑하오니 저를 심판하지 말아 주시옵소서. 오, 주님, 저는 더러운 자이지만 주님을 사랑하옵나이다. 주님이 저를 지옥으로 보내신다 해도 저는 주님을 사랑할 것이며, 주님을 영원히…… 영원히…… 사랑한다고 소리 높여 외치겠나이다. 하지만 주님, 제 사랑이 끝맺음을 할 수 있도록 해주시옵소서……. 지금부터 다섯 시간만이라도…… 주님의 햇살이 비추기 전까지 만이라도……. 저는 제 영혼의 여왕을 사랑하고 있습니다. 오, 주여! 저는 그녀를 사랑하지 않을 수 없습니다. 저의 모든 것을 굽어보시는 주님, 저는 그녀 앞에 무릎을 꿇고 말하겠나이다. '나를 버리고 떠난 것은 잘한 일이오. 안녕! 그대의 희생물인 나를 잊으시오. 이제 나 때문에 조금도 불안해할 필요 없소!'"

"모크로예입니다."

안드레이가 채찍으로 앞을 가리키며 말했다.

어둠 속에서 집들의 윤곽이 흐릿하게 보이기 시작했다. 모크로예는 2,000명 정도의 주민이 살고 있는 마을이었다. 하지만 이 시각에는 거의 모두들 잠들어 있었고 어둠 속에 드문드문 불빛이 보일 뿐이었다. 미챠가 찾아가고 있는 플라스투노프 여관에도 불이 훤히 밝혀 있었다. 마차가 여관 앞에서 요란한 소리를 내며 멈추자 미챠는 마차에서 뛰어내렸다. 잠자리에 들었던 여관 주인은 이 시각에 도대체 누가 마차를 이렇게 요란하게 몰고 왔는지 궁금해서 주섬주섬 옷을 챙겨 입고 현관으로 나갔다.

"트리폰 보리스이치, 자넨가?"

미챠가 주인을 보고 말했다.

주인은 아래쪽을 바라보더니 반가운 표정으로 부리나케 계단을 뛰어 내려오며 외쳤다.

"아이고, 드미트리 표도로비치 나리! 나리, 맞으시지요?"

한 달 전, 단 하루 동안에 수백 루블을 우려먹은 것을 똑똑히 기억하고 있던 욕심 많은 주인은 '이거 웬 봉이 또 왔나?' 하는 기분으로 미챠를 요란하게 맞았다.

"맞아. 그런데 우선 그녀가 어디 있는지 말해!"

"아그라페나 알렉산드로브나 말씀이시지요? 네, 여기 와 계십니다만……."

"누구랑? 누구랑 있느냐고?"

"외국분들이신 것 같은데…… 한 명은 관리인데 말투로 봐서는 폴란드인 같습니다. 그녀를 이리로 데려오라고 마차를 보낸 분입니다. 다른 한 양반은 친구분인 것 같은데 민간인 복장을 하고 있습니다."

"그래, 어디 질펀하게들 놀고 있나? 돈은 많던가?"

"질펀하다니요! 별 볼 일 없던데요."

"그래? 함께 어울린 사람들은 없나?"

"우리 도시 사람 두 명이 있습죠. 어디 갔다 오다 묵게 된 사람들입니다요. 한 명은 미우소프 씨의 친척인 게 분명한 젊은 이인데 이름은 잊었네요. 아, 맞아 칼가노프였지. 다른 한 분은 나리도 아실 겁니다. 막시모프라는 노인네……. 둘이 함께 수도원에 갔다가 오는 길이라고 하더군요."

"그게 다인가?"

"네, 그렇습니다."

"그렇다면 그녀는 뭘 하고 있지?"

"조금 전에 도착했습니다. 그 양반들과 함께 있습니다요."

"알았어. 자, 이제부터는 내가 시키는 대로 하게. 먼저, 집시들은 있나?"

"요즘 구경도 못했습니다요. 당국에서 다 쫓아냈습죠. 대신 유대인들이 있습니다요. 탬버린도 치고 바이올린도 연주합지요. 부르면 달려올 겁니다."

"그래, 그들을 당장 불러주게. 그리고 여자들은? 마리야, 스테파니다, 아리나를 부를 수 있겠지? 합창 값으로 200루블을 주지."

"나리, 그 돈이면 마을 전체를 불러올 수도 있습니다요. 그렇게까지 주실 필요 없습니다요. 무지렁이 농사꾼 촌놈들인데…… 게다가 여자들도 전부……."

"어쨌든 전처럼 쓰려고 왔으니 그리 알아."

미챠는 돈다발을 꺼내어 주인의 코앞에 내밀었다.

"자, 잘 들어. 한 시간 내로 술과 음식들이 올 거야. 그걸 위로 올려 보내줘. 그리고 여자들을 부르는 거 잊지 마……."

이어서 그는 마부 안드레이에게 말했다.

"수고했어. 마차 삯은 15루블이고 여기 50루블은 팁이야. 술이나 사 마셔. 마음에 들게 일을 해줘서 주는 거야…… 카라마조프를 잊지 말라고."

"아이고, 나리, 무서워서…… 5루블이면 충분합니다요. 그 이상은 받지 않겠습니다."

"뭐가 무섭다는 거야! 알았어. 자, 5루블!"

그는 5루블짜리 지폐를 던지며 소리쳤다. 이어서 미챠가 여관주인에게 말했다.

"자, 트리폰, 내가 들키지 않고 조용히 저 사람들을 살펴볼 수 있는 곳으로 데려가줄 수 있겠지?"

주인은 잠시 망설이는 듯하더니 미챠를 그들이 있는 방의 옆방으로 데려갔다. 주인은 촛불을 껐고 미챠는 옆방에서 무슨 일이 벌어지고 있는지 쉽게 살펴볼 수 있었다. 하지만 미챠는 오래 바라볼 수 없었다. 그녀의 모습을 알아보자마자 심장이 방망이질을 했고 눈앞에 캄캄해졌던 것이다. 그녀는 탁자 앞 안락의자에 앉아 있었다. 그녀 옆에는 칼가노프가 그녀의 손을 잡은 채 앉아 있었고 맞은편에 막시모프가 앉아 웃음을 흘리고 있었다.

그리고 안락의자 위에 앉은 사내가 바로 그 사람! 그는 파이프를 피고 있었다. 몹시 뚱뚱했고 얼굴이 펑퍼짐했으며 키도 작고 무뚝뚝한 인상이었다. 반대로 의자에 앉아 있는 그의 동행은 키가 무척이나 커 보였다.

미챠는 숨이 막히는 것 같아 더 이상 견딜 수 없었다. 그는 권총이 들어 있는 상자를 장롱 위에 올려놓은 후 그 방으로 들어갔다.

"어머나!"

그의 모습을 제일 먼저 발견한 그루셴카가 하얗게 질려서 소리쳤다.

제5장

미챠는 탁자 앞으로 나서며 큰 소리로 거의 고함을 지르듯 말했다.

"여러분! 저는…… 저는…… 그냥 별일 아닙니다! 겁내지 마십시오……!"

그는 그루셴카 쪽으로 몸을 돌렸다. 그녀는 여전히 칼가노프의 손을 꽉 잡은 채 그에게 몸을 바싹 갖다 댔다.

"저는…… 저도 여행객입니다. 하루만 여기 머무를 겁니다. 여러분, 같은 여행객으로서 저도 이 방에서 함께 밤을 지내도 되겠습니까?"

그 말을 하면서 그는 뚱뚱한 사람을 쳐다보았다. 그 사내는 파이프를 천천히 입에서 떼면서 말했다.

"우리는 일행입니다. 다른 방도 있을 텐데요."

순간 칼가노프가 미챠를 보고 외쳤다.

"아니, 드미트리 표도로비치 아닙니까! 뭐 하러 그런 질문을! 우리랑 함께 있어요. 잘 지내시죠?"

"아, 안녕하시오……. 내 당신을 늘 존경해왔소."

미챠가 손을 내밀며 기쁜 목소리로 말했다.

"어휴, 뭐 이렇게 손을 꽉 잡으십니까? 손가락뼈가 으스러지겠습니다."

이 시각에 그가 이렇게 이곳에 나타나리라고 상상도 하지 못하고 있던 그루셴카는 여전히 불안한 마음으로 미챠를 살펴보고 있었다. 미챠는 안면이 있던 막시모프와도 인사를 나눈 뒤 파이프를 피우고 있는 사내를 향해 입을 열었다. 하지만 그는 거의 더듬거리고 있었다.

"저는 제 마지막 밤을 이 방에서…… 그러니까…… 제가 한 여왕을 숭배했던 바로 이 방에서 보내고 싶어서……. 저는 이곳으로 달려오면서 맹세했습니다……. 겁낼 것 없습니다. 이게 제 마지막 밤이니까요. 자, 우리 서로 친해지기 위해 마십시다! 술을 내올 겁니다. 그리고 이것도……."

그는 지폐 다발을 보여주며 큰 소리로 외쳤다.

"자, 지난번처럼 음악을! 요란한 향연을! 쓸모없는 벌레는 곧 지구상에서 사라지리라! 나는 내 마지막 향락의 밤을 이곳에서 보내길 원하노라!"

그는 숨이 막힐 지경이었다. 하고 싶은 말은 많았지만 입 밖으로 튀어나오는 것은 알아듣기 힘든 절규뿐이었다. 뚱뚱한 폴란드 남자는 당황한 표정으로 그와 그루셴카를 번갈아 바라보더니 말했다.

"뭐, 그야, 여왕만 좋다고 하신다면⋯⋯."

"미챠, 앉아요."

그루셴카가 말했다.

"여왕은 무슨 여왕! 무서워 죽겠어요."

"오, 내가 무섭다고!"

미챠는 두 팔을 높이 쳐들면서 외쳤다.

"오, 어서 지나가세요! 내 더 이상 방해가 되지 않을 테니!"

그는 갑자기 의자에 몸을 던지더니 의자 등받이를 껴안은 채 엉엉 울음을 터뜨렸다. 사람들은 물론 미챠 자신도 예상치 못한 일이었다.

"아니, 왜 이러는 거야? 누가 자기 아니랄까봐!"

그루셴카가 힐난조로 말했다.

"내 집에서도 이랬어요. 무슨 말인지 알아들을 수도 없는 소리를 하면서……. 그때도 울었잖아. 창피하게! 그런데 왜 우는 거야? 무슨 일 있는 거야?"

그녀는 마지막 말에 힘을 주면서 그에게 물었다.

"아니…… 우는 게 아니야."

그러더니 그는 고개를 돌려 웃기 시작했다.

"또 이렇다니까! 암튼 당신이 와서 기뻐!"

그녀는 사람들을 향해 말했다.

"나는 이 사람이 우리와 함께 있으면 좋겠어요! 이 사람이 가면 나도 가겠어요."

"여왕의 뜻은 내게는 법이로다!"

폴란드 신사가 그루셴카의 손에 정중하게 입을 맞추며 말했다. 그러자 미챠가 벌떡 일어나며 "자, 마십시다!"라고 큰 소리로 외쳤다. 그의 표정은 완전히 달라져 있었다. 이제까지 비극적이고 장엄한 표정이었다면 이제는 어린애같이 천진한 표정이었다.

미챠는 조금씩 폴란드 신사를 살펴보았다. 마흔 살쯤 돼 보이는 그 신사는 얼굴의 살이 다소 늘어져 있었으며 코도 작았고 그 아래로는 두 가닥의 염색된 콧수염을 기르고 있었다. 그 모습을 보자 미챠는 왠지 기분이 좋아졌다.

이윽고 그들은 술을 마시며 그야말로 아무 의미 없는 수다를 떨기 시작했다. 얼마간 쓸데없는 수다가 계속되자 별로 말이 없던 칼가노프가 하품을 하며 말했다.

"어휴, 이거 뭐, 재미가 하나도 없군."

"그럼 좀 전처럼 카드나 할까?"

막시모프가 히히거리며 말했다.

"카드놀이라고요! 좋습니다!"

미챠가 소리쳤다.

"다만, 저 폴란드 신사분들이 어떻게 생각하실지."

"이거 너무 늦은 거 아닌가요?"

파이프 신사가 말했다.

"아이, 그저 남들이 즐기는 꼴은 못 본다니까!"

그루셴카가 소리쳤다.

"자기가 지루하면 남들도 지루해야 한다고 생각하나봐!"

"여왕이시여!"

파이프 신사가 말했다.

"그대가 원한다면! 자, 카드를 하지요."

"자, 그럼 시작합시다."

미챠는 말과 함께 호주머니에 넣었던 돈뭉치에서 100루블짜리 지폐 두 장을 꺼내더니 탁자 위에 놓았다.

주인이 아직 뜯지 않은 새 카드를 가져왔고 카드놀이가 시작되었다. 하지만 칼가노프는 이미 50루블을 잃었다며 끼어들지 않았고, 막시모프는 미챠에게 남몰래 10루블을 빌려서 놀이에 끼어들었다.

하지만 게임은 해보나마나였다. 막시모프는 금세 나가떨어졌고, 미챠는 하는 족족 돈을 잃었다. 하지만 미챠는 마냥 즐거운 표정이었다. 이미 200루블이나 잃은 미챠가 판돈을 두 배로 하자며 다시 노름을 시작하려 하자 갑자기 칼가노프가 카드를 손으로 덮으며 미챠에게 말했다.

"됐어요! 더 이상 두고 볼 수 없군요! 그만해요!"

"왜요?"

"그냥! 자, 그만둬요. 그냥 가버려요! 더 이상 그 꼴을 볼 수 없어요."

"그만해, 미챠."

그루셴카까지 가세했다. 목소리가 좀 이상했다.

"너무 많이 잃었어."

두 폴란드 신사는 기분이 상한 듯 자리에서 일어났다.

"농담이시겠지?"

파이프 신사가 칼가노프를 사나운 눈초리로 쳐다보면서 말했다.

"어디 감히 그런 소리를 하는 거지?"

키 큰 사내도 칼가노프를 노려보며 큰 소리로 말했다.

"소리 지르지 말아요! 감히 어디라고! 정말 칠면조 같은 사람들이네!"

그루센카가 화를 내며 소리쳤다.

미챠는 그들을 번갈아 쳐다보았다. 그루센카의 얼굴 표정에 그는 충격을 받았다. 동시에 그의 머리에 무슨 생각인가가 번개처럼 스쳤다. 완전히 이상하고도 새로운 생각이었다.

미챠는 화가 나서 얼굴이 벌겋게 된 파이프 신사 곁으로 가서 어깨를 툭 쳤다.

"잠깐만 시간 낼 수 있겠소?"

"무슨 일이오?"

"옆방으로 갑시다. 잠깐이면 돼요. 당신도 만족할 거요."

폴란드 신사는 겁이라도 먹은 듯 미챠를 쳐다보았다. 그는 자신의 일행과 함께라면 기꺼이 따라가겠다고 말했다.

"좋소. 함께라면 더 좋지."

미챠가 흔쾌히 말했다. 그의 얼굴은 처음에 이 방에 들어올 때와는 완전히 딴판으로 바뀌어 있었다. 어쩐지 대범해 보였고 기운도 넘치는 것 같았다.

곧이어 세 사람은 옆방에 탁자를 가운데 놓고 마주 앉았다.

"그래, 무슨 일이오?"

키 작은 파이프 신사가 물었다.

"금세 끝날 거요. 자, 여기 돈이 있소. 3,000루블이면 되겠소? 3,000루블을 갖고 어디로든 떠나시오."

폴란드인은 놀란 눈으로 미챠를 쳐다보았다.

"그렇소, 3,000이오. 보자 하니 당신들은 똑똑한 사람들인 것 같소. 그러니 3,000루블을 갖고 어디로든 썩 꺼져주면 좋겠다, 이거요. 당장에, 그리고 영원히! 자, 이 문으로 나가시오! 내가 외투는 갖다주지. 자, 내가 타고 온 마차를 당장 대령시키지."

"그럼 돈은?"

"돈? 500루블은 당장 주지. 나머지 2,500은 내일 시내로 가서 주겠어. 명예를 걸고 말하지만 꼭 주겠어."

폴란드인들이 서로 눈길을 주고받았다. 키 작은 자의 표정이 뭔가 못마땅해 보였다. 그러자 미챠가 얼른 금액을 올렸다.

"700! 지금 700을 주겠어! 당장 3,000을 줄 수는 없고, 내일 그루셴카의 집으로 오면 틀림없이 주겠어. 지금은 없지만, 집에 있어. 정말이야."

그러자 키 작은 사내가 마치 자존심이라도 상한 듯 "더 할 말은 없나? 이거 원 더러워서!"라고 말하더니 침을 탁 뱉었다. 그는 씩씩거리며 옆방으로 가 뭐라고 폴란드어로 떠들어댔다.

"러시아어로 말해요. 전에는 러시아어 잘했잖아. 5년 만에 다 잊어버린 거야?"

그루셴카가 말했다.

그러자 파이프 사내가 거들먹거리며 말했다.

"아그라페나, 나는 옛일을 다 잊고 용서하러 온 건데……."

"뭐야? 용서해? 아니, 당신이 나를 용서하러 왔단 말이야?"

그루셴카가 도중에 말을 끊었다. 그녀는 자리에서 벌떡 일어났다. 그녀의 반응에 아랑곳하지 않고 파이프 사내가 말을 이었다.

"그럼! 나는 자존심이 강하지만 너그러운 사람이야! 하지만 당신의 정부를 보니! 저 사람이 내게 3,000루블을 주겠다며 꺼지라는군! 얼굴에 침을 뱉어주었지!"

"뭐야? 내 몸값으로 3,000루블을! 미챠, 사실이야? 그래, 내가 무슨 사고파는 물건이라는 거야?"

"이봐요!"

미챠가 고함을 질렀다.

"그녀는 순결해! 난 한번도 그녀의 정부였던 적이 없어! 거짓말하지 마!"

"당신이 뭔데 저 작자 앞에서 나를 변호하는 거야! 내가 지금까지 순결을 지킨 건 깨끗한 여자라서가 아니야. 쿠지마가 무서워서도 아니고……. 언젠가 머리를 꼿꼿하게 세우고 저자에게 '네가 비열한 놈이다'라고 말하기 위해서였어. 그래, 저자가 돈을 거절한 게 사실이야?"

"아니, 절대로 아니야! 한꺼번에 3,000루블을 받으려고 했을 뿐이야. 하지만 700루블만 내놓겠다니까……."

"이제야 알겠어. 내가 돈이 있다는 이야기를 들은 거야. 그래서 나랑 결혼하겠다고 온 거야. 돈이 탐이 나서 온 거야."

"아그라페나!"

폴란드인이 소리쳤다.

"나는 기사(騎士)야! 건달이 아니라 폴란드 귀족이라고! 내가 온 건 당신과 결혼하기 위해서야! 그런데 당신은 내가 생각하던 것하고는 영 딴판인 여자가 되어버렸군!"

"어서 가버려! 당신을 쫓아내라고 말할 거야!"

그루셴카가 흥분해서 말했다.

"아, 내가 정말 바보였어! 저런 사람을 위해 5년간 고생을 하다니! 아냐, 내가 고생한 건 저 사람 때문이 아니야. 나는 5년간 내 원한을 위해서 고생한 거야. 게다가, 저 사람이 그 사람 맞아? 내가 알던 사람 아버지 같아. 그 가발은 도대체 어디서 산 거야? 저 사람은 웃으며 노래를 불러주던 사람이 아니야! 아, 내가 5년 동안 눈물을 흘리다니! 멍청이에, 바보에, 못된 년이야, 나라는 년은!"

그녀는 안락의자에 몸을 묻고 두 손으로 얼굴을 가렸다.

그때였다. 갑자기 옆방에서 여자들의 합창 소리가 들렸다. 아주 즐거운 춤곡이었다. 미챠가 부른 사람들이 온 것이었다.

"이거 소돔이 따로 없군!"

키 큰 폴란드인이 으르렁거렸다.

"주인, 당장 저 연놈들을 쫓아내지 못해!"

주인은 방에서 시끄러운 소리가 들리자 싸움이라도 벌어진 것 아닌가 해서 이미 문 앞에서 귀를 기울이고 있었다. 그는 냉큼 방으로 들어서며 폴란드인에게 맞고함을 쳤다.

"아니, 이보쇼! 왜 소리를 지르는 거요?"

너무나 무례한 태도였다.

"아니, 이런 호래자식을 봤나!"

폴란드인이 호통을 쳤다.

"호래자식이라고? 그런 당신은? 지금 어떤 카드로 노름을 한 거지? 내가 갖다준 건 어디 감췄어? 네놈들은 네놈들이 갖고 온 가짜 카드로 노름을 한 거야. 내가 고발하면 당장 시베리아행이야! 위조지폐범이나 다름없다고!"

그는 소파 등받이와 쿠션 사이에 손을 쑤셔 넣더니 아직 뜯지 않은 새 카드를 꺼냈다.

"자, 이게 내가 갖다준 카드야! 아직 뜯지도 않았다고! 내가 다 보고 있었어! 순 사기꾼 주제에, 뭐, 폴란드 신사?"

"나도 사기 치는 걸 봤어요!"

칼가노프가 소리쳤다.

"아, 창피해! 너무 창피해!"

그루센카가 얼굴이 새빨개지며 소리쳤다.

"오, 맙소사, 어쩌다 저런 인간이 됐을까!"

그러자 키 큰 폴란드인이 그루센카 쪽으로 다가오면서 "갈보년 같으니!"라고 소리치며 주먹을 쳐들었다. 그러자 미챠가 얼른 그에게 달려들어 멱살을 붙잡아 번쩍 들어 올리더니 옆방에 갖다놓았다. 숨을 헐떡이며 돌아온 미챠는 키 작은 폴란드인에게 말했다.

"당신도 옆방으로 가실까?"

폴란드인은 씩씩거리며 옆방으로 갔다. 칼가노프가 "열쇠로 문을 잠가버려요"라고 말했지만 그럴 필요가 없었다. 그들이 안에서 문을 잠그고 스스로 갇힌 것이었다.

"잘했어요. 정말 잘했어! 제대로 대접해준 거야!"

그루셴카가 외쳤다.

제6장

온 세상을 뒤흔들 만한 향연이 시작되었다. 모든 것이 이전에 미챠가 그녀와 이곳에 와서 한판 벌일 때와 똑같았다. 그루센카는 그때와 마찬가지로 문지방 바로 곁 소파에 앉아, 유대인들과 마을 여자들이 연주하며 춤추고 노래하는 모습을 바라보았다.

그들 외에 수많은 마을 농부들과 아낙들도 몰려들었다. 한달 전과 마찬가지로 실컷 먹고 마실 수 있으리라는 기대에서였다. 미챠는 모든 사람에게 준비해온 술과 음식과 안주들과 과자들을 풀었다. 칼가노프와 막시모프도 모두 취했고 그루센카와 미챠도 얼큰하게 술이 올랐다.

어느 순간 그루센카가 춤을 추던 미챠를 불러 자신의 옆에 앉게 했다.

"자, 이제 얘기해봐. 내가 여기에 왔다는 것을 어떻게 알게 됐어?"

그러자 미챠는 두서없이 종잡을 수 없는 말들을 늘어놓기 시작했다. 그리고 간간이 얼굴을 찡그리며 말을 끊기도 했다.

"그런데 왜 그렇게 슬픈 얼굴이야? 내가 이렇게 즐거운데 당신도 즐거워야지. 여기 사람들 중에 내가 사랑하는 사람이 있는데, 누굴까? 한번 맞혀봐."

그루센카가 생글거리며 그에게 말했다.

미챠는 머리가 지끈거렸다. 그는 대답하지 않고 발코니로 갔다. 신선한 공기를 쐬니 좀 진정이 되었다. 그는 어둠 속에서 두 손으로 머리를 움켜쥐었다. 흩어져 있던 생각들이 갑자기 뭉쳐졌고 한줄기 빛으로 정신이 밝아졌다. 오, 그러나 그 빛은 얼마나 무서운 빛이었는가!

'자살을 한다면?'

그는 생각했다.

'자살을 해야 한다면 바로 지금이 아닌가?'

하지만 그는 망설였다. 아까 이곳 모크로예를 향해 마차가 달렸을 때, 그는 수치와 도둑질과 피를 뒤에 남겨놓았었다. 오,

그 피! 하지만 그때가 지금보다 훨씬 나았다. 정말로 훨씬 나았다. 그때는 모든 것이 끝장난 상태였다. 그루센카는 남의 여자였고 그는 그녀를 잃었다. 그때는 결심을 하기가 훨씬 쉬웠다. 그에게 남은 것이 아무것도 없기 때문이었다.

그런데 지금은 그 무서운 유령, 그 숙명적인 사람, 그루센카의 옛사랑이 사라져버렸다. 그는 우스꽝스럽고 추한 존재가 되어 어두운 방에 갇혀 있다. 그는 결코 돌아오지 않을 것이다. 그녀는 부끄러워하고 있다. 그녀의 눈을 보면 그녀가 누구를 사랑하는지 알 수 있다. 이제 행복한 삶을 살기 위해서 모든 게 다 갖춰진 셈이다. 하지만 그는 살아갈 수가 없었다. 그럴 수 없었다. 오, 맙소사!

"주여, 제가 담장 아래 쓰러뜨린 사람에게 생명을 주옵소서! 이 무서운 잔을 제게서 치워주시옵소서. 주님, 주님께서는 저 같은 죄인을 위해서도 기적을 베풀지 않으셨나이까! 오, 하지만, 하지만 그 노인이 살아 있다면? 내 다른 모든 치욕들을 깨끗이 씻어버리리라! 돈을 모아 돌려주리라. 땅을 파서라도 돈을 구하리라! 그러면 그 치욕의 흔적은 내 가슴속만 빼고는 그 어디에도 영원히 존재하지 않으리라. 오오, 하지만 그건 불가능한 꿈일 뿐이야. 오, 맙소사!"

하지만 어쨌든 그 칠흑 같은 암흑 속에서 일루의 희망의 빛이 비친 것도 사실이었다. 바로 그녀의 사랑의 빛이었다. 그는 그녀를 찾아 황급히 안으로 들어갔다.

"아무리 치욕의 고통 속에서 허덕이고 있다 하더라도 그녀와의 단 한 시간, 단 1분간의 사랑이 생애 전체만큼의 가치가 있으리라! 오로지 그녀와 함께 있으리라! 그녀를 보고, 그녀의 목소리를 들으면서……. 아무것도 생각하지 않고 모든 것을 잊고서…… 오늘 밤만이라도. 아니, 한 시간, 한순간만이라도!"

미챠는 그녀가 앉아 있던 곳으로 돌아갔다. 하지만 그녀는 그곳에 없었다. 방 안으로 들어가 보니 칼가노프가 소파에서 졸고 있었을 뿐 그녀는 없었다. 그는 커튼 뒤를 살펴보았다. 그녀가 그곳에 있었다. 그녀는 구석 트렁크 위에 앉아 소리를 죽인 채 흐느끼고 있었다.

그를 보자 그녀가 가까이 오라고 손짓했다.

"미챠! 미챠! 나는 그 사람을 사랑했어! 5년간 줄곧 사랑했어! 정말 그 사람을 사랑한 걸까? 아니면 내 원한을 사랑한 걸까? 그래, 그 사람이야! 오, 그 사람이야! 내가 원한을 사랑했다고 한 건 거짓말이었어. 미챠! 나는 그때 겨우 열일곱 살이었어. 그는 내게 너무 친절했고 명랑했어. 내게 노래도 불러주었어. 아, 내가 너무 바보여서 그렇게 보였던 걸까? 하지만……
하지만…… 지금은? 그 사람이 아니야! 조금도 닮지 않았어!
그 사람 얼굴이 아니야! 나는 그 여자가 그를 버려놓았다고 생
각했어. 아, 난 지금 창피해! 평생 동안 창피할 거야. 오, 저주받
을 5년!"

그녀는 미챠의 손을 꽉 잡으며 다시 눈물을 쏟았다.

"미챠, 어디 가지 말고 가만히 있어. 꼭 할 말이 있어. 자, 말
해봐. 내가 누구를 사랑할까? 난 이곳에 있는 누군가를 사랑해.
그게 누구일지 맞혀봐."

눈물로 퉁퉁 부어오른 그녀의 얼굴에 미소가 떠올랐다.

"그가 들어왔을 때 내 가슴이 철렁 내려앉았어. '이 바보야,
네가 사랑하는 사람이 저기 있어'라고 내 마음이 속삭였어. 미
챠, 당신이 들어오자 기쁨이 뒤따라 들어온 거야. '아니, 저이
는 뭘 두려워하는 거지?'라고 나는 생각했어. 당신은 겁에 질
려 말도 못 하고 있었어. 하지만 당신은 누굴 두려워하는 사람
이 아니잖아. 나는 당신이 나를 두려워한다는 걸 금방 알 수 있
었어. 그리고 그 바보 같은 페냐가 당신에게 내 말을 전했다는
걸 알 수 있었어. 당신을 꼭 한 시간 사랑했고 지금은 다른 사
람을 사랑하러 간다는 말……. 미챠, 나를 용서해줄 거지? 당신

날 사랑하지? 정말 날 사랑하지?"

그녀는 벌떡 일어나 그의 어깨를 움켜쥐었다. 미챠는 너무 황홀해서 아무 말도 못 한 채 그녀의 눈과 얼굴을 바라보다가 갑자기 그녀를 껴안고 키스를 퍼부었다.

"그래, 내가 전에 당신을 그렇게 괴롭혔어도 나를 용서해주는 거지?"

그러더니 그녀는 갑자기 그를 밀어냈다.

"미챠, 나 흠뻑 술에 취하고 싶어. 그리고 춤도 출 거야."

그녀는 미챠의 품에서 빠져나와 커튼 밖으로 나갔다. 미챠도 그 뒤를 따랐다. 그녀는 정말로 샴페인 한 잔을 벌컥 들이켜더니 아까 앉았던 안락의자에 앉았다. 미챠는 그 곁으로 다가갔다. 그리고 그도 샴페인 한 잔을 쭉 들이켰다. 술이 센 그였지만 왠지 그는 그 한 잔에 완전히 취해버렸다.

그는 마치 제정신이 아닌 것 같은 상태에서 이 사람 저 사람에게 말을 걸었다. 오직 집요하게 타오르는 감정 하나만이 마치 '마음속의 붉은 석탄 덩어리'처럼 불타고 있는 것 같았다고 훗날 그는 말했다. 그는 다시 그녀 곁으로 가서 그녀를 바라보고 그녀의 말을 들었다.

"미챠, 나는 수도원에 들어갈 거야. 알료샤가 오늘 평생 잊지 못할 말을 해주었어. 하지만 오늘은 춤을 출 거야. 아이처럼 놀고 싶어."

그녀는 술을 더 마신 후 마을 사람들과 춤을 추었다. 그녀는 흠뻑 취해버렸고 드디어 비틀거리기 시작했다. 그녀가 미챠에게 말했다.

"미챠, 나를 데려가줘……. 나를 가져줘, 미챠!"

미챠는 그녀를 두 팔로 잡고 옆방의 침대로 데려가 눕혔다. 잔치는 여전히 계속되고 있었고 즐거운 고함 소리와 노랫소리가 이어졌다. 미챠는 그녀의 입술에 키스를 퍼부었다.

"날 내버려둬줘."

그녀가 애원했다.

"당신 것이 되기 전까지는 건드리지 말아줘. 나는 당신 것이라고 말했잖아. 그러니까 아껴줘. 저 사람들이 있는 데서는 안돼. 여기선 싫어."

"당신 말대로 할게. 생각조차 않을게. 나는 당신을 흠모할 뿐이야."

미챠가 중얼거렸다.

"그래, 여긴 더러워."

"미챠, 당신은 짐승 같은 사람이지만 고결한 면도 있다는 걸

난 알고 있어!"

그루셴카가 힘겹게 말을 꺼냈다.

"그래, 우린 떳떳하게 살아야 해……. 앞으로는 떳떳하게……. 우리 떳떳하고 착하게 살자. 짐승처럼 살지 말고 착하게……. 나를 멀리 데려가줘. 내 말 듣고 있는 거야? 여긴 싫어. 멀리, 멀리 가고 싶어."

"그래, 반드시!"

미챠가 그녀를 더욱 힘껏 안으며 말했다.

"당신을 이 세상 끝까지 데려갈 거야! 당신과 1년만 함께 있을 수 있다면 평생을 바치겠어. 오, 그 피가 어떻게 됐는지 알수만 있다면!"

"무슨 피?"

"아무것도 아니야. 오, 떳떳하고 착하게 살자고 했지? 하지만 나는 이미 도둑놈이야. 카테리나의 돈을 훔쳤으니! 오, 이 치욕!"

"아니야, 내 돈을 갖다주면 돼! 우리한테 돈이 무슨 소용 있어? 금세 써버리고 말 텐데. 우린 땅을 파며 사는 게 나아. 일을 하면서 살아야 해. 난 당신에게 충실한 여자, 당신의 노예가 될 거야. 그 귀족 아가씨에게 둘이 함께 가서 용서해달라고 한 후 떠나는 거야. 미챠, 이제 나만을 사랑해줘. 그녀를 사랑하면 안 돼. 만일 그렇게 되면 그 여자를 목 졸라 죽일 거야. 그 여자 두 눈을 바늘로 찔러버릴 거야."

"난 당신을 사랑해. 오로지 당신만을! 시베리아에 가서도……."

"왜 시베리아 이야기를 하는 거야? 좋아, 시베리아에서라도 나는 일을 할 거야. 거긴 눈이…… 난 눈길을 여행하는 게 좋아. 방울 소리도 울리게 하고……."

그녀는 힘없이 눈을 감더니 잠이 든 듯했다. 실제로 멀리서 방울 소리가 들린 것도 같았다. 미챠는 그루셴카의 가슴에 머리를 기댔다. 미챠는 방울 소리가 멎고 갑자기 집 안에 노랫소리가 그치더니 마치 죽음과 같은 고요가 퍼진 것도 알아차리지 못했다. 그루셴카가 눈을 떴다.

"어머, 내가 잠들었나봐? 아, 그래 방울 소리가 들렸었지? 눈밭을 달리는 꿈을 꾸었던 것 같아. 꾸벅꾸벅 졸고 있었던 것 같아. 사랑하는 사람 곁에서…… 아마 당신이었을 거야. 당신에게 키스하고 당신에게 꼭 붙어 있었지. 추웠나봐. 눈이 반짝이고 있었고……. 있잖아, 달빛이 떠 있는 밤이면 눈이 얼마나 반짝이는지 알아? 더 이상 지상에 있는 것 같지 않았어. 그리고 잠에서 깨어난 거야. 사랑하는 당신은 내 곁에 있고! 아, 너무 좋아!"

순간 그녀가 그의 머리 뒤로 무언가를 본 것 같았다. 그녀의 시선이 이상하리만치 굳어 있었으며 놀라움과 공포에 질린 표정을 하고 있었다.

"미챠, 누가 우리를 보고 있는 거야?"

미챠는 고개를 돌렸다. 누군가 커튼을 들치고 안을 들여다보고 있었다. 미챠는 일어나 커튼 밖으로 나왔다. 방 안에 사람들이 그득했다. 아까 그 사람들이 아니라 완전히 다른 사람들이었다. 미챠는 등골이 오싹했다. 그들이 누구인지 단번에 알아본 것이다.

외투를 입고 모자를 쓴 뚱뚱한 남자는 경찰서장 미하일 마카로비치였다. 그 옆에는 언제나 구두에 반짝반짝 윤을 내고 다니는 검사 시보가 있었으며 또한 안경을 낀 젊은 남자도 있었다. 미챠는 그 젊은 남자의 이름은 잊었지만 그가 신참내기 예심판사라는 사실은 알고 있었다. 그 외에 지서장 마브리키예비치도 있었고, 경찰로 보이는 사람이 두세 명 더 있었다. 문 옆에는 칼가노프와 키 큰 폴란드인이 서 있는 것 같았고…….

"여러분, 무슨 일이신지…….."

미챠는 처음에는 더듬더듬 말을 했다. 그러더니 갑자기 목청

껏 소리쳤다.

"알-겠-다! 노인 때문이다! 그래, 알-겠-다!"

"그래, 알겠다고! 아비를 죽인 천하의 불한당 같은 놈! 네 아버지의 피가 울부짖고 있다, 이놈아!"

경찰서장이 갑자기 큰 소리로 외쳤다. 분노로 얼굴이 붉게 달아올라 있었다.

그러자 젊은 남자가 옆에서 그를 말렸다.

"아무리 화가 나시더라도 이러시면 안 됩니다. 절차가……."

하지만 경찰서장은 여전히 분노를 억누르지 못했다.

"아, 이건 악몽이야! 악몽! 저놈을 좀 보라고! 아버지의 피가 아직 마르지도 않았는데 밤에 이렇게 술에 떡이 된 채 계집들과! 이건 악몽이야!"

"제발 부탁입니다. 잠시 진정하십시오. 안 그러시면 할 수 없이 무슨 조치를 취할 수도……."

검사 시보가 나서서 경찰서장을 말렸다.

그의 말이 끝나기도 전에 예심판사가 미챠에게 말했다.

"퇴역 중위 카라마조프 씨, 당신이 간밤에 살해된 당신 부친 표도르 파블로비치 카라마조프의 살해 혐의로 기소되었음을 알려드립니다."

미챠는 도무지 무슨 말인지 알아듣지 못한 채 멍한 시선으로 그들을 둘러보았다.

카라마조프가의 형제들 I

생각하는 힘: 진형준 교수의 세계문학컬렉션 49

펴낸날	초판 1쇄 2020년 8월 31일

지은이	표도르 도스토예프스키
옮긴이	진형준
펴낸이	심만수
펴낸곳	(주)살림출판사
출판등록	1989년 11월 1일 제9-210호

주소	경기도 파주시 광인사길 30
전화	031-955-1350 팩스 031-624-1356
홈페이지	http://www.sallimbooks.com
이메일	book@sallimbooks.com

ISBN	978-89-522-4230-3 04800
	978-89-522-3986-0 04800 (세트)

※ 값은 뒤표지에 있습니다.
※ 잘못 만들어진 책은 구입하신 서점에서 바꾸어 드립니다.

이 도서의 국립중앙도서관 출판시도서목록(CIP)은 서지정보유통지원시스템 홈페이지
(http://seoji.nl.go.kr)와 국가자료공동목록시스템(http://www.nl.go.kr/kolisnet)에서
이용하실 수 있습니다.(CIP제어번호: CIP2020030644)

책임편집	최정원